너의 고독 속으로 달아나라

너의 고독 속으로 달아나라

초판 1쇄 발행일 2013년 05월 30일
초판 2쇄 발행일 2013년 07월 25일
지은이 노재희 | **펴낸이** 박진숙 | **펴낸곳** 작가정신
책임편집 김종숙 | **디자인** 정인호
마케팅 안치환 지혜 | **홍보** 김영란 | **재무** 윤서현
인쇄 및 제본 한영문화사
주소 413-782 경기도 파주시 문발동 파주출판도시 509-2 2층
전화 02 335 2854 | **팩스** 031 944 2858 | **이메일** editor@jakka.co.kr
홈페이지 www.jakka.co.kr | **출판등록** 1987년 11월 14일 제1-537호

ISBN 978-89-7288-501-6 03810

노 재 희 소 설 집

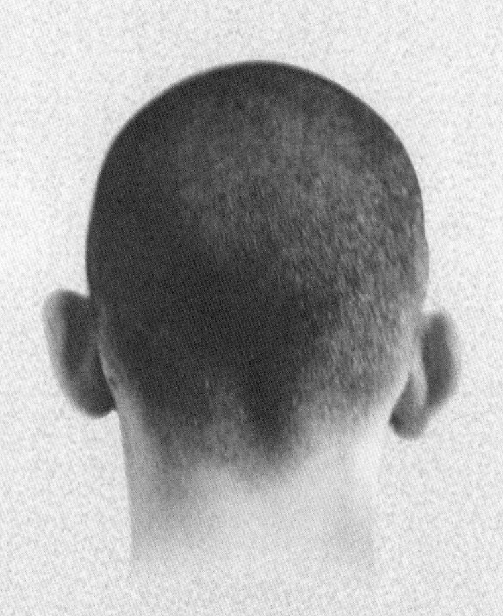

작가정신

Fliehe in deine Einsamkeit!

차례

고 독 의 발 명

1

시인의 아내로 만들어줄게. 엄복태의 청혼은 이랬다. 그 대사가 일종의 청혼이라는 것을 여자가 깨닫기까지 20초 하고도 6초가 더 걸렸다. 그의 말에 그저 피식 웃고 말았는데, 잠시 후 두 사람 사이에 감도는 침묵 속으로 불현듯 깨달음이 오셨다. 그거, 혹시? 여자의 동그랗게 반짝이는 눈을 향해 엄복태는 배시시 웃었다. 시인이라는 오묘한 뉘앙스의 단어를 그 남자에게서 들으리라고 전혀 예상하지 못했던 여자는 아내라는 말에 정신을 빼앗겨 시인이라는 단어는 곧 잊어버렸다.

여자가 그 말을 까맣게 잊고 지내는 동안 5년이 흘렀다. 그녀는 문득 생각난 듯 말했다. 시도 자꾸 쓰면 느나? 아이를 재우려고 누웠다가 아이보다 먼저 졸기 시작했던 엄복태는 순간 정수리를 지나가는 찬 기운에 눈을 떴다. 장롱에 기대앉은 아내가 그를 내려다보고 있었다. 어느새 아들 녀석은 엄마 허벅지를 베고 누워 불룩 나온 엄마의 배를 쓰다듬고 있었다. 그는 다시 눈을 감았다. 아까 인터넷으로 고현정 나오는 드라마를 봤는데, 오랜만에 만난 대학 선배가 시집 냈다는 말을 듣고 고현정이 그러더라. 대학 다닐 때는 아무것도 아닌 사람이었는데 말야. 아무것도 아닌 사람? 세상에 그런 게 어딨어? 엄복태는 속으로 구시렁거렸다. 아내의 말은 계속됐다. 그런데 난 당신의 아내가 되었는데, 당신은 언제 시인이 될 건가? 그는 돌아누웠다. 그리고 말했다. 오늘은 게임 안 해? 아내가 혀를 끌끌 찼다. 게임 같은 소리 하시네. 애가 당신 재워 놓고 나와서 방해하는데 무슨 게임을 해? 뒤통수로 쏟아지고 있을 아내의 눈길을 느끼고 있는데 뜬금없이 아이가 소리쳤다. 여기 내 동생 있다!

엄복태는 아내의 말에 깊이 상처 받았다. 시를 쓰기 위해 했던 노력이 눈물겨웠고, 그것도 모르면서 시 쓰는 것을 방해만 하는 아내가 야속했다. 아무리 일찍 퇴근해도 러시아워의 꽉 막힌 길을 뚫고 신도시에 있는 집에 도착하면 거실 텔레비전에서는 9시 뉴스 앵커가 하루의 사건 사고를 브리핑하고 있는데, 그때부터 아이는 놀아달라고 그의 꽁무니를 쫓아다녔고 아내도 아이를 완전히 그에게 떠넘겼다. 간신히 아이를 재우고 나면 아내를 재울 일이 또 남아 있었다. 그의 책상은 거실에 있었다. 텔레비전도 거실에 있었다. 아내는 드라마를 꼭 봐야 했고, 책상 앞에 앉은 그가 흘끗흘끗 보기에도 드라마들은 죄다 재미가 있었다. 드라마가 끝나면 이제 아내가 기지개를 켤 시간이었다. 아내는 엉덩이로 그를 밀어내고 책상에 앉아 컴퓨터를 켠다. 소파로 밀려난 그가 묻는다. 안 자? 당신 먼저 자. 뭐 하게? 아이고, 뭘 하든! 그가 아무리 눈치를 줘도 아내는 전혀 눈치채지 못했고 정작 눈치를 보는 것은 그였다. 그녀는 즐겨찾기 목록에 올라 있는 블로그들을 차례차례 돌아다니며 글을 읽고 입으로는 연신 먹을 것을 씹어대고 댓글을 달고 하면서 혼자 아주 신 났다. 블로그 마실이 끝나면 인터넷 서점에서 어린이 책을 구경하고 온라인 쇼핑몰에서 생필품을 구매한다. 준비 운동을 마친 그녀, 드디어 게임을 시작한다. 한번은 참다못한 그가 볼멘소리를 뱉었다가 본전도 못 건졌다. 컴퓨터는 좀 낮에 하면 안 돼? 아내가 코웃음을 쳤다. 당신의 그 얌전하신 아드님이랑? 낮에 한번 집에 있어봐, 컴퓨터 앞에 엉덩이 붙일 시간 있나. 여편네가 집구석에서 뭐 그렇게 할 일이 많은지, 당신도 다 알고 있지? 그래도 밤에 그렇게 먹어대면, 좀 그렇잖아? 어머, 이 사람 봐. 뭐가 좀 그렇다는 거야? 나도 하루에 한 번은 좀 먹는 것처럼 먹고 싶어서 그래. 식탁에서 애랑 씨름해봐서 알잖아. 내가 먹는 게 어디로 들어가는지도 몰라. 아내의 말이 다 맞다는 것을 알기 때문에 그는 그만 포기하고 노트를 옆구리에 낀 채 안방으로 들어가는 수밖에 없다. 이부자리에 엎드려 시상을 불러오려고 애쓰다 보면 시상 대신 졸음이 몰려왔다. 그날그날 풀지 못한 피로가 쌓여 만들어진 졸음의 무게는 가공할 만한 것이었다. 잠들어 있을 때 가장 착해지는 아이의 쌕쌕거리는 숨소리는 세상에 둘도 없는 자장가였다. 그렇게 졸다가 깨면 자기도 모르게 벌떡 일어나 장롱에 기대앉아 정신을 가다듬었다. 그리고 다시 졸았다. 졸다 깨서 낮에 떠올랐던 시구를 적어 놓고 다시 졸고, 졸다 깨서 노트 여기저기에 번진 잉크 자국을 들여다보다 또 졸고, 그러다 결국 이부자리에 눕는다. 그 와중에도 글자보다 잉크 자국이 더 많은 노트는 잘 접어 화장대 밑으로 쑥 밀어 넣는다. 아침에 아내의 성화에 떠밀려 이부자리에서 일어나면 자괴감에 시달렸다. 나는 왜 잠을 이기지 못하는가. 잠을 이기지 못한다면 자면서라도 시를 쓸 수는 없는 걸까. 토마스 아퀴나스는 자면서도 글을 썼다던데! 화장대 밑에 감춰 놓은 노트를 꺼내 들다 화장대 거울에 비친 자기 얼굴과 마주치게 되면 스스로가 불쌍하게 여겨지기까지 했다. 아도르노는 아우슈비츠 이후에 시를 쓰는 것이 야만이라고 했는데, 임금노동자가 퇴근 이후에 시를 쓰는 것도 마찬가지로 야만스러운 일이라고 엄복태는 감히 생각했다.

일곱 시가 좀 안 된 시간이었다. 버스 정류장은 벌써 출근길에 나선 신도시 주민들로 북적였다. 그들은 버스가 오는 방향으로 고개를 빼고 있다가 타야 할 버스가 오면 우르르 몰려갔다. 빨간색이나 흰색 광역 좌석버스들이 속속 도착해 사람들을 싣고 강남역으로 잠실로 광화문으로 여의도로 떠났다. 난 당신의 아내가 되었는데, 당신은 언제 시인이 될 건가? 엄복태는 자꾸 그 말이 떠올랐다. 당신은 언제 시인이 될 건가? 된다, 돼! 되면 될 거 아냐! 잠을 잘 자지 못해 까칠해진 얼굴로 버스 정류장에 서 있던 그는 초가을의 차가운 기운 때문에 자꾸 몸이 움츠러들었다.

그가 타야 할 버스가 사거리에서 신호를 기다리다 막 좌회전을 하고 있었다. 그는 천천히 발걸음을 옮기며 버스를 기다리기에 적당한 위치를 가늠해보았다. 그가 생각하는 적당한 위치는 현재 정류장에 서서 승객을 태우고 있는 버스의 수와 그 버스들이 정류장에 더 머무를 시간, 사거리에서 정류장까지의 거리, 이쪽을 향해 오고 있는 버스의 속도 등 여러 변수가 복잡하게 얽혀 있는 수식에서 도출된다. 그의 머릿속에 버스가 정차할 지점을 예측하는 놀라운 수식이 순식간에 떠올랐다가 계산을 마치고 사라진다. 그는 두 번째로 버스에 올랐다. 좌석을 기대하지는 않았다. 혼잡도가 앞쪽보다 덜한 뒤쪽 통로에 설 수 있는 게 어딘가. 이어폰을 꽂은 채 눈을 감고 있는 남자 앞이었다.

버스가 고속도로로 올라선 지 얼마 되지 않아 남자가 졸기 시작했다. 등받이에 기대어 있던 남자의 머리가 창가에 앉은 여자 쪽으로 서서히 기울기 시작했다. 여자가 감고 있던 눈을 뜨더니 인상을 찌푸리며 자세를 고쳐 앉았다. 그 기척에 남자가 고개를 바로잡았다. 잠시 후 이번에는 엄복태 쪽이었다. 그는 서서히 자기 쪽으로 오고 있는 남자의 머리통을 바라보았다. 뻣뻣하게 반짝거리는 머리칼에서 헤어젤 냄새가 올라왔다. 좌석 등받이 옆에 비스듬히 기대어 몸무게를 분산시키고 있던 그는 한 발짝 뒤로 물러서며 천장에 달린 손잡이를 잡았다. 고속도로 버스전용차로제가 생긴 덕분에 버스는 그럭저럭 달리고 있었다. 차창 밖으로 빠르게 지나가는 아파트와, 아파트와, 아파트를 내다보았다. 시 경계에 접어들자 낮은 구릉이 눈앞에 펼쳐졌지만 금방 스쳐 지나갔다. 팔이 뻐근해졌다. 손잡이에 매달려 팔을 위로 뻗치고 있자니 꼭 벌을 서고 있는 느낌이었다. 무슨 죄를 지었는지도 모른 채 벌 받고 있는 아이처럼 좀 억울한 생각도 들었다. 문득, 어릴 때 학교 선생님들이 주던 벌이, 때리는 것도 아니고 그저 팔을 들고 있게 하는 것뿐인데, 왜 벌이 될 수 있는지 알 것 같았다. 팔은 본래 아래로 늘어뜨리는 게 자연스러운데 중력을 거스르고 위를 향해 들고 있자니 힘이 드는 것이다. 자연을 거스르는 것이야말로 벌인 것이다. 벌처럼 느껴진다면 그것은 자연스럽지 못하다는 뜻이었다. 거기에까지 생각이 미치자 그는 자기가 굉장히 잘못 살고 있는 것 같은 기분이 들었다. 날마다 괴로운 데에는 다 이유가 있었던 것이다. 이것은 자연스럽지도 못하고 중력을 거스르는 것이며 괜히 힘만 드는 인생인 것이었다. 이것은 진짜 인생이 아닌 것이었다. 버스가 막 양재시민의 숲 옆을 지나고 있었다. 나무들의 우듬지만 보였지만 그는 그것이 양재 시민의 숲이라는 것을 알고 있었다. 결혼 전에 데이트할 때 몇 번 가본 적이 있었다. 저것 봐, 저것 봐, 저게 숲이야? 나무의 우듬지만 보고 숲이랄 수는 없는 거야. 나무 사이로 걸어 다니며 나무의 검은 그늘을 느끼고 나뭇잎 사이로 비쳐드는 햇살에 눈이 부셔야 그게 숲이지. 아무리 코딱지만 한 부지에 나무 몇 그루 심어 놓고 벤치 몇 개 갖다 놓고 시민의 숲이라고 부르더라도 말이지. 진짜 내 인생을 살려면 그 속으로 들어가야 하는 거야. 멀리서 쳐다보기만 하는 건 이제 그만이야! 그는 갑자기 가슴이 벌렁거렸다. 이렇게 살 수는 없다고 소리치고 싶었다. 버스 기사에게 달려가 여기에서 내려달라고, 숲에 좀 가봐야겠다고 말하고 싶은 충동이 솟구쳤다. 그는 손잡이에서 한 손을 내려 가슴에 얹고 스스로를 진정시키려고 애썼다. 처음엔 팔이 아팠을 뿐인데 이젠 가슴까지 아팠다. 아내의 말처럼 이제 정말 시인이 되어야 하는 것이다. 더는 미룰 수 없는 때가 온 거였다.

그는 버스 안에 있는 사람들을 둘러보았다. 좌석을 차지한 사람들은 앉은 채로, 서 있는 사람들은 또 선 채로 대부분 졸고 있었다. 심지어 그의 오른쪽에 서 있는 남자는 손잡이에 매달린 팔에 얼굴을 묻고 코를 골고 있었다. 이 사람들이 모두 대한민국 수도 서울에서 밀려나 날마다 새벽같이 몽롱한 정신으로 휘적휘적 걸어 나와 버스에서 모자란 잠을 보충하면서 고군분투하고 있다니, 그러면서 집을 장만하고 주택 융자금과 자동차 할부금을 갚아가며 아이를 낳아 키우고 다들 그렇게 살아내고 있다니, 그는 신기하고 놀라웠다. 이 대견한 사람들을 전부 한 사람씩 돌아가며 어깨를 두드려주고 싶은 마음이 들 정도였다.

며칠 전에 만난 친구 김형철의 축 처진 어깨도 두드려주었다. 그의 회사는 구조조정을 앞두고 있었다. 비정규직인 그가 재계약되지 않으리라는 것은 뻔했다. 대학 시절, 원대한 포부 같은 것은 없었지만 그저 남들 하는 대로 남들 하는 만큼 학점도 챙기고 토익도 준비했던 그는 취업이 여의치 않자 졸업을 코앞에 두고 7급 공무원 시험 준비를 시작했다. 너무 늦은 게 아닐까? 엄복태의 걱정에 그가 눈에 힘을 주며 대꾸했다. 늦었다고 생각되는 때가 가장 빠른 때라구. 늦었다고 생각되는 때는 말 그대로 늦어도 이미 한참 늦은 때라는 말을 엄복태는 할 수 없었다. 그가 번번이 시험에 실패할 때에도 차라리 9급에 도전해보는 게 어떻겠냐는 말도 하지 못했다. 언제나 자신이 가진 능력보다 약간 높여 희망하는 것이 문제, 라는 게 엄복태의 생각이었다. 그러나 사람은 누구나 다 자기가 가지고 있지 않은 것을 원하기 마련이었다. 나이 제한 규정 때문에 더 이상 시험에 응시할 수 없을 때까지 김형철은 끈기를 발휘했다. 끈기만큼이나 근면성도 발휘하면 좋았을 텐데, 아쉽게도 그는 고시촌의 다양한 놀이문화를 거절하지 못했다. 그렇다고 딱히 놀았다고 할 만큼 논 것도 아니었다. 결국 그는 시험 응시에 나이 제한을 두는 것은 성차별이나 학력차별만큼 반인권적이라고 성토하면서 고시촌을 빠져나왔다. 나이도 많았고 경력도 없어서 비정규직 자리밖에 구할 수 없었지만 이제 더 이상 시골에서 복숭아 농장을 하는 환갑 지난 노인에게서 돈을 타 쓰지 않아도 된다며 기뻐했다. 결혼도 하고 아이도 낳고 잘 사는가 싶었는데 미국발 금융위기가 발목을 잡았다. 그는 발목이 몹시 아팠다.

소주를 연신 들이켜더니 김형철은 일찌감치 취했다. 그는 회사를 욕했고 사회를 욕했고 이 나라를 욕했고 전 지구적인 자본주의와 신자유주의를 욕했고 이제 마무리로 우주 전체를 씹어줄 참이었다. 너, 욕 많이 늘었다, 는 엄복태의 심심한 코멘트에 입을 다문 김형철은 고개를 숙이고 술잔을 빙빙 돌렸다.

"엄복태 이 새끼, 약아 빠진 놈."

또 무슨 말을 하시려고? 엄복태는 고개를 숙이고 있는 김형철의 정수리를 물끄러미 바라보았다.

"너 이 나쁜 새끼, 의리 없이 저 혼자만 쏙 취직하고 말야."

잘못한 것도 없이 늘 미안한 마음은 이제 그만, 하고 싶었지만 엄복태는 가만히 있었다. 고개를 든 김형철이 불쾌해진 얼굴로 갑자기 씩 웃었다. 안 그래도 접시만 한 얼굴이 웃으니까 쟁반만 해진 것 같았다. 엄복태는 고개를 돌렸다.

"징그럽다, 인마."

"내가 말이다, 이제 와 고백하지만, 너 취직했을 때, 사실 좀 샘났었다."

"너 술 처먹을 때마다 하는 말이거든."

"사실 내 친구지만 네가 얼마나 대견했는지 몰라."

"얼씨구, 좀 있으면 업어주시겠다?"

"정말이야, 만날 시 쪼가리만 붙들고 있길래 난 네가 가난한 시인 나부랭이나 될 줄 알았거든. 근데 번듯한 회사원이 되다니, 얼마나 기특하냐."

"미친놈!"

"아냐, 아냐, 나 안 미쳤고……."

말하다 말고 김형철은 푹 한숨을 내쉬었다.

"네가 정말 부럽다. 내가 정말 너처럼 직장만 잘 다니면 더 바랄 게 뭐가 있겠냐."

직장만 잘 다니게 되면, 더 바랄 게 생긴단다, 라는 말을 엄복태는 꿀꺽 삼켰다.

"행복하지?"

이제 혀가 꼬부라진 김형철의 말은 거의 '항복하지?'로 들렸다.

"이 새끼, 넌 좆나게 행복한 거야."

있지도 않은 자신의 행복을 발명해준 친구에게 감사의 인사라도 하고 싶었지만 김형철은 테이블 위에 두 팔을 포개더니 그 위에 이마를 살포시 얹고 엎어져버렸다. 엄복태는 남은 술을 혼자 홀짝였다. 대화 상대자가 곯아떨어지지 않았더라도 그는 시를 쓰지 못하는 자신의 고민을 말하지 않았을 터였다. 물론 친구의 고통에 비해서 자신의 고통이 덜하다고 생각했기 때문은 아니었다. 배부른 소리나 하고 앉았다는 핀잔을 듣고 싶지 않아서도 아니었다. 배부른 것은 아니었지만 그렇다고 배고픈 것도 아니었고, 해고를 코앞에 둔 친구도 행복하지 않겠지만 그렇다고 멀쩡하게 회사에 다니고 있는 자기가 행복한 것도 아니었다. 물론 내실 있는 중견 기업에 다니고 있어 이 전 지구적인 경제 위기의 격랑에서 아슬아슬하게 살아남았다는 것에 감사하고 있기는 했지만 말이다. 김형철이 그랬던 것처럼 우리는 모두 다른 사람의 행복을 발명해주면서 스스로는 불행해하고 있는 것이 아닐까 싶기도 했지만, 역시 인간은 자기가 갖지 못한 것을 원하기 마련이라는 생각으로 돌아올 수밖에 없었다. 배부르다고 해서, 배까지 부른데, 갖고 있는 것을 원할 수는 없는 노릇이 아닌가. 그러니 원하는 것 때문에 겪는 고통은 각자의 몫일 수밖에 없었다. 아내에게도 친구에게도 말할 수 없는 시 쓰기의 괴로움은 온전히 그 자신의 몫이었다. 시인 김수영은 시를 쓰고 있다는 의식을 갖고 있지 않으려 노력하는 것이 똥구멍이 빠질 정도로 무척 힘들다고 했다. 그러나 엄복태는 시를 써야 한다는 의식을 늘 갖고 사는 것이 똥구멍이 빠질 만큼 힘들었다. 시로 가득 채워도 시원찮을 머릿속이 매일 아침 버스가 정차할 지점이나 예측하느라 바쁜 것은 좀 곤란했다. 마음속 스승 김수영을 생각할 때마다, 시를 써야 한다는 생각을 할 때마다 그는 괄약근을 힘껏 조였다. 그럴 때마다 고독은 창조의 원동력이라고 했던 김수영의 말을 곱씹었다. 엄복태는 무엇보다도 고독을 원했다.

2

사람들이 하나둘 퇴근하기 시작했다. 엄복태는 사무실에 아무도 남지 않을 때까지 자리에서 일어나지 않고 모니터를 들여다보며 마우스를 이리저리 눌러대고 있었다. 앞자리의 정두현 대리가 오늘은 왜 빨리 도망가지 않느냐, 그러다 부장님한테 또 붙잡힌다고 주위를 둘러보며 속삭였다. 정 대리는 덩치에 어울리지 않게 애교 있는 웃음을 지었다. 운동을 좋아하고, 좀 더 정확히 말하면 웨이트 트레이닝을 좋아하고, 근육을 키우는 데에 좋다는 삶은 달걀의 흰자를 규칙적으로 먹고, 클래식 음악을 즐겨 듣는 남자였다. 매사에 명쾌하고 활달했다. 몸에 군살이 없는 것만큼이나 군더더기가 없는 인생이랄까, 처도 자식도 없는 홀몸이었다. 이따금 엄복태에게 달걀노른자를 내미는 것 말고는 나무랄 데가 없었다. 정 대리가 사무실을 빠져나가는 것을 끝으로 사무실이 텅 비었다. 엄복태는 엉덩이를 살짝 들고 파티션 너머로 감상호 부장의 자리를 쳐다보았다. 비어 있었다. 그래도 감 부장이 퇴근한 것이라고 생각되지는 않았다. 될 수 있는 한 야근은 하지 말라는 게 회사의 방침이라고 말하면서도 감 부장 자신은 종종 야근을 했다. 아니, 야근을 한다기보다는 늦게까지 남아 있었다. 그는 아내와 두 아이를 호주에 보내고 혼자 살고 있었다. 사십 대 중반의 홀아비나 다름없었지만 입성이 깨끗하고 단정해서 잘 모르는 사람은 살뜰한 아내의 보살핌을 받는다고 할 것 같은 정도였다. 업무 능력에 대한 평판도 좋은 편이었다. 그러나 엄복태는 그가 자신의 정치적 견해를 피력하며 은근히 동의를 구하는 통에 말 섞기를 꺼렸다. 80년대에 대학을 다녔다고 다 운동권일 수는 없겠지만 그 시대의 공기를 마시고 살았으면서도 그처럼 일관되게 보수적이기도 쉽지 않을 것 같았다. 폭력적이면서 졸렬하기까지 한 새 정권의 행태를 보는 것만으로 충분히 속이 답답한 지경인데 거기에다 감 부장의 터무니없는 코멘트를 듣고 있자면 울분이 치받쳐 올랐다.

"엄 과장, 퇴근 안 해?"

감 부장이 검은색 비닐 봉투를 들고 사무실로 들어왔다.

"네, 좀 있다 갈 거예요."

"안 바쁘면 칼스버그 한잔할 텨?"

"바쁜데요."

이 정도로 대꾸하면 무람하기도 할 텐데 감 부장은 아랑곳하지 않았다.

"바빠도 한잔하지?"

"전 괜찮아요."

"난 안 괜찮은데?"

"괜찮으실 거예요."

감 부장이 더 이상 대꾸를 하지 않았다. 엄복태는 흐뭇했다. 이렇게 쉽게 감 부장의 입을 다물게 하다니, 한판승을 거둔 것처럼 후련했다. 집에서 할 수 없다면 회사에서라도 시를 써보겠다고 남았는데 감 부장에게 그 시간을 바칠 수는 없었다. 잠시 후 파티션 너머에서 맥주캔을 따는 소리에 이어 촐촐촐, 잔에 맥주를 따르는 소리가 들렸다. 그는 꼭 맥주를 허리가 잘록한 긴 유리잔에 따라 마셨다. 그의 말에 따르면 그것은 칼스버그 전용잔으로 튤립글라스라는 이름을 갖고 있었다. 아닌 게 아니라 유리잔에는 커다랗게 'Carlsberg'라고 양각되어 있었다. 'Carlsberg'는 맥주가 담겨 있을 때면 금빛으로 반짝인다. 한 송이 노란 튤립 같지 않아? 이래서 튤립글라스라고 하는 건가 봐. 유리잔을 이리저리 돌려가며 흐뭇한 얼굴로 바라보는 감 부장을 엄복태도 이해할 수 있을 것 같았다. 그러나 그가 유리잔에 코를 박고 냄새를 음미하다가 내뱉는, "으음, 이 향긋한 꿀 냄새!"라는 말은 도저히 이해할 수 없었다. 소주를 마시다 마시다 경지에 오르면 드디어 딸기 향을 맡을 수 있다는 말은 들어봤어도 맥주에서 꿀 냄새가 난다는 말은 처음이었다. 엄복태도 그가 권하는 것을 몇 번 마셔봤다. 맛이 깔끔하고 개운하기는 해도 꿀의 흔적은 한 방울도 느낄 수 없었다. 감 부장은 범접할 수 없는 경지에 너무 심하게 오른 게 틀림없었다. 고개를 빼고 슬쩍 파티션 너머를 보니 어두운 창에 비친 감 부장이 보였다. 한 손에는 튤립글라스를 들고 회전의자를 왼쪽 오른쪽으로 빙빙 돌리며 앉아 있었다. 방향이 바뀔 때마다 의자 등받이에 걸린 재킷 자락이 살짝살짝 펄럭였다. 흰 셔츠 때문인지 어두운 창 때문인지 그의 얼굴이 환해 보였다. 쓸쓸해 보이긴 했지만 처량해 보이진 않았다. 지나친 것을 경계하는 것이 몸에 밴 그는 캔맥주를 꼭 한 개만 사가지고 왔고, 사무실에 남아 있는 누군가에게 술을 권하는 것은 그저 술잔이 넘치기 때문이라고 둘러댔다. 그에게는 두 번째 튤립글라스를 마실 사람이 필요한 것인지도 몰랐다. 감 부장은 고독을 견디지 못하는 사람이었다. 그에게는 그런 능력이 없었다. 혼자 있을 수 있는 자만이 관계에 매달리지 않고 오히려 좋은 인간관계를 꾸려나갈 수 있다는 것이 엄복태의 생각이었다. 아버지로서 아이에게 꼭 한 가지만 가르쳐야 한다면 무엇보다 혼자 있을 수 있는 능력을 가르치겠다고 그는 생각했다.

"무서운 나무?"

깜짝 놀란 엄복태가 노트를 팔로 가리며 뒤를 돌아봤다. 뒷짐을 진 감 부장이 내려다보고 있었다. 엄복태는 너무 놀라서 말도 안 나왔다.

"무서운 나무가 뭐야?"

"뭐 하시는 거예요, 지금? 깜짝 놀랐잖아요!"

"별것도 아닌 걸 갖고 놀라고 그래. 그러니까 평소에 죄를 짓지 마."

엄복태는 노트를 탁 소리가 나게 덮었다.

"그런데 뭐 하는 거야?"

"아무것도 아니에요."

"에이, 뭐가 아무것도 아니야. 글 쓰는 거야?"

"왜 소리 없이 뒤에서 훔쳐보세요?"

"소리 내면 못 훔쳐보잖아. 그런데 무서운 나무가 뭐냐구?"

엄복태는 노트를 가방에 넣었다.

"혹시, 시 쓰는 거야? 오호, 엄 과장 시도 써?"

"뭐가 우스우세요?"

"내가 언제 웃었다고 그래?"

"지금도 웃고 계시잖아요."

"그거야 내가 원래 인상이 좋아서 그렇지."

감 부장은 자기 자리로 돌아가고 엄복태는 가방을 챙겨 일어섰다. 감 부장이 의자를 좌우로 빙글빙글 돌리며 소리쳤다.

"엄 과장! 다시 봤어."

다시 보긴 뭘 다시 봐? 엄복태는 사무실 문을 열다 말고 뒤돌아 소리쳤다.

"집에 안 가실 거면 시라도 쓰시든가요!"

부모를 선택해서 태어날 수 없는 것처럼 직장 상사를 선택해서 입사할 수는 없는 노릇이었다. 평소의 감 부장 말마따나 절이 싫으면 중이 떠나면 된다지만 그 중은 어디 다른 절에라도 갈 수가 있겠지. 그런데 이 시대의 수많은 중생들은 오라는 절이 없다는 것을 좀 알아주셨으면. 엄복태는 혼자 구시렁거리느라 엘리베이터 버튼도 누르지 않고 서 있었다. 왜 이렇게 안 오는 거야? 하면서 엘리베이터 문 위를 올려다보니 엘리베이터는 그가 있는 10층을 막 지나 9층으로 내려가고 있었다. 그제야 그는 아래로 향한 화살표를 신경질적으로 탁 쳤다. 엘리베이터는 지하 4층까지 갔다가 다시 올라와 그를 지나 11층, 12층, 13층으로 더디게 올라가고 있었다. 그때 휴대전화에서 문자 메시지 도착을 알리는 소리가 들렸다. 안재석 학형 시집 발간 기념 축하주 마셔요! 시인 사인본 증정! 다음 주 금요일 7시 학교 앞 〈풍년집〉. 엄복태는 휴대전화를 재킷 주머니에 넣고 비상계단 쪽으로 걸어가 묵직한 문을 밀었다. 조명의 조도가 낮아 어둑한 비상계단을 천천히 걸어 내려갔다. 툭, 툭, 툭, 그의 발끝에서 나는 소리가 비상 통로 전체로 묵직하게 울려 퍼졌다. 계단참마다 벽에 박혀 있는 비상구 유도등이 푸르게 빛나고 있었다. 그 푸른 등 안에서 누군가 달아나고 있었다.

3

이틀 후 엄복태는 인터넷 쇼핑몰에서 파티션을 주문했다. 그것은 토요일 오후에 배달되었다. 이게 뭐냐는 아내의 물음에 그냥 좀 필요한 거라고 대답을 얼버무렸다. 텔레비전을 보던 아내가 저녁 식사를 준비하러 주방 쪽으로 가자 그는 작업을 시작했다. 우선 텔레비전을 안방으로 옮겼다. 텔레비전을 번쩍 들고 가 안방 한가운데에 내려놓을 때까지만 해도 아무것도 모르고 있던 아내는 그가 텔레비전이 놓여 있던 바퀴 달린 수납장을 밀고 가는 소리를 듣고 뒤를 돌아보더니 그제야 냅다 소리를 질렀다.

"뭐 하는 거야, 지금?"

그는 말없이 화장대 옆에 수납장을 놓고 그 위에 텔레비전을 다시 올려놓았다. 케이블을 유선방송 단자에 꽂고, 비디오 플레이어와 디브이디 플레이어를 연결하는 동안에도 그는 입을 다물고 있었다. 아내도 뭔가 심상치 않다고 생각했는지 허리에 손을 올린 채 더 말을 잇지 못했다. 엄마의 기분을 아는지 모르는지 아이는 이리 뛰고 저리 뛰면서 꽥꽥 소리를 질러댔다.

"이제 자면서 테레비 보는 거야? 와, 신 난다."

아내가 아이를 붙잡아 머리통을 쥐어박았다. 아이가 울음을 터뜨려도 그는 꿈쩍하지 않았다. 22평 아파트의 안방이라야 장롱과 화장대, 5단 서랍장으로 이미 꽉 차 있었다. 그 좁은 공간을 비집고 들어앉은 29인치 브라운관 텔레비전이 그가 보기에도 꼴사나웠다. 그래도 그는 아내가 늘 강조하는 가구 배치의 전체적인 구도 따위는 안중에도 없었다. 그는 거실로 나가 책상 위에 있는 컴퓨터와 모니터, 스피커, 프린터에 연결되어 있는 케이블을 하나씩 뽑았다. 아내가 쫓아 나왔다.

"뭐 하는 건지 말해."

낮은 목소리로 엄중히 경고하는 투였다.

"……"

"당신 정말 왜 이래?"

"컴퓨터는 어디에 둘까?"

아내가 어이없다는 듯 탄식을 뱉었다.

"작은방? 안방?"

"거실 놔두고 왜 다 좁아터진 방구석에 쑤셔 넣으려고 그러는 건데?"

"그렇다고 나를 방구석에 쑤셔 박을 수는 없잖아."

달래는 듯한 말투로 그가 대꾸했다.

"누가 방구석에 처박히래?"

그는 뭐라고 설명해야 할지 몰라 한숨이 나왔다. 아내에게 속 시원히 말할 수 없는 것이 그도 답답했다.

"그냥, 좀…… 기다려줄래?"

"뭘?"

"그냥, 뭐든."

아내는 쌩하니 돌아섰다. 그는 아내의 등 뒤에 대고 속으로 말했다. 미안해.

그의 책상이 작은방에서 거실 한 귀퉁이로 밀려난 것은 5개월 전이었다. 아이 장난감과 그 밖의 잡동사니로 가득한 작은방에 책상이 있을 때는 시가 잘 안 써지는 게 괴로웠지 혼자가 될 수 없는 게 고민은 아니었다. 거기에서는 고독하게 졸 수도 있었다. 그런데 어느 날 아내는 곧 아기도 태어날 테니 그 방을 두 아이의 방으로 만들어주어야겠다며 야무진 포부를 천명했다. 말이 떨어지기 무섭게 작은방은 알록달록한 만화 캐릭터 벽지로 도배됐다. 그의 책상과 책장은 곰돌이 푸우와 그 일당들, 아이가 가르쳐준 바에 따르면 당나귀 이요르, 꼬마 돼지 피글렛, 호랑이 티거 같은 것들에게 방을 내줄 수밖에 없었다. 알고 보니 아이들이 다 큰 옆집에서 버리려고 했던 유아용 책상과 미끄럼틀을 가져오려고 일을 벌인 것이었다.

그는 파티션을 조립해 거실 책상 옆에 세웠다. 아이는 그 옆을 떠날 줄을 모르고 아빠가 하는 것을 호기심 어린 눈으로 쳐다보고 있었다. 세워 놓고 보니 구매자 상품평에서 본 대로였다. 갈색 원목 프레임에 베이지색 자카르 천으로 된 가림막이 안정적인 느낌을 주었다. 2단으로 접히는 경첩 부분에서 아직 새것이라 삐걱거리는 소리가 났지만 2단짜리로 사길 잘했다는 생각이 들었다. 그것이 병풍처럼 책상 주변에 둘러서 있으니 새로 생긴 공간이 더욱 아늑해 보였다.

저녁을 먹는 내내 아내는 말이 없었다. 그는 아이가 먹는 것을 챙겨주며 모른 척했다. 설거지를 끝낸 아내는 작은방으로 들어가 문을 닫았다. 그는 안방에서 아이와 놀아주며 9시 뉴스를 보았다.

뉴스도 끝나고 스포츠 뉴스도 끝나고 드라마가 시작되기 전 광고가 나올 때 아내가 안방으로 왔다. 아무리 골이 났어도 드라마를 거를 수는 없는 모양이었다. 장롱에 기대어 나란히 앉았다. 그는 화장대 거울을 흘끗 보았다. 거울 속에 들어앉아 텔레비전에 시선을 고정하고 있는 시청자의 얼굴이 꽤 시무룩했다. 그때 거실에서 휴대전화의 알람이 울렸다. '봄여름가을겨울'의 연주곡 〈못다 한 내 마음을〉이었다. 거울 속의 아내가 거울 속의 그를 쳐다보았다. 그는 씩 한 번 웃어주고 자리에서 일어나 거실로 나왔다.

파티션 안으로 들어가 책상에 앉아 있자니 벽도 없고 문도 없는데도 방문을 닫고 자기만의 방에 들어와 앉아 있는 기분이 들었다. 군대 가기 전 일 년 가까이 살았던 자취방 생각이 났다. 하숙집의 2인실이 불편해서 자취방을 구하던 그의 눈에 〈시인이 살던 조용한 방〉이라는 쪽지가 보였다. 시인이 살던 조용한 방. 보증금 100만 원에 월세 15만 원. 쌍봉터널 근처. TEL 000-0000. 학교 구내식당 입구에 설치된 게시판에서 다른 종이 쪼가리들과 함께 펄럭이고 있던 그것을 다른 누군가 볼까 봐 얼른 떼어서 주머니에 넣었다. 쌍봉터널 근처라면 학교에서 버스로 다섯 정거장이나 떨어져 있었고 산동네라서 살기가 불편하겠지만, 시인이 살던, 게다가 조용한 방이라지 않는가. 그는 조금의 망설임도 없이 그 방으로 이사했다. 전에 살던 시인이 궁금했지만 아무런 단서도 없었다. 혼자 살고 있는 주인 할머니에게 물어봤지만 강원도에서 올라온 용접공이었다는 것 말고는 할머니도 아는 바가 없었다. 시인이었다던데요? 뭐, 시인? 무신 얼어 죽을 시인이당가? 기냥 착실한 총각이었는디. 그는 용접공의 시가 어땠을지 상상이 잘 가지 않았다. 그러던 어느 날 껌벅거리는 형광등을 새로 바꿔 끼우려고 의자를 갖다 놓고 올라갔다가 천장에 이렇게 씌어 있는 것을 발견했다. 너의 고독 속으로 달아나라. 그는 그 말이 무척 마음에 들어 시작노트 맨 앞에 써놓고 자주 입속으로 중얼거렸다. 그러면서 낮에는 착실하게 용접을 하고 밤에는 자신의 고독 속으로 달아나 시를 썼을 한 남자를 상상하곤 했다. 그 방은 외풍이 세서 겨울이 되자 정말 똑 얼어 죽을 것 같았다. 뒤꼍에 있던 재래식 화장실은 말할 것도 없이 얼음나라여서 방학 동안에도 똥 싸러 학교에 가고 싶을 정도였다. 그러나 시인이 되려면 주인 할머니의 말마따나 얼어 죽을 각오쯤 해야지 싶어 꾹 참았다. 체감 온도가 영하 20도까지 내려갔다는 어느 날엔 김수영의 『거대한 뿌리』를 옆구리에 끼고 화장실에 갔다가 그만 시커먼 구멍 속으로 시집을 빠뜨리고 말았다. 똥들도 다 얼었는지 툭, 소리가 나고는 그만이었다. 컴컴한 아래를 내려다보며 그는 울고 싶어졌다. 김수영 시인에게도 불경한 짓을 저지른 것 같아 마음이 아팠다. 그 여파 때문인지 이상하게도 봄이 올 때까지 그는 시를 한 편도 완성하지 못했다. 그래도 그는 똥통에 거대한 뿌리를 내린 자신의 시 쓰기가 언젠가는 줄기를 피워 올리고 꽃을 매달아 실한 열매를 맺을 것이라고 스스로를 위로했다. 어쨌든 그 방에 사는 동안 시를 열두 편이나 썼다. 그중 세 편을 골라 학교 신문사 주최 문학상 공모에 내보았지만 그쪽에서는 아무런 연락이 없었다. 대신 국방부에서 연락이 왔다. 그는 주인 할머니의 부탁으로 학교 구내식당 게시판에 자신이 언젠가 보았던 것과 같은 종이 쪼가리를 붙였다. 그것을 붙이고 한 발짝 떨어져서 다시 읽어보았다. 시인이 살던 조용한 방. 그 방에 살았던 시인은 그 용접공이었을까 아니면 자기였을까 생각하다보니 자신이 정말 시인이 되기라도 한 것 같은 이상한 기분이 들었다. 시를 쓰고 있으면 모두 시인이라는 생각이 들 정도였다. 그때는 그랬다. 그러나 이제는 그것이 시인지망생이라고 불릴 뿐이라는 것을 안다.

컴퓨터가 치워진 텅 빈 책상에 가만히 앉아 있던 그는 책상 옆에 서 있는 책장을 정리하기 시작했다. 오규원의 『현대시작법』과 황지우의 『사람과 사람 사이의 신호』는 책상 위 작은 책꽂이에 꽂았다. 김수영 전집 세 권도 눈앞에 나란히 세워두었다. 화장실에 빠진 『거대한 뿌리』를 다시 사거나 하지는 않았다. 그것은 영원히 그곳에 있을 터였다. 그곳에 영면한 『거대한 뿌리』에게 잠시 묵념을 올리고 나서, 그는 책장 여기저기에 아무렇게나 꽂혀 있던 창비와 문지의 시집들을 번호 순서대로 정렬시켰다. 빠진 번호들이 꽤 보였다. 한때 그 두 출판사의 시집 시리즈를 하나도 빠짐없이 다 모으려고 했던 적도 있지만 이제 더는 그런 의미 없는 꿈은 꾸지 않기로 했다. 다른 사람의 시집이 아니라 자신의 시집을 꿈꾸기로 했다. 그의 꿈은 좀 더 엄숙했고, 또한 그래서 좀 더 허무맹랑했다.

4

모임에 갈까와 말까 사이를 수십 번도 더 오가며 하루를 보낸 엄복태는 다른 날보다 옥상 흡연실에 더 많이 들락거렸다. 다람쥐 풀방구리 드나들 듯하는구만. 보다 못한 감 부장이 한마디 했다. 모두들 퇴근하고도 엄복태는 1시간 넘게 뭉그적거렸다. 웬일인지 감 부장도 오늘은 칼스버그 타령을 하지 않고 일찍 사무실을 나갔다. 엄복태는 텅 빈 사무실의 창가에 서서 어두워진 거리를 한참 동안 내려다보았다. 며칠째 울적한 아내의 얼굴이 떠올라 가슴이 답답했다. 첫날엔 냉랭하게 아무 말도 하지 않더니 다음 날 잘 열리지 않는 꿀병 뚜껑을 열어달라는 말로 말문을 텄다. 그래도 기분은 내내 우울해 보였다. 그는 여전히 아무 설명을 하지 않았고 22시에 맞춰 놓은 알람이 울리면 파티션 너머로 들어갔다. 알람의 의미가 무엇인지 다 안다는 듯 아내는 아무것도 묻지 않았다.

학교 앞 술집이었지만 재학생 없이 졸업생만 모여 있었다. 요즘은 시동아리에 가입하는 신입생도 별로 없다더라는 누군가의 말에 어린 것들이 일찌감치 현명한 거라고 누군가 대꾸했다. 엄복태는 취하지 않으려고 술을 별로 마시지 않았다. 술잔을 부딪쳐오는 사람이 있어도 입술만 축이고 말았다. 그런데도 이상하게 취기가 돌았다. 얼굴이 점점 후끈 달아올랐다. 시인의 사인이 들어간 시집 한 권씩을 돌린 것 말고는 술자리의 취지가 무색할 정도로 아무도 시에 대해 말하지 않았다. 누군가 『너는 낯선 나라』라는 시집 제목이 마음에 든다고 말했고, 누군가는 표지에 그려진 시인의 캐리커처가 본인과 너무 닮지 않았다고 딴지를 걸었고, 또 다른 누군가는 책날개에 박힌 시인의 약력에 왜 동아리 이름은 없냐고 웃기지도 않는 농담을 했을 뿐이다. 그래도 한때는 일주일에 한 번씩 모여 시합평회를 하곤 했지만, 이제 아무도 시에 대해 말하지 않았다. 쾌적한 삶을 사는 사람은 할 말이 없다고 했던 버지니아 울프가 어쩌면 틀린 것인지도 모른다고 엄복태는 생각했다. 쾌적한 삶을 사는 사람도 할 말이 없겠지만 쾌적하지 않은 삶을 사는 사람도, 너무 안 쾌적해서, 말할 기운이 없는 게 아닐까. 불콰해진 얼굴로 삼삼오오 떠들고 있는 동아리 사람들을 둘러보니 저것들도 다들 저렇게 구질구질하게 늙어가는구나 싶어 안쓰러운 마음이 들었다.

다들 그러고 사는 와중에 시를 쓰고, 등단도 하고, 게다가 시집까지 내는 놈은 어떤 놈이냐 대체. 엄복태는 안재석을 쳐다보았다. 이 사람 저 사람 권하는 대로 축하주를 들이켠 탓에 벌써 어지간히 취해 벽에 등을 기대고 눈을 감고 있었다. 엄복태가 군에 입대하던 해 입학했고 그가 제대했을 때는 안재석이 입대했던 터라 별로 친분이 없는 후배였다. 들은 바로는 졸업한 후에도 취직하지 않고 근근이 이런저런 아르바이트를 하며 줄곧 시만 써왔다고 한다. 그 은근한 끈기가 가상하기도 했지만 자기가 가진 것을 모두 건 사람에게 꼭 그만큼의 결과가 돌아오는 것은 아니라는 의미에서 운이 좋았다고 할 수 있었다. 엄복태는 그런 불안한 운에 인생을 걸 만큼의 배포가 없었고 스스로도 그런 자신을 잘 알았다. '하면 된다'가 전 국민의 모토인 어린 시절을 보냈지만, 머리가 자라고 나서는 그게 아니라는 것을 알게 되었다. 해도 안 되는 일이 더 많다는 것을, 숱하게 들어온 성공 신화는 모두에게 골고루 돌아갈 리 없기 때문에 신화라는 것을, 이제 '하면 된다'가 아니라 '안 되면 말고'로 모토를 바꿔야 한다는 것을. 그가 제대 후 시를 잠시 접어두고 취업 준비에 몰두한 것도 다 그런 이유 때문이었다. 그래도 시에게 온전히 영혼을 내놓지 못하는 자신이 부끄러워 속으로 계속 이런 말을 되뇌었다. 회사원의 시를 쓸 테다. 나는 회사원의 시를 쓸 거야. 물론 회사원은 되었으나 시인은 되지 못했다. 나는 당신의 아내가 되었는데 당신은 언제 시인이 될 건가. 문득 아내의 목소리가 들려 엄복태는 일어나 밖으로 나왔다. 쾌적한 찬바람을 쐬고 싶었다.

가을 밤바람은 이마까지 차오른 뜨거운 기운을 식혀줄 만큼 시원했다. 한참 동안 밤색 구두가 이끄는 대로 학교 주변 골목길을 걷다가 술집으로 되돌아온 엄복태는 안으로 들어가기 전에 화장실에나 들러야겠다 싶어 건물 뒤쪽으로 돌아갔다. 허름한 2층 건물의 후미진 화장실을 여학생들이 무척 싫어했었다. 이 동네는 그 흔해 빠진 재개발도 재건축도 없었는지 건물 뒤편 공터가 주차장으로 바뀐 것 말고는 예전 그대로였다. 화장실에 들어갔다 나오는데 누군가 소리쳤다.

"야, 멸치!"

그렇게 저항하고 싶었던 별명이건만 엄복태는 자기도 모르게 뒤를 돌아보았다. 아무도 보이지 않았지만 목소리의 주인이 하승진 선배라는 것은 알 수 있었다. 자기를 멸치라고 부를 사람, 어둠 속에 몸을 숨기고 장난을 칠 사람, 그리고 저렇게 카랑카랑한 목소리를 조심성 없이 내뱉을 사람, 하승진밖에 없었다. 엄복태는 주위를 둘러보았다. 그때 가로등 아래 주차되어 있던 1톤 트럭 짐칸 뒤에서 손 하나가 쑥 올라오더니 백화점 주차장 입구의 주차 안내원 아가씨들 손처럼 팔랑거렸다. 차 뒤에 웅크리고 앉아서 킥킥거리고 있을 하승진의 얼굴이 훤히 보이는 듯했다. 팔랑거리는 그 손모가지를 똑 분질러주고 싶었다. 하승진이 부르는 소리를 못 들은 척할 수도 있는데, 옛날부터 그게 잘 되지 않았다. 그가 잘 떨어지지 않는 발을 질질 끌며 다가가자 하승진 옆에 앉아 있던 후배 하나가 잽싸게 일어나 엉덩이를 털더니 엄복태에게 찡끗 웃어 보이곤 자리를 떴다.

하승진은 이태 전 누군가의 부친상 때 만나고는 처음이었다. 잘 다니던 대기업을 때려치우고 삼촌이 하던 카페를 인수했다고 놀러오라고 했지만 일부러 찾아가서 시달림을 자청할 만큼 인생의 괴로움이 부족하지는 않았기 때문에 인사치레로 어디냐고 묻기만 했었다. 하승진이 재킷 주머니에서 담뱃갑을 꺼내 그에게 내밀었다. 엄복태는 고개를 저었다.

"끊었어요."

"독한 새끼."

하승진은 담배에 불을 붙이고 그것을 다 피우는 사이, 카페 아르바이트생이 지각하는 바람에 모임에 늦었다는 둥, 어째 나보다 더 늙어 보이냐는 둥, 어딜 쏘다니다 온 거냐는 둥 쉴 새 없이 지껄였다. 담배를 빼끔거리고 이따금 목 깊숙한 곳에서 가래를 끌어올려 뱉어내고 침을 튀기며 말을 하느라 입이 무척 바빴다. 엄복태는 발끝으로 땅바닥을 툭툭 차며 수다쟁이의 말에 건성으로 고개를 끄덕여주었다. 화단 흙에 담배를 비벼 끈 하승진이 말 없는 엄복태를 잠시 쳐다보더니 그의 등을 툭 쳤다.

"야, 입 좀 벌려봐."

"네?"

"입 좀 벌려보라고."

"진짜 끊었다니까요."

만난 지 5분도 안 돼 엄복태는 벌써 짜증이 밀려왔다. 갑자기 하승진이 그의 턱을 잡아 자기 쪽으로 돌렸다. 턱을 잡은 손아귀의 힘이 하도 세서 그의 입이 저절로 벌어졌다. 가로등 불빛 쪽으로 턱을 더 잡아당긴 하승진은 벌어진 입안을 이리저리 들여다보더니 턱을 놔주었다.

"다 말랐네."

엄복태는 턱을 매만지며 대꾸도 하지 않았다.

"네 입속의 바다가 다 말랐다구, 이 멸치 새끼야."

술도 안 취한 것 같은데 말이 왜 그 따위냐, 이 선배 새끼야. 나도 이제 애아버진데 새끼 새끼 하고 지랄이셔! 엄복태는 속에서 부글거리는 것을 꾹꾹 누르느라 얼굴이 빨개졌다. 그러다 문득 하승진을 물끄러미 바라보았다. 멸치 입속에 바다가 그득해요. 언젠가 학교 앞 식당에서 김치콩나물국을 먹다가 국그릇 속에서 멸치를 건져 올리며 했던 말이 떠올랐다. 앞에 앉은 하승진이 깍두기를 입에 넣으려다 기가 차다는 듯 그를 쳐다보았다. 그때부터 하승진은 엄복태를 멸치라고 불렀다. 그 기억이 떠오르자 엄복태는 불끈 말아 쥐었던 주먹의 힘이 쭉 빠지는 것이 느껴졌다. 국그릇 속의 멸치를 보고도 바다를 상상할 수 있던 시절이 있었다는 게 믿기지 않았다.

하승진이 불러준 별명은 또 있었다. 아마 시인. 동아리 사람들은 그것이 아마추어의 줄임말이라고 생각했지만 사실은 그게 아니었다. 하승진은 엄복태에게 비웃듯 말하곤 했다. 아마, 시인일걸? 아마, 시인일까? 그러지 마십시오 선배님, 정도가 엄복태가 할 수 있는 말의 전부였다. 머리통으로 하승진의 턱을 한번 들이받고 싶기도 했지만 그러지 못했다. 이상하게 하승진에게는 쩔쩔맸다.

하승진은 제대한 지 얼마 되지 않은 복학생이었다. 보기와는 달리 한때는 피아노 전공으로 예중에 다녔었다고 떠벌렸는데 엄복태로서는 믿기 어려운 말이었다. 한때일망정 그가 예술과 관련되었던 적이 있다니, 동아리 단골 술집 문간에 묶여 있는 강아지 쫑이가 한때 시를 썼다고 하는 것을 믿는 편이 나았다. 물론 하승진은 시를 쓰지도 못했다. 그는 졸업할 때까지 시합평회를 한 번도 하지 않은 것으로도 유명했다. 이따금 동아리 회원이면서도 시합평회를 하지 않는 사람도 있었지만 그들은 대개 가입 초기 몇 번 나오고 말거나 학년이 올라가면서 하나둘 동아리방에 발길을 끊었다. 그러나 하승진은 졸업할 때까지 시종일관 시 한 편 발표하지 않으면서 동아리방에 계속 나타났고, 나타나서는 후배들을 붙들고 우습지도 않은 말을 지껄여댔다. 후배들이 그를 꺼렸던 것은 딱 한 가지, 그가 너무 말이 많기 때문이었다. 언제쯤 끝날지 알 수 없는 장광설을 감히 거부하지 못해 그의 손아귀에서 빠져나오기가 어려웠다. '딱오초'는 그가 입을 다물고 있는 시간이 5초를 넘지 못해서 붙은 별명이었다. 게다가 엄복태에게는 친히 은전을 베풀어 동아리방 밖으로 따로 불러내기도 했다. 그러면서 한다는 소리가, 소설가 신경숙과 박상우가 술을 사주기로 했으니 같이 가자는 것이었다. 엄복태가 믿지 못하겠다는 듯 피식 웃자 어쩌면 시인 함민복도 올지 모른다는 말을 덧붙였다. 진짜요? 두 사람이 술집에 도착했을 때까지 그들 중 누구도 오지 않았고 술집을 나올 때까지 역시 누구도 오지 않았다. 그럼 그렇지, 엄복태가 입술을 삐죽거렸다. 그러니까 아무도 오지 않을 거잖아요. 안 오긴 왜 안 와, 벌써 여기 다 와 있는데. 하승진이 오른쪽 엉덩이를 툭툭 쳤다. 바지 뒷주머니에 들어 있는 지갑 속에, 그러니까 당대에 내로라하는 시인과 소설가가 죄다 들어 있다는 말이었다. 엄복태는 순전히 개뻥이라고 여기면서도 그래도 혹시나 하는 기대를 품었던 자신이 한심했다. 부모가 둘 다 지방 국립대 교수였던 하승진은 아버지가 신용카드를 주면서 내걸었던 조건, 책만 살 수 있다는 그 조건을 한 번도 어긴 적이 없었다. 그러면서도 하승진은 책뿐만 아니라 음반도 많이 사 모았고 술도 자주 마셨다. 집에서 부쳐오는 생활비로는 어림도 없는 규모였다. 방법은 간단했다. 음반 매장이 있는 대형서점에 가서 책과 함께 음반도 많이, 아주 많이 산다. 어차피 카드 대금이야 아버지 통장에서 빠져나가는 것이었고 아들이 신경 쓸 것은 카드 명세서에 찍히는 상호뿐이었다. 카드 명세서에 술집 이름은 찍을 수 없었으므로 헌책방에 책을 팔아 그 돈으로 술을 마시는 것이었다. 얼마나 좋아, 아버지는 아들 책 사줘서 좋고 아들은 책뿐만 아니라 음악도 들으니 좋고 책 팔아 술까지 마시니 이건 일석몇 조라고 해야 하냐. 눈도 즐겁고 귀도 즐겁고 혀도 즐겁고, 게다가 너도 즐겁고, 안 그래? 세상사가 다 그렇게 즐거워서 좋기도 하시겠어요. 하지만 저는 좀 빼주셨으면.

동아리방에서 뒨둥거리다 걸리면 하승진은 '시점'을 봐주겠다고 복채를 요구하기도 했다. 매점에 가서 인삼 가루 뿌린 꿀물 하나만 사 오면 되느니라. 커피나 녹차 값의 두 배가 넘는 꿀물을 마지못해 사다 바치면 원한 적도 없는 점괘를 읽어주었다. 그가 말하는 '시점'이란 별게 아니었다. 가방에 늘 갖고 다니는 몇 권의 시집 중 한 권을 꺼내 시집을 앞뒤로 휘리릭 넘기다 아무 페이지나 활짝 펼쳤을 때 거기에 있는 시가 점괘가 되는 것이다. 점쟁이의 안목을 결정하는 것은 시에서 어느 구절을 읽느냐에 달려 있다며 한참 황지우 시집을 들여다보던 하승진이 갑자기 차분해진 목소리로 읽기 시작했다. 엄복태를 위한 점괘는 다음과 같았다.

시詩란 금방 부서지기 쉬운 질그릇인데도, 우리는 그것으로 무엇인가를 떠 마신다.*

하승진 같은 떠버리도 시를 읽을 때의 목소리엔 어딘가 쓸쓸한 데가 있었다. 훗날 종종 그날의 점쟁이의 말이 떠오를 때마다 엄복태는 자기가 시라는 질그릇으로 떠 마시고 있는 것이 무엇일까 생각했다. 그러나 아무리 생각해도 그에게 시는 질그릇이 되기도 전에 부서졌고 그래서 아무것도 떠 마시지 못했다.

나중에 하승진의 그 엉뚱한 '시점'이 사실은 라블레의 소설에서 따왔다는 것을 알고 적잖이 놀랐다. 세로쓰기로 글자가 빽빽했던 『가르강튀아와 팡타그뤼엘』에는 호메로스의 책으로 점을 치는 '점회의'라는 것이 있었다. 팡타그뤼엘의 방식은 말할 것도 없이 하승진의 방식이었다. 엄복태가 놀란 것은 하승진이 어딘가에서 본 걸 흉내 냈다는 것을 알게 되어서가 아니었다. 문학을 그런 식으로 우려먹는다는 데에 신선한 충격을 받은 것이다. 도무지 시동

---

* 황지우, 「버라이어티 쇼, 1984」 詩作메모, 『겨울-나무로부터 봄-나무에로』

아리에 나오는 이유를 알 수가 없고 대체 시를 쓸 생각이 있는 건지 의심스러웠던 하승진을, 가슴 깊이 시를 사랑하는 엄복태로서는 그동안 이해할 수 없었다. 그런데 하승진의 농담과 장난은 엄복태가 그동안 알지 못했던, 문학을 향유하는 또 하나의 방식이었던 것이다. 언젠가 하승진이 자신에게 했던 충고도 그제야 조금 이해할 수 있을 것 같았다. 넌 너무 진지한 게 탈이다. 너무 진지하면 그게 좀 우스꽝스럽다는 걸 알아야지. 제가 좀 우스꽝스럽습니까? 몰랐냐? 엄복태는 얼결에 한 방 먹은 듯 더 대꾸를 못 했다. 너무 센 직구를 날렸다고 생각했는지 누그러진 목소리로 하승진이 말했다. 내가 피아노를 했었잖아. 그때 우리 사부님 말씀이, 손목에 힘을 빼라는 거야. 그러면서도 손가락 끝은 살아 있어야 한다고 하셨지. 그게 말은 쉬워도 손목에 힘을 빼면 손가락이 흐트러지기 쉽거든. 손목에 힘을 빼면서도 건반은 힘 있게 짚어야 하는 거야. 아르헤리치 같은 강철 타건은 아니더라도 말이야. 아르헤리치요? 어유, 이 무식한 놈아, 그런 멋진 언니가 있다는 것만 알면 된다. 하여튼 이 형님 말씀은 너는 손목에 힘이 너무 이빠이 들어가 있다는 말씀이시다. 그러면 손가락이 어떻게 되겠냐? 그렇게 잘 아시는 선배님은 왜 예고 시험에서 떨어지셨을까요, 라는 말이 목구멍을 훌쩍 넘어 혀끝까지 달려 나왔지만, 엄복태는 혀를 꽉 깨물었다. 하승진은 손목의 힘을 뺐고 그러다 피아노에서 완전히 손을 뺐고,

이제 와 후배 앞에서 훈계랍시고 떠들어대고 있었다. 네, 네, 아르헤리친지 뭔지 멋진 언니들을 많이도 아시고 유식해서 좋으시겠어요. 부모 잘 만나 집에는 책으로 가득한 근사한 서재도 있고 방바닥에는 늘 양서가 굴러다녔지요? 어려서부터 그 고급한 문화의 세례를 듬뿍 받으셨으니 몸 속속들이 다 배었겠지요. 엄복태는 속으로 실컷 비아냥거리면서도 하승진이 부러웠다. 그를 키운 공기는 자신이 마셔본 적 없는 것이었다. 읽는 것이라곤 신문과 성경, 이따금 교회 주보뿐인 자신의 부모가 만든 공기와는 다를 수밖에 없었다. 저도 언젠가 손목에 힘을 뺄 수 있을까요? 엄복태는 그의 말을 다 수긍한다는 태도로 말했건만, 그는 이렇게 대꾸하며 깔깔거렸다. 아마, 말대가리에 뿔 날 때쯤? 그때로부터 십여 년이 지나는 동안 말대가리에 뿔 나는 일이 일어나지는 않았는지 엄복태는 여전히 손목이 딱딱했다.

"요즘도 시 쓰냐?"

엄복태는 순한 아이처럼 고개를 끄덕였다. 시를 쓴다는 말은 부끄러워서 아무에게도 할 수 없었는데 이상하게 하승진에게는 아무렇지도 않게 말이 술술 나왔다. 어차피 그에게는 잘 보이는 것이 불가능하든지 아니면 잘 보일 필요가 없기 때문인지도 몰랐다.

"요즘은 누구 시 베끼냐? 아직도 황지우나 이성복은 아니겠지?"

"레퍼토리 바꿨어요. 이젠 엄복태의 시를 베끼죠."

"오호! 자식, 많이 컸네. 그럼 너도 문예지나 신춘문예 같은 데 보내보지그래?"

"안 보내봤겠어요?"

"계속 안 된다는 건 다 이유가 있는 게 아닐까? 그만둘 줄 아는 것도 능력이다, 너."

"그게 안 되니까 이 지랄입니다, 선배님. 시를 쓰면서 살기도 어렵지만 시를 쓰지 않고 살기도 괴롭거든요."

"아니면 차라리 다 때려치우고 들어앉아서 시만 딥다 파든가. 안재석이도 그랬다잖아. 독서실에 처박혀서 몇 달씩 시만 쓰고 그랬다던데."

"그럼 우리 새끼 일용할 양식은요?"

"그러게 딸린 식구를 만들지 말았어야지. 하긴, 혼자 몸으로 시만 쓴다고 다 시인이 되는 것도 아니다만. 등단한다고 그걸로 먹고 살 수 있는 것도 아니고 말이다."

엄복태는 입을 다물었다. 하승진이 딱하다는 듯 그를 쳐다보며 혀를 찼다. 엄복태는 눈이 시렸다. 가로등 불빛 때문인 것 같았다. 밤바람을 너무 오래 쏘였기 때문일 수도 있었다. 이제 그만 넋두리를 집어치우고 돌아가고 싶었다. 오늘 하루치의 고독을 아직 처분하지 못했다.

"혹시, 이름 없는 잡지에라도 발표해볼래?"

엄복태는 하승진을 쳐다보며 피식 웃었다.

"아니, 자식아, 농담이 아니고. 내가 아는 사람 중에 시잡지 만드는 사람이 갑자기 생각나서 하는 말이야."

그때 엄복태의 재킷 주머니에서 휴대전화의 알람이 울렸다. 22시, 고독해질 시간이었다. 〈못다 한 내 마음을〉이 다른 날보다 더 쓸쓸하게 들렸다. 그는 일어나서 엉덩이를 털며 말했다.

"잡지에 이름부터 지으라고 하세요."

"잡지 이름이 뭐라더라……, 그래 시장, 시장이라고 그랬어. 시의 장이라나 뭐라나."

엄복태가 헛웃음을 터뜨렸다.

"시의 장이라서 시장이라. 와, 누가 이름을 지었는지 진짜 발군의 시대감각이네요. 이런 막강한 시장주의 시대에 아주 딱 떨어지는 이름이에요."

하승진의 말을 그는 곧이곧대로 듣지 않았다. 하승진이 그런 사람을 알 리 만무했고, 설령 안다고 해도 영양가가 없을 게 뻔했고, 만의 하나 괜찮은 기회라고 해도 그런 식으로 자신의 이력을 시작하고 싶지는 않았다.

5

엄복태가 하승진의 카페를 찾아간 것은 일주일 후였다. S대학 근처, 고시원과 원룸 주택이 밀집한 골목에 있었다. 그는 〈미로〉라는 간판을 잠시 올려다본 후 지하로 내려갔다. 연한 갈색 벽돌로 마감한 인테리어는 편안하고 따뜻한 느낌을 주었다. 모자라지도 않고 넘치지도 않게 적당히 세련된 것이 하승진을 닮았다.

"오란다고 정말 왔네?"

퇴근하면서 전화했을 때는 별소리 없이 위치를 가르쳐주고는 딴소리였다.

"반가우면서 괜히 그러시네, 손님도 별로 없구만요."

"중간고사가 코앞이라 그렇지."

"시험이라고 술 안 마실까."

"요즘 애들이 얼마나 기를 쓰고 공부하는지 알면 기절할 거다. 우리 때랑은 달라."

하승진은 손님이 들어오면 일어나 테이블로 안내하기도 하고 잠깐씩 주방에 들어갔다 나오기도 하고 다시 엄복태와 마주 앉아 얘기도 했다. 아르바이트생이 있지만 손님을 맞는 건 직접 하고 있다고 했다. 엄복태는 자기가 온 목적에 대해서는 한마디도 꺼내지 못했다. 칼스버그는 왜 없냐고 투덜거리기나 하면서 맥주를 마셨다. 그러다 22시 알람이 울리자 자리에서 일어났다.

사흘 후에 다시 찾아갔을 때도 마찬가지였다. 그 정도 했으면 하승진이 눈치채고 먼저 얘기를 꺼내줄 만도 할 텐데 아무 말이 없었다. 그날도 술만 마셨다. 하승진은 술값을 꼬박꼬박 다 받았다.

이틀 후 하승진이 전화를 걸어왔다. 엄복태는 혹시나 하는 마음에 반갑게 전화를 받았으나 칼스버그 갖다 놨으니 저녁에 들르라는 말뿐이었다. 혹시나 하는 기대 때문이었는지 전화를 끊고 나자 하승진에게 야속한 마음이 들었다. 오후 내내 하승진의 전화 생각이 날 때마다 내가 거길 다신 가나 봐라, 속으로 포달지게 뇌까렸지만 퇴근 후 결국 그는 〈미로〉로 향했다. 가는 길에 하승진에게 다시 전화가 왔다. 가요, 가! 엄복태는 버럭 짜증을 내고 전화를 끊었다.

"튤립글라스는 없어요? 이건 튤립글라스에 따라 마셔야 되는데."

하승진이 엄복태 앞에 초록색 칼스버그 병을 갖다 놓자 엄복태가 툴툴댔다.

"그래, 너 말 잘했다. 너네 부장한테 그 튤립글라슨지 뭔지 좀 얻어 와봐라."

엄복태는 칼스버그를 병째 들고 마셨다. 목울대가 오르내리며 꿀떡꿀떡 소리가 났다. 앞에 앉아 있던 하승진이 인상을 찌푸렸다. 그러더니 갑자기 엄복태 너머로 웃음을 지으며 손을 번쩍 들었다. 엄복태도 뒤를 돌아보았다. 한 남자가 다가오고 있었다. 엄복태는 그가 누구인지 단박에 알 수 있었다. 남자가 엄복태 맞은 편에 와서 앉으며 테이블 위에 책을 한 권 내려놓았다. 채도가 짙은 파란색 표지에 詩場이라는 제호가 하얗게 박혀 있었다. 엉거주춤 일어선 엄복태는 맥주를 한숨에 들이켠 탓에 끄으윽, 트림이 나왔다. 엉겁결에 인사를 하며 다시 앉았다. 하승진이 선 채로 두 사람을 서로에게 소개했다. 그는 양준 선생이라고 했다. 엄복태가 다시 꾸벅 고개를 숙여 인사를 하는데 양준이 손사래를 쳤다.

"아이고, 선생은 무슨……."

엄복태는 그렇게 점잖게 치는 손사래는 처음 보았다.

"그래도 글월깨나 읽는 분인데 뭘 그러셔."

하승진은 존대도 하대도 하닌 말투로 말했다. 그는 아르바이트생을 부르고는 엄복태 옆에 앉았다. 아르바이트생이 맥주 두 병과 잔을 가져왔다. 하승진이 맥주병을 따서 잔에 따르려고 하자 양준은 가봐야 할 데가 있다고 조금만 달라고 했다. 그사이 엄복태는 어색한 미소를 지으며 흘끗흘끗 양준을 보았다. 한눈에 봐도 출판사 사장이라고 할 수 있을 정도로 먹물 태가 났다. 짙은 회색 재킷에 목까지 올라오는 검정색 폴라 니트를 받쳐 입어 꽤 차분해 보였다. 검정색 뿔테 안경 너머 눈매는 부드러웠지만 입가의 미세한 주름의 모양이 아주 집요한 데가 있을 것 같은 인상을 주었다.

"아까 말했던 그 후배. 아직 등단은 못 했지만 꽤나 열심인 친구예요."

하승진의 말에 양준이 맥주잔을 홀짝이며 의례적인 미소를 띠었다.

"그럼, 지금 하시는 일은?"

엄복태가 얼른 지갑에서 명함을 꺼내 양준에게 내밀었다. 양준은 명함을 한 번 흘끗 보고는 지갑에 넣고 자신의 명함을 꺼내 책과 함께 엄복태 쪽으로 밀었다. 2008년 여름호였다.

"최근호를 드리고 싶은데 급하게 오느라 사무실에 들르지 못해서……, 차에 이것밖에 없더라구요."

엄복태는 책장을 넘겨보았으나 자세히 볼 수도 없었고 내용이 눈에 잘 들어오지도 않았다.

"이름 아는 시인은 별로 없죠? 창간한 지 몇 년 안 돼서……."

양준의 말이 변명처럼 들려 엄복태까지 괜스레 민망했다. 유명한 시인들이 있을 거라고는 기대하지도 않았었다.

"처음부터 유명한 게 어딨어요? 앞으로 그렇게 만들어가면 되지. 양 선생 능력 좋으시잖아. 듣자하니 요즘 문학잡지들 다 어렵다던데, 이렇게 계속 내고 있는 것만도 대단한 거지."

하승진이 너스레를 떨었다. 양준의 맞장구가 이어졌다.

"네, 요즘 시인이 얼마나 많아요. 일 년에 새로 쏟아져나오는 시인만 해도 엄청나거든. 그런데 발표할 지면이 부족하니까 등단하고도 시를 계속 쓰기 어렵다고요. 알고 보면 유명하지는 않아도 좋은 시 쓰는 시인도 꽤 많은데."

"맞아요, 얼마 전에 후배 하나가 시집을 냈는데, 혹시 안재석이라고 아시나?"

양준이 잠시 멈칫하더니 고개를 끄덕이며 이름은 알지만 아직 읽어보지는 못했다고 했다. 엄복태가 보기에는 잘 모르면서 예의상 그러는 것 같았다.

"그 친구도 등단하고 한참 만에 시집을 냈어요. 한 오륙 년 됐나? 지방지 신춘문예로 등단했는데 청탁이 없어서 고생했다지. 그래도 지방 문예지나 군소 시잡지 같은 데 꾸준히 게재를 한 모양이야. 사실 그거 읽는 사람이 몇이나 되겠어. 그러니 다들 재정 상태가 열악해 가지고 원고료도 얼마 안 되고, 그나마 가끔은 원고료 대신 잡지 몇 년 치 구독권 그런 걸로 받기도 하고 그랬다는 거야. 언제 폐간될지도 모르는 판에."

"사실 시잡지가 돈 되는 건 아닌데, 그래도 사명감 갖고 버티는 거예요. 게다가 우린 공식 등단 절차를 밟지 않은 신인을 발굴해내는 데에 더 공을 들이고 있어요. 기존의 틀에 얽매이지 않은 참신한 시인을 찾고 있는 거죠."

사명감 운운하는 얘기를 들으니 첫인상에서 받은 호감이 반으로 줄어드는 듯했지만 등단하지 않은 신인도 발굴하고 있다는 말에 엄복태는 귀가 쫑긋 섰다.

"양 선생 같은 분들이 진짜 문학을 지켜주고 있는 거라고. 이게 말이야, 글은 독자를 만나야 미학적으로 완성되는 거거든."

얼씨구. 미학 운운하는 하승진이 우스워서 엄복태는 정말 웃을 뻔했다. 하승진이 팔꿈치로 그의 옆구리를 쿡 찔렀다.

"너는 왜 아무 말이 없어?"

"네? 저야, 뭐……."

"애가 이렇다니까요. 그렇게 말주변이 없어가지고 뭘 하겠니."

그런다고 갑자기 말주변이 생기지는 않았다. 엄복태는 괜히 양준이 건넨 책의 책장만 이리저리 넘겨보았다. 한동안 아무도 말하지 않고 분위기가 사뭇 어색해져서 그랬는지 하승진이 화제를 바꿨다.

"그나저나, 이번에 많이 물리셨다며?"

양준이 금방 얼굴에 웃음을 띠었다.

"말 마요. 아, 진짜, 나 같은 반미주의자가 이렇게 미국 경제까지 걱정하게 될 줄 알았나."

"그래도 요 며칠은 다우극장에 밤마다 불꽃놀이던데, 뭘."

"원래 불꽃놀이가 특별한 날에만 하는 거잖아요. 다우지수가 줄창 내리꽂히기만 했는데 어쩌다 그런 날이라도 있어야지."

"천하의 양 선생이 왜 이러실까. 매수는 기술, 매도는 예술이라고 하던 때는 언제고."

"그건 시장이 정상적으로 돌아갈 때 얘기죠. 물타기 하느라 자꾸 추가 매수만 하고 있다니까. 손절 시기를 놓쳐가지고."

"물타기하다 대주주 된다던데!"

이렇게 말하며 하승진이 웃음을 터뜨리는 것과 동시에 양준도 웃었다. 엄복태는 주식을 잘 몰랐다. 그래서 웃음이 나오지 않았으나 웃어야 할 타이밍인 것 같아 슬쩍 웃었다.

"너는 주식 안 하냐?"

어떻게든 자신을 대화에 끌고 들어가려는 선배의 노력은 가상했으나 엄복태는 고개를 젓는 것 말고는 아무 할 말이 없었다.

"너는 세상 돌아가는 공부부터 해야겠다. 얘가 세상 물정을 좀 몰라요. 학교 다닐 때부터 엄청 띨띨했지."

"직접 투자하지는 않아도 주식 시장 돌아가는 건 알아야지요. 자본주의의 꽃이잖아요."

"합법적인 도박이고?"

"그렇지. 가슴이 막 설레잖아요. 잘하면 돈도 벌고."

양준이 눈을 찡긋거리며 웃었다. 엄복태는 자기가 아직 어른이 되지 못한 기분이었다. 고등학교 때 담배를 피우지 못해 어린애 취급을 받았던 것과 비슷한 느낌이었다.

"요즘은 말밥 주러 안 가시나?"

"지난번에 마지막이다 하는 심정으로 고추깡 해가지고 갔다가 완전히 털리고는 한동안 안 가기로 결심했잖아요."

"과천 쪽으로는 당최 오줌도 안 누고?"

하승진의 말에 양준이 박장대소를 했다.

"맞아, 맞아."

"그것도 잠깐이지 좀 있으면 다시 근질근질하실걸 뭐."

"그런데, 제가 몰라서 그러는데요, 고추깡은……?"

모처럼 엄복태가 입을 열었다. 그것도 모르냐는 듯 하승진이 이맛살을 모으며 말했다.

"카드깡 같은 거 있잖아. 고추를 산다고 치고 카드를 긁어, 그리고 수수료 좀 떼고 고추 대신 현찰을 받는 거지. 다음 달에 카드 결제하면 되고."

엄복태가 고개를 끄덕이는데 양준이 슬며시 웃었다.

"내가 그때 어떻게 됐나 얘기했던가?"

"아니, 한동안 안 오셔서 얘기 못 들었는데."

"사실 내가 건 말이 일 등으로 들어오긴 했어요. 나, 정말 복장 터져서 죽는 줄 알았지."

"왜?"

"마지막 코너 돌고 직선주로 타면서 자리싸움하다가 말들이 순간적으로 엉켰거든요. 그때 내 말 기수가 낙마를 한 거라. 그런데 이놈의 말이 놀라서 그랬는지 미친 듯이 내달려서는 저 혼자 결승점에 들어온 거지, 그것도 일 등으로. 진짜 울고 싶더라니까요."

"과천이 떠나가게 한번 울어주지 그랬어? 남자들도 한 번씩 울어줘야 되는데."

"그 말 들으니까 우리 큰애 생각나네. 애가 초등학교 1학년인데, 하루는 학교에서 부모님한테 편지를 쓰라고 했나 봐요. 편지 내용이야 뭐 다 형식적인 거였는데 추신에 이렇게 썼어요. 아빠, 울지 마세요. 웃으세요. 그걸 보니까 어찌나 눈물이 핑 돌던지. 정말로 내가 그동안 줄곧 울고 싶었던 것 같은 기분이 들잖아요."

두 사람이 주거니 받거니 얘기를 하는 동안 엄복태는 양준이 어떤 부류의 인간인지 분류하는 데에 애를 먹고 있었다. 아무리 생각해봐도 '도무지 종잡을 수 없는 인간군'에 분류할 수밖에 없었다. 그때 양준의 휴대전화가 울렸고 통화를 짧게 끝낸 양준이 일어서며 말했다.

"오늘은 갑자기 오느라 시간이 없네요. 다음엔 진하게 술 한잔 합시다. 일단 명함에 있는 이메일로 세 편 정도 보내주세요. 편집위원들이랑 게재 가능한지 검토해볼게요."

양준은 하승진의 카페 앞 건물에 있는 당구장 사장의 친구였다. 그는 당구보다는 포커를 치러 가끔 왔다. 당구장 카운터 안쪽 쪽방이 이따금 하우스가 되곤 했다. 고정 멤버라야 근처에서 피시방이나 부동산, 편의점을 운영하는 또래 사장들이 전부인, 친목을 빙자한 심심풀이였다. 서로 친해질 일은 없지만 그들의 노는 품새가 젠틀해서 하승진도 종종 간다고 했다. 양준은 하는 일 때문인지 그들 사이에서도 깍듯한 대접을 받았다. 다들 서로 사장이라고 부르면서도 양준에게는 꼭 양 선생이라고 불렀다. 그의 출판사는 아버지로부터 물려받은 것이었다. 주로 아동도서를 내던 중소 출판사였는데 그가 맡은 후로는 시집 쪽에도 손을 대기 시작했고 얼마 안 가 시잡지도 창간했다. 물론 아동도서도 계속했다. 전체적으로는 어울리지 않는 조합이었지만 돈 안 되는 시집과 시잡지에 자금을 충당하기 위해서는 어쩔 수 없었다. 당연히 아동도서 쪽을 맡고 있는 아내와 불화가 잦았다. 한 번씩 도지는 그의 도박벽이 더 큰 문제였다. 카드, 경마, 경정, 성인 오락실까지 눈에 띄는 것은 다 손댔다. 그렇다고 집안을 말아먹을 만큼 큰 빚을 지거나 하지는 않았다. 그가 원하는 것은 돈보다는 승부 그 자체에 있었다. 아슬아슬하게 승부의 정점에 다다랐을 때 가슴이 막 저릿저릿하다는 것이었다. 그 얘기를 하면서 하승진이 손바닥을 대고 가슴이 벌렁거리는 시늉을 했다. 때 되면 몸에 밥 넣어줘야 되는 것처럼 게임을 해줘야 한다는 것이었다. 안 그러면 혈관이 요동을 친다고 했다. 한번은 성인 오락실에 갔다가 경찰 단속을 피해 급하게 몸을 피했는데 나중에 보니 주머니에서 반투명 플라스틱 공이 나왔다. 골프공만 한 플라스틱공 안에는 금장 책갈피가 한 개씩 들어 있었다. 그것은 현금과 교환되는 일종의 칩이었다. 단속반이 들이닥치는 바람에 현금화할 새가 없었던 것이다. 기념이라며 양준이 공을 열어 금장 책갈피를 몇몇 사람에게 나누어 주었다. 하승진은 도박장에서 얻은 그 금장 책갈피야말로 양준이라는 인간을 정확히 말해 주는 것 같다고 말했다.

"그런데 내가 안 오면 어쩌려구 아무 말도 안 했어요?"

엄복태가 눈을 흘겼다. 하승진이 픽 웃었다.

"올 줄 알았거든."

6

현관문을 들어서는데 아이가 소리를 지르며 달려 나왔다. 아내가 아이를 붙잡으며 뛰지 말라고 야단을 쳤다. 자정이 가까운 시간이었다. 엄복태가 자기를 기다리고 있다고 생각한 것은 아이가 아니라 책상머리에 있었다. 그는 마음이 바빴다. 카페를 나와 버스를 기다리는데 그제야 자신이 시를 발표하게 될지도 모른다는 것이 실감되었다. 늘 바랐지만 먼 데 있는 일이라고 생각했던 것이 갑자기 자기 앞으로 달려와서 끼익, 급정거를 하기라도 한 것 같았다. 막상 그것이 닥쳐오자 두려워졌다. 자기가 잘할 수 있을지, 편집위원들 눈에 들 수 있을지 걱정이었다. 버스가 고속도로를 질주하는 동안 그도 어딘가로 막 달아나고 싶은 마음이 들었다. 그러면서도 한편으로는 그동안 써 놓은 시 중에서 어떤 시를 골라야 할지 생각하고 있었다. 「즐거운 적멸」이나 「눈사람의 입김」이 어떨까. 아니, 아니야. 「무서운 나무」나 「은총이 가득하신 마리」 정도가 낫겠어. 「무서운 나무」는 다시 손봐야 하는데. 아니지, 모두 다 다시 손봐야 해. 아, 정말 내 시가 실린 책이 나올 수도 있단 말인가. 두려움과 설렘이 뒤섞여 마음이 어지러웠다. 그는 대충 씻고 책상 앞에 앉았다. 아이가 책을 옆구리에 끼고 와서 읽어달라고 떼를 썼다. 아이를 번쩍 들어 이부자리에 갖다 놓았지만 아이는 어느 틈에 거실로 다시 나와 파티션을 붙들고 앞뒤로 흔들어댔다. 경첩이 삐걱거리는 소리가 몹시 거슬렸다. 그만하라고 몇 번이나 말했지만 심통이 난 아이가 더욱 세차게 흔드는 바람에 파티션이 통째로 휘청거렸다. 안 그래도 신경이 곤두서 있던 그는 참지 못하고 벌떡 일어났다. 그 바람에 바퀴 달린 의자가 뒤로 확 밀리면서 찻잔을 들고 오던 아내와 부딪쳤다. 아내가 놓친 찻잔은 뜨거운 액체를 사방에 흩뿌리며 박살이 났다. 놀란 아이가 울음을 터뜨렸다. 놀라기는 그도 마찬가지였다. 아이의 울음소리 때문에 더 정신이 없었다. 그는 자기도 모르게 소리를 질렀다.

"울지 마!"

아내가 어처구니가 없다는 표정으로 그를 쳐다보았다.

"안 그래도 놀란 애한테 왜 소리를 지르고 난리야? 뭘 잘했다고!"

"그러게 아빠가 얼른 자라고 했잖아. 지금 벌써 깜깜한 밤인데!"

아내는 아이의 발을 살펴보더니 아이를 데리고 안방으로 들어갔다. 방문이 쾅 닫혔다. 안 그래도 괴로운데 나 혼자 좀 맘 놓고 괴로워할 수도 없단 말이냐. 이놈의 집구석엔 괴로워할 자유도 없냐! 깨진 찻잔을 치우면서 엄복태는 속으로만 투덜거렸다. 차라리 어린 아들처럼 울 수 있으면 좋겠다는 생각이 들었다. 그러나 마음을 다잡았다. 빨리 시를 골라서 다듬어야 했다. 다시없을 기회였다. 이 기회는 시간이 지나면 그냥 지난 일이 돼버리는 것이었다.

다시 책상에 앉았다. 시작노트를 꺼내 그동안 써 놓은 시를 읽어보고 아직 시가 되지 못한 메모들도 읽었다. 몇 편의 후보작이 있긴 했지만 선뜻 마음에 드는 것은 없었다. 집에서는 잘 피우지 않는 담배를 입에 물었다. 불은 붙이지 않고 필터를 잘근잘근 씹었다. 욕실로 가서 담배 가운데를 뚝 분질러 변기에 버리고 물을 내렸다. 그러고는 다시 자세를 잡고 책상 앞에 앉았다. 노트를 들여다보며 그는 안경알을 닦고, 손톱 주변에 붙은 거스러미를 만지작거리고, 옷 속에 손을 넣어 옆구리와 등을 긁적였다. 결국 그는 「무서운 나무」와 「적막」, 「용감한 신세계」를 골랐다. 「무서운 나무」는 윤제림의 시구에서 제목을 따온 것이고, 「적막」은 장석남의 정서가 묻어난다는 평가를 받았고, 「용감한 신세계」는 김중식 특유의 발상과 유사하다는 평가를 받았던 작품이라 끝내 개운치 않았다. 하지만 어떤 시도 다 마찬가지였다. 그렇게 따지면 어떤 것도 내놓을 수가 없을 터였다. 언젠가 엄복태의 시합평회가 끝난 후 뒤풀이에서 하승진이 이런 말을 한 적이 있었다. 너는 이성복의 그늘만 벗겨내면 잘할 것 같은데 말이다. 엄복태도 잘 알고 있었으므로 그 스스로 거기에서 벗어나려 애썼다. 그러나 벗어났다고 생각하고 고개를 들어보면 이번엔 황지우의 그늘 밑에 와 있었다. 매번 그런 식이었다. 한때는 그에게 눈부신 빛이었던 시인들이 이제는 그에게 어두운 그늘을 드리우고 있었다. 빛이 밝을수록 그늘이 짙은 것은 자명했다. 그런 지적을 받을 때마다 내가 너무 기억력이 좋은가 봐, 라면서 웃어넘겼지만 속으로는 절망감을 곱씹었다. 자신의 세계를 만들고 싶었지만 그것은 쉽지 않았고, 얼른 그럴듯한 무언가가 되고 싶다는 욕심 때문에 자기 자신이 되지 못했다. 시를 그만 때려치우고 싶은 생각도 있었지만 그것도 잘 되지 않았다. 그는 자기가 이미 시라는 이상한 나라에 완전히 갇혀버렸다는 것을 알았다. 그러던 어느 날 우연히 김수영의 산문집에서 '시는 나의 덫이다'라는 말을 보고는 '그래, 천하의 김수영도!' 싶은 마음이 들어 깊은 위로를 받았다. 그는 동아리 사람들이 함께 쓰는 노트에 그 문장을 적어두었다. 다음 날 그 아래에 누군가 이렇게 써놓았다. - 김수영은 "시는 나의 닻이다"라고 했는데?! - 엄복태는 그럴 리가 없다고 외치며 집으로 달려가 책을 펼쳐보았다. 정말 닻이었다. 덫에서 닻까지의 거리는 얼마나 될까, 그는 한동안 동아리방에 가지도 못하고 그 생각만 했다. 옛날 일을 생각하자니 그날의 수치스러움이 떠올라 다시금 얼굴이 화끈해졌다. 그는 다시 시작노트에 고개를 묻었다.

7

일주일 후, 엄복태는 양준에게 이메일로 세 편의 시를 보냈다. 메일의 보내기 버튼을 클릭한 후부터 양준이 자신의 시를 읽는 모습을 상상하면서 가슴을 졸였다. 뿔테 안경 너머 양준의 눈동자가 시행을 따라 움직이는 것이 다 보이는 듯했다. 그러나 수신확인을 하루에도 몇 번씩 해봤지만 사흘이 되도록 메일은 아직 읽지 않은 상태였다. 한껏 부풀어 있던 엄복태도 점차 풀이 죽었다. 뭐 하나라도 쉽게 되는 일이 없어. 메일 확인하는 게 뭐 어려운 일이라고!

그렇게 볼멘소리를 내뱉고 집에 돌아가서는 고독한 시간이고 뭐고 없이 누워서 텔레비전만 보다 잠들었다. 다음 날 출근해서도 자리에 앉자마자 메일함부터 확인했다. 밤사이 양준에게서 메일이 와 있었다. "좋은 시 보내주셔서 감사합니다. 다음 호에 게재될 예정입니다." 그게 전부였다. 시를 잘 받았다는 말만으로도 가슴속 체증이 가실 판인데 게재가 결정되었다는 말까지 보니 어안이 벙벙했다. 책이 당장 나오기라도 한 것처럼 가슴이 벅찼다. 이럴 때 남들은 붕붕 뜨는 것 같다고 말하지만 그는 이상하게도 드디어 땅에 뿌리를 내리기 시작한 느낌이 들었다. 이번엔 똥통이 아니라 제대로 된 땅이라고 생각하니, 자신의 미약한 뿌리가 곧 제대로 거대한 뿌리가 될 것 같은 예감이 들었다. 곧장 아내에게 알려주고 싶었지만 찻잔을 깬 날 이후로 다시 냉랭해져 전화하기가 어색했다. 무엇보다 아무 말 없이 눈앞에 책을 내밀어 깜짝 놀래주고 싶은 마음이 컸다. 자, 이제 당신을 시인의 아내로 만들어준 거다! 그러면 그동안 잘못한 것을 아내가 용서해주리라. 생각만 해도 저절로 미소가 지어질 만큼 행복한 장면이었다.

양준에게서 전화가 걸려온 것은 열흘 후였다. 그는 뭔가 굉장히 꺼내기 어려운 말이라도 있는 듯 주저하는 눈치였다. 엄복태는 혹시 자신의 시를 찬찬히 검토해보니 잡지에 게재하기에는 무리가 있더라는 말을 하려는 것은 아닌지 덜컥 가슴이 내려앉았다. 정말 그럴 수도 있었다. 그는 메일을 읽고 불과 몇 시간 만에 답장을 보냈다. 편집위원들이 그것을 검토할 시간이 충분하지 않았을 것이었다. 어렵게 생각하지 말고 말씀하시라는 엄복태의 말에 힘을 얻었는지 양준은 그제야 입을 뗐다.

"처음인데 이런 말씀드리기 좀 뭣한 건 압니다만……, 영세한 잡지들 사정이 다 빤해서요……, 원고료는……."

엄복태는 잽싸게 말을 낚아챘다.

"아니요. 원고료야 많이 못 주셔도 되고요, 정 사정이 여의치 않으시면 천천히 주셔도 됩니다. 뭐, 돈 바라고 시를 쓰는 건 아니니까요."

"무슨 말씀을요, 원고료도 엄연히 노동의 대가인데, 시를 주셨으면 당연히 돈도 받아야 됩니다. 그건 앞으로 어떤 잡지에 시를 주시든 꼭 유념하셔야 돼요. 자본주의 시대에 순수한 문학이라는 건 없습니다. 어차피 문화도 산업인데요. 직업적인 근성을 가져야 됩니다."

"아, 네. 충고 고맙습니다."

"아시겠지만 저희 잡지가 많이 팔리지는 않는데요, 사실은 원고료를 드리기는 어렵다는 말씀을 드리려던 참이에요."

자신이 너무 앞서 갔다는 생각에 무안해진 엄복태가 얼른 말을 받았다.

"그럼요, 이해합니다. 부족한 시를 실어주시는 것만도 감사하게 생각하고 있어요."

"부족하다니요, 그렇지 않습니다. 제가 요즘 바빠서 일일이 시에 대한 감상을 전해드리지 못해서 그렇지, 선생님 시가 저는 개인적으로 참 마음에 들었어요. 뭐랄까, 제2의 장석남이라고나 할까요."

시가 마음에 들었다는 말에 들떴던 마음이 제2의 장석남이라는 말에 다시 가라앉았다. 역시 장석남의 그림자가 어른거렸던 걸까. 그러나 어쨌든 일단은 합격점이라는 뜻으로 받아들이기로 한 엄복태에게 원고료 따위는 문제가 되지 않았다.

"그렇다고 저희가 완전히 입을 싹 씻거나 하지는 않습니다. 그래도 문학하는 사람인데, 최소한의 정도는 지켜야죠."

엄복태에게는 그 말이 '상도'로 들렸다. 그래, 자본주의 사회에서 상도의는 지켜야지.

"그래서 원고료를 못 드릴 때는 잡지를 스무 권씩 드립니다. 어차피 잡지가 나오면 지인들한테 보내셔야 할 텐데, 그것도 다 돈이지 않습니까."

"좋은 생각 같네요. 저도 그 정도는 필요할 것 같아요."

"그만큼 필요하지 않으면 삼 년 치 구독권으로 드리든가요. 어떻게든 제가 할 수 있는 것은 다 해드리려고 애쓴다는 것만은 알아주세요."

"걱정 마세요, 다 사정을 아는 처지인데요, 뭐."

"저기……, 사실 제가 오늘 전화를 드린 것은……, 좀 어려운 부탁을 드려야 할 것 같아선데요."

아직도 하기 어려운 말이 남았다니 지금까지 한 말보다 더하다면 대체 무엇일까 다시 가슴이 무거워졌다.

"요즘 유가가 너무 올랐잖아요. 그러는 바람에 인쇄비가 인상된 데다, 지난 호 찍은 것도 다 지불을 못해서……, 아무튼 사정이 좀 그렇습니다. 이번 호 찍으려면 당장 돈이 좀 급해서요. 출간되는 대로 바로 돌려드릴 수 있는데요."

유가 타령을 시작할 때부터 엄복태는 양준이 전화한 의도를 단박에 알아차렸다. 그러나 너무 늦었다. 발을 빼기엔 말을 너무 오래, 너무 길게 섞었다. 아, 이건 아닌데, 정말 이건 아닌데. 속으로 그렇게 생각하면서도 그는 어느새 이렇게 말하고 있었다.

"아……, 그러세요. 얼마나……? 저도 월급쟁이 처지라 목돈도 없고 급전을 구할 데도 없어서……."

"한 삼백 정도면 급한 불은 끌 것 같은데요, 더 되면 좋구요."

결국 이백만 원을 빌려주기로 하고 전화를 끊었다. 왠지 불길했다. 아무래도 실수를 한 것 같았다. 그러나 거절할 수도 없었다. 말하자면 일종의 갑과 을의 관계가 아닌가. 엄복태는 바로 인터넷 뱅킹으로 송금했다. 그래, 떼여봤자 이백만 원이다. 이백만 원짜리 등단이라고 생각하자. 잘하면 받을 수도 있는 게 아닌가. 그렇게 생각하고 나니 차라리 속이 편했다.

정작 엄복태의 속을 뒤집는 일은 주말, 집에서 일어났다. 아내가 가방을 쌀 줄은 몰랐다. 곧 시인의 아내가 될지도 모르는데, 물론 모르니까 그랬겠지만, 아내는 아이의 손을 잡고 집을 나섰다. 공식적으로는 친정에 가서 아기를 낳겠다는 것이었지만 지난 몇 주간 마음이 상할 대로 상한 모양이었다. 출산 예정일은 두 달이나 남아 있었다.

"당신, 영 재능이 없는 건 아닌 것 같더라."

오후 내내 책상에 붙어 있던 엄복태가 아내를 돌아봤다.

"뭐라더라? 너의 고독 속으로 달아나라? 거기 책상 국어사전 밑에 붙여 놓은 거 말야. 당신이 그런 것도 쓸 줄 알았던 거야?"

엄복태는 잠자코 있었다. 사실 그것은 시인이 살던 조용한 방에서 베껴온 것이라는 말도, 나중에 알고 보니 니체의 책에 나오는 문장이었다는 말도 하지 않았다.

"이 세상에서 나에게 남은 유일한 진실은 내가 이따금 울었다는 것이다! 이 말도 멋졌어. 그 긴 걸 내가 다 외울 정도니까."

불룩한 배를 내밀고 한 손으로 허리를 짚고 서서 일부러 과장된 톤으로 낭송하는 아내의 목소리에 뮈세의 시가 금방 우스꽝스러워졌다. 그것은 곧장 엄복태 자신에 대한 비아냥으로 들렸다.

아, 빌어먹을. 원래는 이 세상에서 나에게 남은 유일한 재산은 내가 이따금 울었다는 것이다야. 베끼는 것도 제대로 못 베껴서 미안하다.

“나 없는 동안 시나 많이 써.”

아내는 안방으로 들어가 가방과 아이를 끌고 나왔다.

“뭐야, 지금 가게? 잠깐 기다려봐. 내가 태워다 줄게.”

“택시 불렀어.”

주차장에 내려가니 택시가 서 있었다. 뒷자석에 아이를 먼저 들여보낸 아내가 차문을 붙잡고 돌아서며 마지막 어퍼컷을 날렸다.

“그렇다고 너무 자주 울지는 말고.”

그는 아내의 입가에서 미세한 웃음 자국을 발견했다. 아내가 애써 웃음을 참고 있는 것만 같았다. 아이는 차 안에서 손을 흔들었다. 아내의 말에 충격을 받은 그는 택시가 주차장 입구를 빠져나갈 때까지 우두커니 서 있었다. 택시가 사라지자 슬리퍼를 직직 끌며 엘리베이터를 탔다. 크으응, 위로 올라가는 엘리베이터 소리가 털 빠진 불쌍한 짐승이 서럽게 우는 소리처럼 들렸다.

8

아내와 아이에게는 미안했지만 그들이 없는 집은 사실 무척이나 평화로웠다. 좀 쓸쓸하긴 해도 그것이야말로 그가 바라던 바였다. 고독 속에서는 모든 것이 다 다르게 들린다더니 그 말이 꼭 맞았다. 냉장고 모터 소리가 나른하게 들렸고, 윗집에서 물을 쓸 때마다 배관에서 들리는 쿨럭거리는 소리는 살아 있는 조그만 짐승이 벽 속을 돌아다니는 것처럼 느껴졌다. 이부자리에 누워 눈을 깜박이면 눈시울의 속눈썹이 베갯잇에 닿았다 떨어졌다 하며 사락사락거리는 소리가 났다. 잘만 하면 달이 뜨는 소리며 별이 떨어지는 소리까지 들을 수 있을 것 같았다. 드디어 맘 놓고 혼자 괴로워하기 딱 좋았다. 그래서 그랬는지 정말 몹시 괴로웠다. 제2의 장석남이라는 양준의 말이나 남의 문장을 베껴 놓은 것을 보고 그에게 재능이 있는 것 같다고 한 아내의 오해 같은 것들이 그의 가슴을 콕콕 쑤셔댔다. 엄복태는 자기가 시를 쓸 때마다 그동안 읽었던 시집에서 시인들이 전부 뛰쳐나와 자기의 펜을 낚아채려 한다고 생각하지 않을 수 없었다. 그들과 싸우는 것, 그들에게 저항하는 것이야말로 그가 이 괴로움에서 벗어나는 길이라는 것을 알고 있었다. 알고는 있었으나 잘 되지 않는 것이 문제였다. 그러니 김수영이 다시 한 번 위대해 보였다. 뭔가를 읽고 나서 금방 잊어버리는 편리한 습관을 가졌던 김수영은 조르주 바타유와 모리스 블랑쇼의 책이 너무 마음에 들어서 읽고 나서 즉시 팔아버렸다고 했다. 엄복태는 문득 책장에 꽂혀 있는 시집들을 죽 훑어보았다.

그 주 일요일에 나일론 끈으로 묶은 책 몇 꾸러미를 차에 싣고 모교 근처 헌책방을 찾아갔다. 일하다 잠시 쉬는지 토시와 장갑을 낀 채 문 앞에 늘어놓은 책 더미 위에 걸터앉아 담배를 피우던 헌책방 주인은 그가 내려놓은 꾸러미를 훑어보기만 할 뿐 담뱃불을 끌 때까지 별말이 없었다. 시집의 원래 정가가 2천 원 내지 3천 원인 데다 너무 낡아서 상품 가치가 별로 없다는 것은 엄복태도 알고 있었다. 그래도 문전박대가 야속했다. 결국 헌책방 주인은 권당 얼마가 아니라 무게를 달아 값을 쳐주었다. 시집이 완전히 폐지 취급까지 당하는 것을 보니 가슴이 쓰렸다. 그가 받은 돈은 2만 5천 원이었다. 고등학교 시절부터 사 모은 시집들이었다. 거기에 들어간 돈이 얼만데, 그것들을 사려고 용돈을 얼마나 아껴 썼는데, 값싼 학교 구내식당 밥을 물리도록 먹으며 산 것들인데, 이제 손에 쥔 것이 고작 지폐 몇 장이었다. 그는 받은 돈을 잘 접어 지갑 안쪽 운전면허증 뒤에 꽂았다. 길이길이 남겨서 이날의 치욕을 씻자고 다짐하면서.

12월에 접어들어 책이 나오기만을 기다리고 있는데 김형철에게서 전화가 왔다. 결국 낙향하기로 했다는 소식이었다. 전에는 복숭아라면 신물이 난다던 친구는 아버지의 복숭아를 파는 온라인 쇼핑몰을 만들겠다며 포부를 밝혔다. '무릉도원'이라고 쇼핑몰의 이름도 지어 놓았다고 했다. 요즘은 땅을 사랑하는 게 유행이라는 둥, 농업이야말로 차세대 성장 동력이라는 둥, 신 나게 한참을 떠들던 김형철은 갑자기 한숨을 푹 쉬더니 풀 죽은 목소리로 이렇게 말했다. 뭐라고 씨부려대는 건지, 내가 참 미친놈이다. 너 미친놈인 거 이제 알았냐? 이 형님이 진작 그러지 않대? 김형철은 복숭아술을 담가 놓을 테니 나중에 꼭 놀러 오라는 말을 끝으로 전화를 끊었다. 엄복태는 복사꽃이 분분히 날리는 나무 아래에서 복숭아술을 마시는 친구와 자기의 모습을 그려보았다. 아름다운 그림이었지만 어쩔 수 없이 무릉도원으로 쫓겨난 터라 쓸쓸함을 지울 수는 없었다. 거기에서 자신의 시가 실린 책이라도 읽을 수 있게 되면, 그나마 위안이 될 것 같았다. 그런데 무릉도원에 가져갈 책은 아직 깜깜소식이었다.

12월 중반이 넘도록 양준에게선 아무런 연락이 없었다. 명함을 꺼내 놓고 정작 전화는 걸지 못하면서 이름 두 글자만 오래 노려보곤 했다. 〈詩場〉이 아직 서점에 진출할 정도는 아니라는 것을 알면서도 퇴근 후엔 서점에 꼭 들렀다. 다른 문예지들은 벌써 대부분 깔려 있었다. 검토 과정이 너무 간단하고 쉬웠던 것이 자꾸 마음에 걸렸다. 혹시 양준이 다음 호라고 했던 것이 겨울호가 아니라 내년 봄호는 아닐까 싶은 생각도 들었다. 하루하루 지날수록 점점 초조해지기 시작했다. 결국 20일 무렵 양준에게 전화를 했다. 건조한 통화 연결음이 들리는 동안 그가 전화를 받지 않으면 어쩌나 조마조마했다. 그는 받지 않았다. 다음 날 다시 전화했지만 마찬가지였다. 세 번을 했는데 마지막에는 전원이 꺼져 있었다. 그는 음성 메시지를 남겼다. 사흘째에는 무려 열한 번을 했다. 나흘째 되는 날엔 명함에 적혀 있는 사무실 전화번호로 전화를 해보았다. 아무도 받지 않았다. 혹시 이거 사기당한 게 아닐까 하는 생각이 들기 시작했다. 하승진에게 전화해볼까 싶기도 했지만 그러지 못했다. 돈을 빌려줬다고 하면 등신 취급을 받을 터였다. 그는 책상에서 일어나 거실을 서성이고 소파에 앉았다 일어나 베란다 창밖을 내다보았다. 다시 책상 앞에 앉아 달력을 보다가 문득 크리스마스라 자기도 집에 있다는 것을 깨달았다. 휴일이라 사무실이 비어 있을 터였다. 다음 날 사무실로 직접 찾아가보리라 마음먹었다. 미리 연락도 하지 않고 직접 찾아가면 어디로 도망치지도 못할 것이라는 계산이었다. 그런데 다음 날은 주말이었다.

월요일 오후, 엄복태는 만삭인 아내가 아프다며 조퇴했다. 전화로 출판사의 위치를 알아내고 나니 가슴이 떨리기 시작했다.

출판사엔 여자 셋과 남자 둘이 있었다. 양준은 보이지 않았다. 머리를 바투 깎아 갓 제대한 것처럼 보이는 남자가 말했다.

"대표님 요즘 바쁘셔서 사무실에 잘 못 나오시는데요. 무슨 일이

시죠?"

"원고를 보냈는데요, 양 선생님께요. 혹시 시장 겨울호가 언제 나오나 해서요."

남자는 영문을 모르겠다는 표정을 지었다.

"겨울호요? 안 나오는데요. 나올 거면 벌써 나왔죠."

엄복태는 기가 막혔다.

"왜요?"

간신히 이렇게 말했다. 자기가 듣기에도 민망하게 목소리가 떨리고 있었다.

"그야, 뭐……."

남자가 난처한 기색을 보이자 창문 쪽 책상에 앉아 있던 여자가 일어나 엄복태에게 다가왔다. 검정색 니트에 베이지색 스카프를 목에 두른 여자는 업무에 노련한 오피스 레이디 같은 인상을 주었다. 인상만큼 차분한 목소리였다.

"시장이 나온 지가 좀 됐어요. 작은 문예지 사정이 다 그렇죠, 뭐. 안 그래도 대표님이 이번에는 꼭 다시 내고 싶어 하셨는데 잘 안됐어요. 대표님께 오셨었다고 말씀 드릴게요. 성함이 뭐라고 하셨죠?"

엄복태는 떠밀리듯 명함을 내밀었다. 더는 할 말이 없으니 문을 나서야 했지만 그는 발이 잘 떨어지지 않았다.

"잠깐만요. 영석 씨, 과월호 한 부 갖다 드려."

여자의 말에 남자가 입구 반대편에 있는 문으로 들어가려는데 여자가 덧붙였다.

"최신호로."

잠시 후 남자가 내민 책의 표지가 낯이 익었다.

"이게, 최신홉니까?"

계단을 내려와 건물 밖으로 나왔지만 그대로는 도저히 그냥 갈 수가 없을 것 같았다. 양준을 꼭 만나야 했다. 그에게서 직접 얘기를 들어야 했다. 맞은편 건물 입구에 '지하포차'라는 입간판이 보였다. 아직 영업 준비가 안 돼 테이블 위에는 의자가 거꾸로 올려진 채였다. 나이 지긋한 주인 여자는 첫 손님을 놓치고 싶지 않았는지 테이블 하나를 얼른 치우고 그를 앉게 했다. 그는 소주와 오뎅을 주문했다. 테이블 위에 놓인 파란 책이 보기 싫어 주문한 것을 가져온 여자의 쟁반에 올려주었다. 똑같은 책이 두 권이라 드리는 거에요. 여자가 고개를 까딱하며 살짝 웃었다.

소주를 마시고 오뎅을 씹고 담배를 피우고 간간이 양준에게 전화를 걸어보면서 시간을 보낸 엄복태는 얼근히 취해서 출판사로 다시 전화를 걸었다. 역시 양준은 없었다. 그는 자기가 사무실 근처에서 기다리고 있다고 말하고 끊었다. 두 번째로 전화를 걸었을 때 전화를 받은 여자가 조금 짜증을 냈다. 오늘은 대표님이 사무실에 들어오지 않는다며 기다리지 말라는 것이었다. 그로서도 어쩔 도리가 없었다. 어떻게 양준을 만나야 할지 궁리했지만 결국 답을 찾지 못하고 자리에서 일어났다. 술값을 내려고 지갑에서 카드를 꺼내들던 엄복태는 갑자기 카드를 도로 지갑에 꽂았다. 주인 여자가 그를 빤히 쳐다보았다. 그는 운전면허증 뒤에 꼬불쳐둔 시집 판 돈을 꺼냈다.

밖에 나오니 어슬어슬 날이 저물고 있었다. 엄복태도 어슬어슬 걷기 시작했다. 술기운에 몸이 달아올랐는데도 몹시 추웠다. 지하철역을 향해 한참을 걷다가 길가에 서 있는 자동판매기에서 밀크커피를 한 잔 뽑았다. 재킷 주머니를 뒤적거렸지만 담뱃갑을 술집에 놓고 나왔는지 찾을 수가 없었다. 편의점으로 들어가 디스플러스와 라이터를 샀다. 그는 편의점이 들어 있는 건물 입구 계단에 쪼그리고 앉아 담배에 불을 붙였다. 담배와 커피는 쓰면서 달았다. 그는 '자판기커피-디스플러스'라는 이 훌륭한 조합에 약간 위로를 받았다. 시집을 팔 때는 너무 값을 못 받은 것 같아 속상했는데 막상 술과 안주를 먹고 담배와 커피까지 사먹었는데도 돈이 남으니 기분이 괜찮았다. 하승진에게 전화가 걸려온 것은 그때였다.

엄복태를 보자마자 하승진은 두툼한 봉투를 내놓았다.

"양 선생이 놓고 갔다, 이백."

엄복태가 봉투를 열어보니 십만 원짜리 수표와 만 원짜리 지폐가 수북했다.

"나쁜 새끼, 그래도 내 얼굴 보기는 양심에 찔렸나 보지? 그 인간, 양심은 좀 보드라운가 봐요?"

엄복태가 낄낄거리자 하승진이 인상을 구겼다.

"어디서 혼자 술은 처마시고 와갖고. 어휴, 냄새."

엄복태가 일부러 얼굴을 하승진 쪽으로 내밀며 입김을 후 불었다.

"너 등신이야? 왜 처음 본 인간한테 돈을 덥석 빌려주고 그래? 나한테 먼저 물어나 보든가."

"제가 을이잖습니까, 을!"

"다음부터 그럴 돈 있으면 나나 주라."

"그런데 저 오늘 누구랑 술 먹었게요?"

"혼자 먹은 거 아니었어?"

"하하, 황지우랑 이성복이 소주를 사줬지요. 그것도, 소주 일 병도 아니고, 이 병도 아니고, 소주 삼 병을!"

엄복태가 손가락 세 개를 펴들며 소리쳤다.

"뭔 소리야?"

"에……, 또, 유하랑 허수경이 오뎅도 사줬고, 그리고 그 뭣이냐, 응, 김중식이 자판기 커피도 사줬고, 기형도는 담배도 한 갑 사줬어요, 씨발. 디스플러스요, 디스플러스."

"이게 미쳤나? 어디 와서 술주정이야?"

"왜 이러세요, 선배님은 신경숙이랑 술 먹어도 되고 나는 안 돼요? 내가 허수경이랑 술 먹은 게 그렇게 샘나요?"

하승진이 그제야 생각난 듯 엄복태를 손가락으로 가리키며 말했다.

"너, 지금 시집 팔아서 술 처먹었다는 얘기냐?"

"히히, 선배님은 센스쟁이!"

"정말이지 갖은 지랄은 다 한다, 다 해."

엄복태가 자세를 바로잡고 앉으려 애쓰며 정색했다.

"사실, 별로 술 안 취했어요. 이상하게 술이 안 취하더라고요."

"그래도 돈 안 떼인 게 어디냐."

"그깟 이백, 있어도 살고 없어도 삽니다."

"사방으로 쫓아다니면서 전화질할 때는 언제고?"

"돈이 문제가 아니라니까 그러시네. 저번에 양 선생이 나한테 준 게 2008년 여름호였거든요. 알고 보니 그걸 끝으로 더 못 내고 있더라구요."

"양 선생 말이 이번 겨울호부터 다시 내려고 했다고 하더라구. 너한테 미안하다고 하면서, 봄호는 꼭 낸다고 하던데."

엄복태가 피식 웃었다.

"선배님도 가만 보면 좀 순진한 구석이 있어요, 그죠?"

"그래, 이번엔 내가 미안하게 됐다."

"원래는 그 인간을 종잡을 수 없는 인간군에 분류했었거든요. 그런데 이제 새로운 카테고리를 하나 만들어야겠어요. 점잖게 사기 치는 인간군, 어때요?"

"그래도 다음 호에라도 실리면 좋잖아. 참, 양 선생이 그런 말도 하더라. 자기가 겨울호를 내겠다고 말한 적은 없다고 말야."

"뭐라구요?"

"자기는 분명히 다음 호라고만 했대."

"흥, 진짜, 그 인간 개새낄세."

"틀린 말도 아니지. 돈 갖고 가서 전화 씹은 건 잘못이지만 그렇다고 거짓말한 건 아니잖아."

엄복태는 가라앉고 있던 울화통이 다시 치밀었다. 맥주를 달라고 해서 병째로 마시고는 술병을 탕 내려놓았다.

"네가 진짜 원하는 게 뭐냐? 책에 실리고 싶던 거 아니야? 그럼 됐잖아. 좀 늦어진다고 뭐가 문제야?"

"진짜 원하는 게 뭐냐니요, 그렇게 실례가 되는 질문이 있나요. 그런 거 생각하면서는 사회생활 못 해요."

"사실 톡 까놓고 말해서 네가 시인이 되고 싶다는 것도 그래. 좋은 시를 쓰면 그만이지, 꼭 시인이라는 타이틀을 가져야 하는 거냐? 그거 다 시인입네 하면서 대접받고 싶어서 그러는 거 아니냐고."

"그럼, 한국 시사에 길이 남기 위해 시 쓸까요? 아니면 시인의 사명감을 가지고 시를 쓰면 괜찮겠어요? 글이 독자를 만나야 미학적으로 완성된다면서요? 저도 그거, 미학적 완성, 그것 좀 해보면 안 돼요? 그리고, 사람들한테 대접받는 거, 그거 좋은 거예요. 어떤 소설가는 소설가 되니까 소설 쓸 때 빼고는 다 좋다고 하던데요. 인간이 원래 다 그런 거예요."

"네가 그러니까 시를 못 쓰는 거야."

엄복태는 목이 메었다. 묵직한 뭔가가 목에 걸린 것 같았다.

"그래도, 살면서 한 번은 허황된 꿈을 꾸어도 괜찮지 않아요? 아니면, 인생이……, 그냥 이렇게 흘러가고 그냥 이렇게 끝난다는 게……, 너무 억울하잖아요."

"좀 있으면 울겠다? 등신 같은 놈, 차라리 다 때려치워라."

엄복태는 고개를 수그리고 아무 말 없이 테이블만 쳐다보았다. 술기운이 다시 오르는지 머리통이 불이라도 붙은 것처럼 뜨거웠다.

"하긴 너는 관두지도 못할 거다."

하승진이 갑자기 웃음을 터뜨렸다.

"시는 너의 덫이잖아?"

엄복태는 웃지 않았다. 가만히 고개를 들고 하승진을 바라보던 엄복태는 테이블을 짚고 벌떡 일어섰다.

"선배님 기억력도 저 못지않네요. 그래요, 시는 나의 덫입니다. 나는 이 속에서 차라리 얌전히 뒈져버리겠어요."

"야, 농담인데 왜 그래?"

엄복태는 가방을 붙잡는 하승진을 뿌리치고 밖으로 나왔다.

집으로 돌아오는 버스에 앉아 어두운 창밖을 내다보고 있자니 하승진에게 미안한 생각이 들었다. 어쨌든 자기를 위해 애써줬는데 양준 때문에 괜히 하승진에게 화를 내고 말았다. 그가 왜 차라리 그만두라고 했는지 모르는 바도 아니었다. 언젠가 자기가 왜 피아노를 그만두게 되었는지 얘기해준 적이 있었다. 엄마의 성화에 시작한 피아노를 아무 생각 없이 하고 있던 하승진은 중학교 2학년 어느 날 텔레비전에서 어떤 피아니스트의 연주를 보고 나서 처음으로 훌륭한 피아니스트가 되고 싶다는 생각이 들었다. 그 피아니스트는 클라우디오 아라우였는데, 늙어서 주글주글하고 투박한 손에서 나오는 소리가 얼마나 아름다운지 그는 숨이 멎는 것 같았다. 그런데 이상하게도 꼭 하고 싶어지니까 그때부터 긴장이 되기 시작했다. 학교 시험이나 콩쿠르 예선에서 벌벌 떨다 돌아오기 일쑤였다. 예고 시험에 떨어진 후, 결정적인 순간의 긴장을 견디는 것도 재능의 일부라는 것을 깨닫고 피아노를 그만두었다는 것이다. 그가 왜 너무 진지해도 우스꽝스럽다고 했는지, 왜 손목의 힘을 빼라고 했는지 갑자기 다 이해되는 것 같았다. 그리고 왜 부서지기 쉬운 질그릇으로 무언가를 떠 마시라는 점괘를 골라주었는지도.

엄복태는 양손으로 자신의 어깨와 팔뚝을 쓰다듬어주었다. 그래, 어쩌면 봄호는 나올지도 모른다고. 얼음이 녹고 꽃이 피면, 그 거대한 뿌리가 꽃을 피워 올리면, 그때는 책이 나올지도 모른다고. 복사꽃이 날리는 나무 아래에서 친구에게 책을 보여주며 뻐겨보는 것도 뭐 괜찮을 거라고, 그러면 가슴이 뻐개질 만큼 좋을 거라고.

아파트 현관으로 들어서자 집 안의 따뜻한 공기만이 그를 반겼다. 엄복태는 가방을 책상 위에 던져 놓고 소파에 털썩 주저앉았다. 잠시 후 현관 센서등이 꺼지자 어두운 집 안이 몹시 적막했다. 세계가 완전한 고독 속에 빠진 것 같았다. 갑자기 아내가 읊었던 뮈세의 시가 떠올랐다. 이 세상에서 나에게 남은 유일한 진실은 내가 이따금 울었다는 것이다. 그 말을 생각하자 정말 눈물이 났다. 양준의 말대로 그동안 줄곧 울고 싶었던 것 같은 기분이었다. 엄복태는 그것이 세상에 남은 마지막 진실인 것처럼 진심을 다해 울었다. 한참을 꺼이꺼이 우는데, 휴대전화의 알람이 울렸다. 못다 한 내 마음을, 못다 한 내 마음을……. 고독해질 시간이었다.

누구
무릎에 꽃이 피나

어젯밤 일기예보에서 꽃 기상도를 보여주었다. 남쪽에서 시작된 꽃사태가 북상하면서 한반도 전역으로 번지고 있었다. 개나리, 진달래, 철쭉, 목련 등이 제주부터 영호남을 거쳐 중부지방으로 올라오고 있었다. 그리고 오늘 아침 그녀의 무릎에 꽃이 피었다.

그래, 여기는 중부지방이니까.

춘복 씨는 자신의 무릎에 핀 꽃을 내려다보며 중얼거렸다. 혹시 어젯밤 뉴스 끝머리에 본 것이 일기예보가 아니라 그냥 뉴스는 아니었을까 기억을 더듬어보았다. 북상하고 있는 것이 사실은 노인들의 무릎에 꽃이 피는 무슨 전염병 같은 것이고, 그 정체 모를 사태가 지금 한반도 전역으로 번지고 있다는 뉴스는 아니었을까?

겨우내 끙끙거리면서도 잘 참아왔다. 그러나 어젯밤에는 어찌나 무릎이 쑤셔대던지 잠을 이루기 어려웠다. 양쪽 다 아팠지만 특히 오른쪽 무릎엔 형용할 수 없는 통증이 있었다. 피부 아래에 쌀알만 한 단단한 뭔가가 여러 개 만져졌다. 이게 뭘까 싶어 자꾸 손이 갔다. 손이 닿을 때마다 그 자리가 불에 덴 듯 화끈거렸다.

아이고, 누가 내 다리 좀 뽑아 가라.

아주 오래전 툇마루에 구부정하게 앉아 늘 곰방대를 물고 있던 할머니가 말하곤 했다.

내가 뽑아줄까?

어린 춘복 씨는 할머니 다리를 주무르는 것이 싫어 일부러 암팡지게 손가락에 힘을 주곤 했다. 그랬는데, 이제 춘복 씨 입에서 자기도 모르게 자꾸 아이고, 소리가 나왔다.

그래, 누구나 다 할머니가 되니까.

춘복 씨는 검지손가락에 낀 묵주 반지를 돌리며 잠을 청했다. 젊을 때는 어딘가 아파도 며칠 지나고 나면 금세 괜찮아지곤 했다. 지금의 괴로움도 며칠 후면 다 지나간다고 생각할 수 있었기 때문에 참을 수 있었다.

그런데 이것이 지나가지 않는 것이라면?

춘복 씨는 이제 더 이상 나아지리라는 기대 같은 것은 통하지 않는, 오직 통증뿐인 막다른 골목에 다다른 느낌이었다. 마지막에 나쁜 것이 있다니, 우리 모두가 이렇게 고통 속에서 죽어야만 하는 게 신의 섭리일까? 그녀는 주님을 살짝 원망하다 잠들었다.

아침에 잠에서 깼을 때 몸을 일으키기가 어려웠다. 오른쪽 다리는 아예 구부러지지도 않았다. 옆으로 몸을 돌려 이부자리에 손을 짚고 간신히 일어나 등을 장롱에 기댔다. 잠옷을 허벅지까지 걷어 올린 그녀의 눈에 힘이 팍 들어갔다.

흰 꽃이었다. 개나리도, 진달래도, 철쭉도, 목련도 아닌, 그저 흰 꽃이었다. 이름을 알 수 없는 들꽃 같기도 하고 소박한 소국 같기도 했다. 무슨 꽃인지 알 수 없었지만 아무 데서나 흔하게 볼 수 있는 꽃처럼 담박했다. 모두 세 송이였다. 다섯 장의 꽃잎 가운데에 노란 꽃술이 자잘하게 박혀 있고, 꽃대도 없이 초록색 꽃받침이 무릎에 단정하게 고정되어 있었다. 꽃을 피워낸 그녀의 마른 다리는 흡사 나뭇가지 같았다. 다리에 이미 피어 있던 얼룩덜룩한 검버섯 사이에서 흰 꽃이 더욱 환했다.

"어머니가 오늘은 늦으시네. 어머니!"

며느리의 목소리가 방문을 열었다.

"어머……니……."

"……."

"그게 뭐예요?"

춘복 씨의 무릎에 시선이 붙잡힌 채 며느리가 들어왔다. 허둥대던 무릎을 방바닥에 쿵 찧었다.

"얘야, 너도 무릎 조심해라."

"……."

"이게 뭐 같으냐?"

목을 길게 빼고 꽃을 들여다보던 며느리가 소리쳤다.

"여보! 이리 좀 와봐요! 지영이 아빠!"

아들의 지청구 소리가 가까워졌다.

"빨리 나가자니까 거기서 왜 부르고 앉았어?"

방문 앞에 당도해 아내의 손이 가리키는 곳을 본 아들은 경계하듯 천천히 방으로 들어와 앉았다.

"엄마……, 이게 뭐야?"

"고목에 꽃 피었다."

아들은 천천히 손을 들어 조심스럽게 꽃잎을 쓰다듬어보고 꽃술을 건드려보더니 얼굴을 가까이 대고 킁킁거렸다.

"냄새 좋으냐?"

"좋네."

"무슨 꽃 같으냐?"

"몰라."

아들이 갑자기 엄지와 검지를 뻗어 꽃받침 아래쪽을 그러쥐더니 손가락에 힘을 주었다. 탁, 춘복 씨는 고개를 숙이고 있는 아들의 뒤통수를 갈겼다.

"손 저리 치워!"

"엄마, 이게 뭔 해괴한 일이야? 밤새 무슨 일 있었어?"

"다리가 구부러져야 나도 저 냄새를 한번 맡아볼 텐데."

"무슨 일 있었냐니까?"

"낸들 아냐? 밤새 똑 죽겠을 만큼 무릎이 쑤시더니만, 일어나니까 이렇게 돼 있더라."

아들은 고개를 갸웃거렸다.

"어머니, 그럼 지은이는 어째요?"

잠자코 있던 며느리가 입을 열었다.

"야, 너는 지금 그게 문제냐? 엄마가 이렇게 됐는데?"

"그게 아니라……."

춘복 씨는 휘휘 손을 내저었다.

"다들 빨리 나가거라."

아들은 마지못해 뚱한 얼굴로 일어서는데 며느리는 여전히 뭉긋거리고 있었다.

"어머니, 그럼 지은이는……."

아들이 며느리의 팔을 잡아끌었다.

"일단 오늘은 데리고 나가야지, 엄마 이러고 있는데 애를 어떻게 놓고 나가냐."

자는 것을 깨우니 작은아이가 칭얼거렸다. 아들은 잠투정하는 아이에게 억지로 옷을 입히려고 하다가 결국 아이를 울렸다. 며느리는 큰아이를 채근해 깨워 놓고 씽크대에서 한참 달그락거렸다. 춘복 씨가 마루를 향해 소리쳤다.

"에미야, 재롱이 밥은 주고 나가라. 저놈 또 온종일 짖어댈라. 밥 줄 때 조심하고!"

잠시 후 춘복 씨 방 창문 앞 골목에 주차된 1톤 트럭에 시동걸리는 소리가 들렸다. 그 소리에 대문간에 묶여 있는 개가 컹 짖었다. 춘복 씨는 장롱에 기대앉아 그 소리들을 그저 가만히 듣고 있었다. 그녀는 이불을 살짝 들춰보았다.

꽃이 방긋 나를 보고 웃었다, 고 하면 남들이 미쳤다고 하겠지.

그녀는 살살 꽃잎을 만져보다가 손톱으로 살짝 눌러보았다. 생채기가 생기는 걸 보니 진짜 살아 있는 꽃이 틀림없었다.

춘복 씨는 이부자리에 누워 눈을 감았다. 열두 살 큰아이가 달그락거리며 혼자 밥을 챙겨 먹는 소리며, 빠끔 할머니 방문을 열어 보는 소리, 대문을 나서면서 개에게 뭐라고 한마디 하는 소리, 그에 대한 대답으로 개가 컹 짖는 소리가 들렸다. 잠시 후 아랫방에 사는 정호가 다녀오겠습니다, 라고 크게 외치며 마당을 가로질러 뛰어갔고, 서 여사가 정호를 부르며 뒤따라 나갔고, 쾅 대문이 닫혔다. 개도 마지막으로 한 번 더 컹컹 짖었다. 그러고는 사위가 조용해졌다.

이불 속에서 다시 무릎의 꽃을 쓰다듬어보던 그녀는 문득, 꽃이 핀 오른쪽 무릎의 통증이 사라졌다는 사실을 깨달았다. 아주 감쪽같았다. 누가 내 다리 좀 뽑아 가라고 했더니, 다리는 놔두고 통증만 가져간 모양이었다. 정말 신기한 일이었다.

아들 내외를 대신해 큰아이를 겨우 유치원에 보낼 만큼 키워놓았더니 작은아이가 태어났다. 아이를 유치원에 보내고 나면 좀 편해지겠다고 기대하고 있던 춘복 씨는 적잖이 실망했다. 안 그래도 자식이 둘은 되어야 한다고 생각은 하면서도 둘째를 얼른 가지라는 말은 하지 못하고 있던 터였다. 그게 누구 차지가 될지 뻔했기 때문이었다. 어차피 나올 거면 뭐라도 달고 나오길 바랐건만 그녀 치마폭으로 뚝 떨어진 핏덩어리는 또 딸이었다. 며느리는 남의 속도 모르고 이렇게 말했다. 지은이는 순해서 키우기가 한결 낫죠, 어머니? 골목에 나가면 동네 여자들도 속 모르는 소리를 하기는 마찬가지였다. 아기를 키우면 아기한테서 기를 받아서 노인에게 좋다던데, 지은이 할머니는 기를 두 번이나 받으니 아예 회춘하시겠어요! 춘복 씨는 쓰게 웃으며 속으로 소리쳤다. 에라, 이년들아, 네년들도 나중에 회춘 그거 퍽이나 해봐라!

작은아이의 두 돌이 지나고 나서 오랫동안 망설이며 혼자 연습하던 말을 아들에게 했다. 애들은 또래랑 놀아야 배울 게 많다잖든? 아들은 굉장히 미안한 표정을 지었다. 엄마, 어린이집도 싼

데, 시립 이런 데는 대기자가 많아서 기다리는 동안 애 다 크게 생겼고, 웬만한 데 맡기면 그거 비용이 만만치 않아. 여기 뉴타운 지정되는 거 오늘내일인데, 우리도 얼른 돈 모아서 아파트 입주금 만들어야지. 딱지만 갖고는 입주 꿈도 못 꾸는 거, 엄마도 알지? 우리도 한번 보란 듯이 아파트 살아봐야지. 우리 엄마, 이 거지 같은 집구석에서 평생 고생만 했는데, 내가 진짜, 아파트 살게 해드린다니까. 그리고 어린이집에 보내야 애들 잘 큰다는 말은 다 돈 벌려고 하는 말이야. 맞벌이들이 애 맡기고 돈 벌어봐, 나중에 남는 거 없다고. 나는 그래서 엄마한테 늘 고마워. 진짜 진짜 감사해. 지영이처럼만 키워줘요, 내가 대신 용돈 드릴게. 춘복 씨는 오래 별러 온 말을 한마디 했을 뿐인데, 아들은 미리 준비라도 해 놓은 것처럼 열 마디 스무 마디를 주워섬겼다. 용돈을 준다고 해도 애 떼어 놓고 나가 쓸 수도 없었지만 그나마도 5만 원씩 두 번 주고는 말았다.

춘복 씨는 갑자기 웃음을 터뜨렸다. 그깟 용돈은 안 줘도 된다, 이놈아! 나는 회춘 같은 거 바라지도 않는다, 이년들아! 그녀는 이불 속에서 혼자 막 소리를 질렀다. 이 기막힌 국면에서도 며느리 머릿속에 가장 먼저 아이에 대한 걱정이 떠오른 것처럼 춘복 씨도 마찬가지였다. 이제 아이를 봐주지 않아도 된다는 생각에 갑자기 횡재한 기분이었다. 애를 키우면 기를 받는다고 그랬냐? 온몸에 기운이 나는 게 아마 애를 둘씩이나 키우며 받았던 기가 이제야 깨어나는가 보다, 이것들아! 그녀는 일어나 앉아 다시 크게 웃었다. 하루아침에 세상이 달라졌다는 것을 깨닫고 나자 불현듯 배가 고팠다.

마당엔 봄빛이 환했다. 올해도 어김없이 꽃다발을 담뿍 들고 봄이 왔다. 춘복 씨는 열어 놓은 미닫이문에 머리를 기대고 마당을 내다보며 가만히 앉아 있었다. 자기가 가만히 앉아 있다는 사실이 낯설고 좋았다. 얼마나 이렇게 일없이 앉아 있어보고 싶었던가. 공기가 쌀쌀했지만 춘복 씨는 숨을 깊이 들이마셨다. 가슴속이 시원했다. 마당의 모든 것이 다 새로워 보였다. 하루아침에 새싹이 돋고 이파리가 나온 것처럼 세상이 다 파랗게 보였다. 겨우내 마루에서 살던 화분들을 지난 일요일에 모두 마당에 내놓았다. 마루 미닫이문을 따라 줄지어 늘어서 있는 이파리가 넓고 키가 큰 것들부터 수돗가 근처에 오종종히 모여 있는 작은 것들까지 모두 오랫동안 가꾸어온 것들이었다. 비만 오면 흙바닥이 질척거리는 것이 싫다고 아들이 몇 년 전 시멘트를 발라 놓은 땅바닥은 계절에 따라 몇 번씩 얼고 녹기를 반복하다 곳곳에 금이 갔지만 그 틈바구니에서도 잡풀들이 뿌리를 내리고 초록색 이파리를 뾰족뾰족 내밀고 있었다. 옆집과 맞닿은 담을 따라 서 있는 모과나무도 얼마 전에 겹꽃 같이 생긴 연한 초록색 새순을 마디마다 조그맣게 피워내더니 하루가 다르게 이파리를 키웠다. 웅그린 꽃봉우리가 달린 자목련은 금방이라도 꽃을 터뜨릴 태세였다. 그 아래 개집에는 개가 몸을 반쯤 내놓고 엎드려 있었다. 앞발 위에 고개를 얹어 놓은 개는 눈을 끔벅이더니 춘복 씨를 쳐다보았다.

이제 너, 내 밥 얻어먹긴 다 틀렸구나.

춘복 씨 말을 알아들었는지 어쨌는지 개가 앞발 위에 얹어 놓았던 고개를 들어 춘복 씨를 물끄러미 바라보더니 다시 고개를 내려놓았다. 이태 전 앞집에 살던 영식이네가 아파트로 이사 가면서 주고 간 놈이었다. 평소에는 그저 누가 제 앞을 지나갈 때나 한 번씩 컹 짖을 뿐 누가 건들지만 않으면 대체로 만사가 귀찮은 듯 길게 누워 있었다. 그러나 먹는 것에 있어서만큼은 어찌나 성미가 급하고 사나운지 밥을 줄 때 특히 조심해야 했다. 빈 개밥 그릇을 멀찍하니 끌고 와 개밥을 부은 후 발로 재빠르게 밀어주어야 한다. 일단 그릇에 내용물이 들어 있으면 그것을 건드려서는 안 된다. 옆에서 있기만 해도 그게 밥을 주는 사람이든 아니든 가리지 않고 이를 드러내며 으르렁대기 때문에 개 앞에서 그릇에 밥을 부어주었다가는 물리기 십상이었다. 영식이네가 키울 때부터 그렇다는 것을 알고 있었으면서도 막상 밥을 주는 자신에게조차 이를 드러내는 꼴을 보자니 어이가 없었다. 정나미가 뚝 떨어져 다음부터는 밥이고 물이고 주고 싶은 마음이 싹 사라졌다. 며느리가 그 사실을 잊고 개밥을 주다가 된통 놀란 후로는 주로 춘복 씨가 개밥을 담당해왔다. 아랫방 서 여사는 제 밥줄을 쥐고 있는 주인도 몰라보는 저런 개새끼는 내다 버리라고 했다. 그래도 춘복 씨는 저도 좀 먹고 살겠다고 저러는가 싶어 불쌍한 생각도 들고 밥 줄 때만 조심하면 되지 싶어 개가 사납게 굴어도 심하게 야단치지 않았다. 다만 녀석이 개집 옆 화단에 심어 놓은 샐비어 꽃을 따 먹었을 때에는 빗자루로 개집을 몇 대 후려쳐주었다. 그리고 그다음부터는 샐비어를 심지 않았다. 개가 꽃을 따 먹는다는 얘기는 들어본 적이 없었지만, 샐비어 꽃술 속에 들어 있는 그 단물 맛을 개도 알고 있다니 신기할 따름이었다.

춘복 씨는 다시 배가 고팠다. 한쪽 다리가 구부러지지 않아 일어서는 것도 앉는 것도 쉽지 않은 자기 몸뚱이와 씨름하느라 밥을 챙겨 먹지 못했다. 그때 대문에 열쇠 밀어 넣는 소리가 들리더니 삐거걱 새된 소리를 내며 녹색 대문이 열렸다. 서 여사였다. 허리가 잘록 들어간 연보라색 재킷에 하늘하늘 늘어진 미색 바지를 입은 모습이 멋쟁이가 따로 없었다. 부자는 망해도 3년은 간다더니, 서 여사는 부엌 하나 딸린 셋방으로 이사 오면서도 떵떵거리며 살던 시절의 옷은 다 챙겨와 남부럽지 않게 입고 다녔다. 서 여사가 들어오자 개가 일어섰다. 녀석은 앞발을 버티고 서서 서 여사를 경계했다. 이놈의 개새끼가. 서 여사가 손을 치켜들며 겁을 주었다. 개는 뒤로 주춤 물러나면서도 서 여사를 눈으로 좇으며 이를 드러내고 으르렁거렸다. 며칠 전 정호의 실내화 주머니를 덥석 물었다가 서 여사에게 빗자루로 맞은 후로 저러기 시작했다. 그날 정호는 평소처럼 닿을락 말락 한 거리에서 실내화 주머니를 흔들며 개를 약올렸다. 정호의 실내화 주머니를 향해 연신 뛰어오르던 개는 바짝 약이 올랐다. 그러다 개줄을 바닥에 고정해 놓았던 쇠고리가 헐거워지면서 어느 순간 개가 실내화 주머니를 덥석 물었다. 정호는 실내화 주머니를 놓치지 않으려다 넘어지기는 했어도 다행히 다친 데 없이 조금 놀라기만 했다. 그러나 평소에도 저 개새끼 좀 어디에 팔아치우든지 된장을 바르든지 하라던 서 여사는, 오 그래 너 잘 만났다, 소리치며 빗자루를 들고 설쳐댔다. 개가 얼른 개집 속으로 숨어버려 정작 개는 한 대밖에 못 때리고 개집 지붕만 두들겨 댄 것이 분해서 서 여사는 한참 동안이나 씩씩거렸다.

"왜 그러고 혼자 앉아 있어? 지은이는 자나?"

서 여사의 안경다리에 걸린 금색 안경줄이 찰랑거렸다.

"오늘은 일찍 왔네."

"어, 그 집 마나님이 친구들하고 뭐 꽃구경을 간다나 어쩐다나 그래서 아침 먹은 거 치우고 대충 청소만 해 놓고 왔어."

"자기도 꽃구경 좀 하고 싶어?"

"내 팔자에 무슨 꽃구경. 그것도 다 팔자 늘어진 여편네들 얘기지."

춘복 씨가 슬그머니 잠옷을 걷었다.

"정호야, 세상에 이런 일도 다 있다."

서 여사는 미간을 찌푸리고 꽃을 한참 들여다보았다. 춘복 씨는 꽃을 들여다보는 서 여사의 머리꼭지를 내려다보았다. 둥글둥글 말아서 힘껏 부풀려 놓은 허연 머리칼 사이로 두피가 휑하니 드러나 있었다.

"이게 뭔 일이니? 언제부터 이런 거야? 어제만 해도 멀쩡하더니만."

"지금도 멀쩡하긴 해. 잘 걸을 수 없는 거 빼고는."

"걸을 수가 없어? 왜?"

"몰라. 이상하게 다리가 안 구부러져."

"웬일이니, 웬일이야. 세상 말세다, 이거."

원래 서 여사의 말투가 그렇다는 것을 알면서도 춘복 씨는 마음이 상했다. 춘복 씨는 짐짓 밝은 목소리를 냈다.

"말세는 무슨……, 오히려 통증이 없어져서 좋아."

"정말? 아주 죽겠다 죽겠다 하더니만."

"그러게. 신기하게 통증이 싹 없어졌어."

"그런데 다리는 왜 안 구부러지는 거야?"

"글쎄, 꽃이 피니까 다리가 나무가 됐나?"

춘복 씨가 피식 웃었다.

"아니, 지금 웃음이 나와? 평생 죽자고 고생만 하다가 이렇게 다리병신이 됐는데? 젊어서는 자식새끼 키워, 늙어서는 손주새끼 키워, 등골이 다 빠졌구만. 지영이 애비도 그러는 거 아니지, 지 에미 힘든 거 다 알면서 말이야."

다리병신이라는 말만 아니었다면 춘복 씨는 서 여사의 말에 위로를 받았을 터였다. 게다가 내 자식 허물은 나만 탓할 수 있는 거였다.

"요즘 손주 안 봐주는 사람들이 어딨어. 자기도 혼자 정호 키우면서 뭘."

"나야, 아들놈 먼저 앞세운 죄 값는 거고."

"자기가 부러워하는 그 집 마나님도 외손주 봐준다며. 요즘 안 그러면 자식들한테 왕따 당해."

"이 맹추 할망구야, 그거랑 이거랑 어떻게 같니? 그렇게 있는 집안 마나님들이 애를 자기들이 보는 줄 알아? 아침에 어린이집 봉고차 태워 보내고 저녁에 봉고가 떨궈주는 거 주워오고, 그게 다야. 애들 어린이집 보내 놓고 자기들은 운동하고 문화교실 다니고 그런다고. 친구들 만날 거 다 만나고 쇼핑 다닐 거 다 다니고 그런다니까. 그러면서도 다달이 용돈 내놔라, 힘드니까 일하는 사람 들여라, 어쩌구저쩌구 아들 며느리한테 큰소리치면서 유세 떤다고. 하긴 뭐, 그러니까 나 같은 사람도 먹고살지만."

"그것도 자식들한테 물려줄 게 있는 사람들 얘기지."

"아니, 우리는 뭐 안 줬나? 사지 멀쩡하게 낳아줘, 학교 공부시

켜줘, 거기다 결혼까지 시켜줬으면 됐지 뭘 더 내놓으라는 거야? 뭐 맡겨 놨어?"

"알았어, 알았어. 알았으니까 그만해."

괜히 혼자 열을 냈던 서 여사는 입을 다무는 듯하다가 춘복 씨의 기분을 눈치챘는지 다시 입을 열었다.

"아니, 내가 지영이 애비 뭐라는 게 아니고."

"안다구."

"그나저나, 이제 지은이 봐주기 힘들겠네."

"응."

서 여사가 갑자기 손뼉을 치며 웃었다.

"아니다, 차라리 잘됐네. 이참에 그냥 확 자빠져서 배 째라 해. 그래, 정말 그러면 되겠구나. 그러면 애비 지가 어쩌겠어."

"……."

"그리고 이제 막 좀 놀러 다니고 그래, 힘 더 빠지기 전에. 이제 방구들 짊어지는 거 금방이야."

"다리병신이?"

춘복 씨 말에 서 여사가 다시 손뼉을 치며 웃었다.

"지팡이는 가만히 모셔뒀다가 서방 삼을래?"

"그 입도 참……, 기운이 넘치는구나."

"하여튼 내 말은, 이제 자기도 좀 하고 싶은 대로 하고 살라는 거야. 만날 성당하고 집밖에 모르는 이 답답아."

"응. 그런데 자기는 요즘 무릎이 좀 괜찮아?"

"괜찮긴, 아주 죽을 맛이지. 봄 되니까 그 집 마나님이 대청소 한다고 며칠 동안 사람을 아주 잡았잖아."

"참, 그랬지."

"좀 괜찮다 싶더니만 한번 아프니까 잘 낫지도 않고 아주 죽겠어. 자기 딴에도 미안했는지 오늘은 자기 없으니까 일찍 가라고 하더라고."

서 여사가 무릎을 짚고 일어서며 물었다.

"밥도 못 먹었겠네?"

오후에는 점심 장사를 마친 아들이 다녀갔다. 서 여사가 차려준 점심을 먹고 한숨 자려고 누웠는데, 뒤늦게 식당에서 밥을 싸 들고 와서는 병원에 가보자고 졸랐다. 춘복 씨는 이부자리에서 일어나지 않았다. 자기가 아프다는 생각은 들지 않았다. 병원에서 그것을 고쳐줄 수 있을 것 같지도 않았다. 아들이 입을 삐죽거리며 다시 가게로 나간 후, 춘복 씨는 천장을 보며 생각했다.

어쩌면 나는 고치고 싶지 않은 건지도 몰라.

밤에는 늦게까지 자지 못했다. 이리저리 몸을 뒤척이다 보니 오늘 치의 묵주신공을 드리지 않았다는 것이 생각났다. 다른 날보다

시간이 많았는데도 하루 종일 꽃에 골몰해 있느라 미처 그것을 생각하지 못했다. 그녀는 일어나 앉았다. 창문 아래 벽에 바짝 붙여 놓은 조그만 상 위에서 우윳빛의 성모상이 춘복 씨를 쳐다보고 있었다. 자비로운 얼굴로 두 팔을 벌리고 있는 성모상은 그녀에게 다 괜찮다고 말하는 것 같았다. 그녀는 문득 이 모든 일이 성모님의 기적일지도 모른다는 생각이 들었다. 춘복 씨는 물론 기적을 믿었다. 세 아이 앞에 나타난 루르드의 성모님이나 피눈물을 흘리는 성모상의 기적 같은 것들을 마음 깊이 받아들였었다. 그것에 비하면 못난 자신의 다리에 생긴 몇 송이 꽃쯤이야 기적이랄 것도 없었다. 어쩌면 한계에 다다른 자신을 위해 성모님이 이런 기적을 행하신 것인지도 몰랐다. 그녀는 어둠 속에서 두 손을 모으고 성모님을 향해 한참 동안 기도를 했다. 성모상 앞에 무릎도 꿇고 싶었지만 그건 좀 어려운 일이었다.

"어머니! 일어나보세요!"

춘복 씨는 무릎에 통증이 없어서 밤사이 한 번도 깨지 않고 모처럼 깊은 잠을 잔 터라 기분 좋게 깨어났다. 자신을 흔들어 깨우는 며느리에게 살짝 웃어 보이기까지 했다.

"어머니, 정호 할머니도 무릎에 꽃이 피었어요!"

며느리의 부축을 받고 일어나 절룩거리며 밖으로 나와보니 서 여사가 아랫방 툇마루에 다리를 쭉 뻗치고 앉아 있었다. 머리에 분홍색 헤어롤을 잔뜩 말아 붙인 것은 우스꽝스러웠지만 얼굴은 아주 심각했다. 정호와 지영이가 그 옆에 앉아 호기심이 만발한 얼굴로 꽃을 들여다보고 있었다. 서 여사의 꽃은 연분홍색으로 코스모스처럼 꽃잎 가장자리가 톱니 모양이었다. 크기는 춘복 씨의 꽃보다 조금 큰 것 같았다. 춘복 씨가 옆에 와서 서 있는데도 서 여사는 아무 말이 없었다. 그녀를 쳐다보지도 않았다.

춘복 씨는 며느리에게 정호 아침을 먹여 지영이와 함께 학교에 보내게 했다. 그리고 상 위에 두 사람 분의 밥을 챙겨 놓게 했다. 아들에게는 저녁에 올 때 쓸 만한 지팡이를 두 개 구해오라고 일렀다. 아들은 당장 아쉬운 대로 쓰라며 마당에 있는 빗자루의 자루 부분을 떼어 깨끗하게 씻어주었다. 오늘도 지은이는 제 엄마와 집을 나섰다. 다행히도 식당 주방에서 일하는 아줌마의 여동생이 집에서 놀이방을 하고 있다며 당분간은 지은이를 거기에 맡기기로 했다고 했다. 지은이는 오늘도 할머니를 쳐다보며 조금 떼를 부렸지만 춘복 씨는 어제보다 마음이 덜 괴로웠다.

모두들 나간 후 아들이 가져다 준 나무 지팡이에 의지해 일어서 보았다. 아직 낯선 동작이라 무게중심을 잡는 게 익숙하지 않았지만 그렇다고 영 못할 것도 없었다. 발을 끌며 마당도 걸어보았다. 느리긴 해도 어쨌든 혼자 이동이 가능하다는 사실이 그녀에게 안

도감을 주었다. 좀 길고 제대로 된 지팡이만 있다면 걷는 것에 아무 문제도 없을 것 같았다. 간밤에 숙면을 취한 데다 많은 문제가 해결된 듯해 그녀는 기분이 좋아졌다.

아랫방 앞에 서서 서 여사를 불렀다. 그사이 서 여사는 방에 들어가 있었다.

"정호야, 좀 나와봐."

안에서는 아무 기척이 없었다. 춘복 씨는 툇마루에 걸터앉아 방문을 두드렸다.

"서 여사야, 밥 먹어야지."

그녀는 방으로 들어갔다. 서 여사는 이부자리에 누워 있었다. 서 여사의 기분이 어떨지 짐작이 갔다. 춘복 씨는 잠시 잠자코 앉아 있다가 조심스럽게 입을 열었다.

"적응되면 괜찮을 거야. 나도 오늘은 어제보다 한결 낫지 뭐야. 통증이 없으니까 밤새 얼마나 푹 잤는지, 컨디션도 아주 좋아. 자기도 아파서 죽겠다고 그랬잖아. 이제 아프진 않지?"

"……."

"정호야, 그러지 말고, 일어나서 밥도 먹고 그래야 기운도 생기지."

서 여사가 몸을 일으켰다. 춘복 씨는 좀 거들어주고 싶었지만 아직 그렇게까지 하기는 힘들었다. 옷장에 기댄 서 여사가 그녀를 쏘아보았다.

"기운 생기면? 적응되면? 그다음엔 어쩔 건데? 내가 자기랑 지금 사정이 같애?"

"아니, 왜 나한테 화를 내고 그래?"

"이게 다 자기한테 옮아서 그런 거잖아!"

"아이고, 소리 좀 지르지 마라. 내가 뭘 어쨌다고 그래? 이게 옮는 건지 아닌지 어떻게 알아?"

"그럼 멀쩡하던 다리가 왜 이래, 갑자기?"

"멀쩡하긴 뭐가 멀쩡해, 죽겠다 죽겠다 해 놓고. 그리고 나도 뭐, 이러고 싶어서 이랬어? 이게 왜 내 잘못이야?"

춘복 씨의 말이 한 치도 틀리지 않았으므로 서 여사도 더 할 말이 없는 듯했다. 서 여사는 치마를 걷고 자기 다리를 내려다보았다. 한참 말없이 그것만 바라보던 서 여사가 풀이 죽은 목소리로 말했다.

"이제 우리 정호는 어쩌냐."

"어쩌긴, 이제 우리 집에서 밥 먹고 다니면 되지. 그건 걱정하지 마."

급한 김에 말은 그렇게 하면서도 하루 이틀도 아니고 그런 것은 아들 며느리와 상의해야 할 문제라는 생각이 들어 춘복 씨는 짐짓 걱정이 되었다.

"밥이 문젠가? 그럼 이제 누가 벌고?"

"정호 아빠 보상금하고 합의금 꽤 된다며, 그거 벌써 다 쓴 거야?"

"그게 어떤 돈인데 그걸 막 써? 그리고 그게 얼마나 된다고, 곶감 빼먹듯이 다 빼먹고 나면 정호 대학은 무슨 돈으로 가르치고? 나중에 대학 등록금 하려고 은행에 잘 넣어두었단 말이야."

춘복 씨도 뭐라 할 말이 없었다. 서 여사가 울기 시작했다. 빨갛게 충혈된 눈 주위로 주름이 자글자글했다. 눈물을 훔쳐내는 손도 쭈글거렸다. 손등은 검버섯이 피어 희미하게 얼룩덜룩했다. 영락없이 초라한 할망구였다. 아무리 자기 전에 헤어롤을 말아 붙이고 아침마다 하늘거리는 옷들을 차려입어도 늙은 건 어쩔 수 없었다. 춘복 씨는 분위기를 좀 바꿔볼까 싶어, 꽃은 머리에도 만발했구먼, 이라고 농담을 하려다 그만두었다. 서 여사는 엉엉 소리를 내며 울었다.

"아이고……, 우리 정호 불쌍해서……, 애비란 놈은 사업한다고 집안 재산 다 말아먹고……, 어떻게든 살아보겠다고 버둥거리다 비명횡사하고……, 에미란 년은……, 그 찢어 죽여도 시원찮을 년은, 새끼 버리고 시집가고……, 이제 어떡하냐……, 우리 불쌍한 정호……."

서 여사는 분에 못 이겨 자기 가슴을 막 쳤다가 옷을 잡아 뜯었다 하면서 계속 울었다. 머리에 붙은 헤어롤도 손에 잡히는 대로 뜯어냈다. 저러다 머리칼까지 다 뽑겠다 싶어 춘복 씨가 말렸지만 서 여사는 막무가내였다. 그것을 보고 있자니 춘복 씨도 속이 상했다. 그러나 어떤 위로의 말도 생각나지 않았다. 서 여사는 급기야 꽃까지 잡아 뜯었다.

"이놈의 것, 이 쌍놈의 것!"

꽃은 너무도 쉽게 쏙 뽑혔다. 그것을 보더니 서 여사가 울음을 뚝 그쳤다. 춘복 씨도 놀라기는 마찬가지였다. 서 여사는 남아 있는 꽃대도 하나하나 다 뽑았다. 왼쪽 무릎에 쌀알만 한 구멍이 송송 생기면서 천천히 피가 새어나왔다. 서 여사는 아픈지 얼굴을 찡그렸다. 얼굴은 온통 눈물범벅이 되고 머리칼은 어지럽게 헝클어진 서 여사가 코맹맹이 소리로 말했다.

"그래! 왜 이 생각을 못했지?"

서 여사는 천천히 무릎을 구부려보았다. 빽빽하긴 했지만 신기하게도 무릎이 구부러졌다. 서 여사는 맥이 쭉 빠진 목소리로 중얼거렸다.

"다 나았나 봐."

춘복 씨는 놀라서 아무 말도 못하고 서 여사만 쳐다보고 있었다. 서 여사가 이제야 생각난 듯 말했다.

"자기도 해봐."

춘복 씨는 갑자기 당황스러웠다. 서 여사가 재촉했다.

"얼른."

"생각 좀 해보고."

"얼씨구, 생각하고 말고가 어딨어? 아니, 지금 이게 좋단 말이야?"

춘복 씨는 아무 대답도 할 수 없었다. 그녀는 이부자리에 흩어져 있는 꽃잎들을 내려다보기만 했다.

춘복 씨는 마루에 앉아 서 여사가 어제보다 더 화사한 차림으로 집을 나서는 것을 지켜보았다. 아이보리색 스카프로 리본 모양의 매듭을 커다랗게 묶어 얼굴이 환해 보였다. 조금 전 산발한 머리로 엉엉 울어대던 할망구는 어디로 가고 없었다. 차림으로만 보아서는 남의 집 살림을 해주러 다니는 사람처럼 보이지 않았다. 서 여사는 일할 때 입는 옷은 그 집에다 두고 늘 그렇게 차려입고 다녔다. 춘복 씨 앞을 지나가면서 서 여사는 잘 생각해보라는 말을 잊지 않았다. 서 여사가 나간 후 춘복 씨는 잘 생각해보았다. 그래도 여전히 쉽게 결론이 나지 않았다. 정말 이대로 살아도 좋은 걸까? 그런데 그런 질문은 너무 낯선 것이었다. 평생 자신의 인생에 대해서 고민하고 더 나은 뭔가를 선택할 수 있었던 적이 한 번도 없었다. 자신에게 닥쳐오는 세월을 허덕허덕 헤쳐 나가기에도 바빴다. 쨍하고 해가 뜰 날이 멀지 않았고 꽃 피는 봄날이 곧 올 거라고 흰소리만 치던 남편이 위암으로 죽고 나서 시장통에서 밥장사를 하며 남매를 키워냈다. 잠자코 앉아서 앞으로 어떤 인생행로를 선택해야 할 것인가를 생각하며 사는 인생은 상상할 수 없었다. 그건 저기 하느님 나라에서나 있을 법한 일이었다. 두 가지 길을 놓고 저울질을 하자니 양손에 들려 있는 저울이 몹시 무거웠다. 지금 당장이라도 꽃을 꺾기만 하면 전처럼 자유롭게 거동할 수 있다는 사실을 아예 몰랐다면 더 좋았겠다 싶었다. 남편이 말하던 꽃 피는 봄날이 너무 늦게 왔다.

소문이 골목 안에 퍼지는 데 하루면 족했다. 동네 여자들이 삼삼오오 꽃구경을 하러 왔다. 다음 주에 단체로 꽃구경을 하러 가기로 했는데 이것은 말하자면 전야제라고 너스레를 떠는 사람부터 춘복 씨가 지팡이를 짚게 생겼다는 것을 딱하게 여기는 사람, 자기도 무릎에 꽃이 피어서 이제는 남이 해주는 밥 좀 먹고 살아봤으면 좋겠다는 사람까지, 모두들 신기해하며 탄성을 연발하고 소란을 떨다가 돌아갔다.

담을 사이에 두고 있는 옆집 성호네는 남편을 대동하고 나타났다. 여자들만 우르르 왔을 때와는 달리 춘복 씨는 다리를 드러내놓기가 좀 부끄러웠다. 안 그래도 성호네는 여자들 다니는 마실에 꼭 끼려고 한다며 방으로 들어서면서부터 남편을 타박했다. 성호 아버지는 도박판을 떠돌다 집으로 돌아온 지 몇 년 되지 않았다. 춘복 씨는 저런 인간을 어떻게 참아주나 싶었지만 성호네는 남편이 오랫동안 집에 들어오지 않아서 차라리 고마웠다고 한 적도 있었다. 돈을 벌어 갖다 주는 것까지는 바라지도 않았고 집안 세간을 들어먹지 않은 것만도 감사할 일이라는 것이었다.

꽃을 본 성호 아버지는 손가락 마디가 툭 불거진 비쩍 마른 손으로 연신 턱을 문지르며 중얼거렸다.

"이야……, 말로만 듣던 걸 이렇게 보게 되다니……."

춘복 씨는 깜짝 놀라 자기도 모르게 큰 소리로 물었다.

"들어본 적이 있다구요?"

"네, 전에 잠깐 노름판에서 놀 때……."

"잠깐 놀 때?"

성호네가 끼어들었다. 춘복 씨는 얼른 성호 아버지의 말을 붙잡았다.

"형님은 좀 가만 계셔봐요. 이런 일을 본 적이 있다구요?"

아내의 눈치를 보며 성호 아버지가 말했다.

"아니, 직접 본 건 아니구요, 아 왜 그런 데 돌아다니는 전설 같은 거 있잖아요. 물론 썰 풀기 좋아하는 인간들이 늘어놓는 구라도 많지만."

"말 좀 점잖게 합시다."

성호네가 눈을 내리깔며 남편에게 눈치를 주었다. 춘복 씨는 마음이 급해졌다.

"그래서요?"

"아주 전설적인 인물이 하나 있었어요, 흑장미라고. 아, 그 인간이 얼마나 오랫동안 앉아 있었는지 나중에는 무릎에서 꽃이 다 피었다고 하더라고요. 뭐 아주 새빨간 장미였다던가, 그래서 흑장미라고 불렀다고……."

"말도 안 돼! 내 참, 어이가 없어서……. 노름하다 죽은 귀신이 무릎부터 썩는다는 말은 들어봤어도 그런 괴상한 말은 처음 듣네."

성호네의 말에 성호 아버지가 눈을 흘겼다. 겨우 노름꾼한테 일어난 일이었다니 춘복 씨는 좀 실망스러웠다. 춘복 씨의 안색을 알아챘는지 성호네가 남편에게 퉁바리를 놓았다.

"어디다 노름꾼을 찍어다 붙여? 상스럽게……."

"상스럽다니, 이 사람아. 모르는 소리 마. 그게 다 사리 같은 거라고, 사리. 알아?"

"사리? 어이구, 사리 같은 소리 하고 있네. 돌로 만든 부처님도 깔깔 웃을 소리지."

"이 사람이 지금! 그 조그만 돌멩이가 금 쪼가리도 아닌 게 왜 귀하겠어? 다 거기에 붙은 의미 때문에 귀한 거라고. 사리가 뭐 별건가, 한 가지 일에 전념하면 그렇게 된다구. 스님들이 가부좌 틀고 앉아서 정진하잖아. 노름이라고 당신이 우습게 생각해서 그렇지, 줄창 앉아 있는 건 똑같다구. 그 정성에 대한 상이란 말이야.

뭘 알기나 해, 당신이?"

"어이구, 그러셔? 그렇게 정성을 쏟은 당신도 죽으면 사리가 닷 말은 나오겠구만."

"아이고, 그만들 하세요, 괜히 저 때문에 싸우지 마시고."

성호 아버지는 노름판에서 전설이 되지 못한 것이 부끄러운지 입을 다물었다. 춘복 씨는 허탈한 웃음을 지으며 말했다.

"아저씨 말이 맞는지도 몰라요. 이 무릎 말이에요, 접었다 폈다를 하도 열심히 했더니 이렇게 됐나 봐요."

성호네가 어이없다는 표정을 지었다.

"그럼 뭐, 무릎에 꽃 안 필 사람이 있나?"

춘복 씨가 힘없이 웃으며 대꾸했다.

"맞아요, 형님도 조심하세요. 내일 아침엔 형님 무릎에 꽃이 필지도 몰라요."

그들이 돌아가고 난 후 춘복 씨는 다시 이부자리에 누웠다. 역시 생각은 같은 자리에서 맴돌았다. 몸이 불편한 거야 곧 익숙해지면 아무 문제 없겠지만, 아들이 마음에 걸렸다. 그러나 무엇보다도 다시 그 괴로운 통증 속으로 되돌아가고 싶지는 않았다. 고달팠던 평생에 대한 대가로 관절염보다는 그래도 꽃이 낫지. 이게 더 아름답잖아? 그녀는 묵주를 만지작거리며 기도하기 시작했다.

저녁에 집으로 돌아온 아들과 며느리가 서 여사로부터 자초지종을 듣고는 춘복 씨에게 꽃을 꺾으라고 했다. 당연한 것을 가지고 왜 입 아프게 하냐는 듯한 아들의 태도에 그녀는 슬며시 부아가 치밀었다. 한 번쯤은 엄마의 입장에서 생각해줄 수도 있을 텐데 그렇게도 자기를 이해하지 못하는 아들이 야속했다. 그녀는 아무 대꾸도 하지 않았다.

"엄마가 해준 게 뭐가 있다고 이래? 내가 뭐 재산 물려 달래요? 애들이라도 봐줘야 할 거 아냐? 엄마, 내가 진짜 이런 말까진 안 하려고 했거든?"

내내 입을 다물고 있던 춘복 씨가 한마디 했다.

"그 말은 하지 말지."

결과적으로 아들의 그 말이 흔들리던 그녀의 마음을 단단하게 만들었다. 아마 아들이 그녀의 고민을 존중해주고 그녀의 뜻대로 하라고 했다면 오히려 그녀가 먼저 미안해하며 아들의 말을 따랐을지도 몰랐다. 그러나 아들이 내뱉는 한 마디 한 마디가 그녀의 마음을 확실하게 못 박는 망치질이 되었다. 아들은 결국 제 분에 못 이겨 벌떡 일어나 방을 나갔다.

오늘은 잊지 않고 묵주신공을 드리고 잠자리에 들었다. 아들의 그릇이 고만하다는 것은 진작 알고 있었다. 기도를 드리는 사이 아들이 헤집어 놓은 마음이 조금씩 진정되었다. 못난 놈. 자식을 그렇게밖에 못 키워 놓았으니 그걸 참아주는 것도 자기 몫이라고, 춘복 씨는 그렇게 여겼다. 그러나 더 이상 제 뜻대로 해주지는 않을 생각이었다. 춘복 씨는 이제 그런 못난 놈 생각은 그만하고 앞으로 뭘 하면서 그 많은 시간을 보낼까 생각하기로 했다. 우선 일주일에 한 번씩 하는 레지오 마리애 회합에 참석하고 싶었다. 주일에 성당에 가는 것으로는 늘 뭔가 부족한 느낌이었다. 처녀 시절에는 열심히 하던 레지오를 결혼한 후로는 여유가 없어 하지 못했다. 자식들 다 키워 놓으면 시간이 있을 줄 알았는데 그런 행운은 자신의 것이 아니었다. 이젠 지팡이를 짚고라도 다닐 생각이었다. 그 다음엔 성서공부를 할 생각이었다. 집에서 혼자 성서를 읽는 것 말고 성당에서 하는 성서공부 모임에 나가면 수녀님의 강의도 듣고 사람들과 만날 수도 있을 터였다. 전부터 꼭 하고 싶던 것이었다. 처음이니까 〈창세기〉반에서 시작하면 좋겠다는 생각을 하다 그녀는 문득 이마를 쳤다. 얼마나 그럴듯한가, 창세기라니! 이렇게 새로운 세상이 열리는 것이다. 태초에 말씀이 있었고, 그리고 태초에 꽃이 있었다! 그녀는 일어나 불을 켜고 문제의 그 꽃들을 오래오래 들여다보았다.

간밤에도 춘복 씨는 잠을 잘 잤다. 하루 종일 아이와 씨름하지 않아도 되니 천근만근 무겁던 몸도 가뿐해졌다. 이제 차츰 변화된

생활에 적응이 되고 있는 것 같아 기분도 산뜻했다. 며느리는 드러내놓고 뾰로통해 있었다. 그 표정이 미우면서도 한편으로는 며느리가 얼마나 피곤할지 모르는 바도 아니었다. 새벽 장을 보러 나간 아들은 여느 때와 달리 아침 먹을 때까지 들어오지 않더니 느지막이 들어와 밥도 안 먹고 며느리와 지은이만 데리고 다시 나갔다. 춘복 씨하고는 눈도 마주치지 않았다. 식구들이 모두 나가고 조용한 가운데 드라마를 보니 꿀맛이었다. 평소라면 애 밥 먹이랴 자기 밥 먹으랴 대충 눈으로만 훑곤 했을 텐데 말이다. 개 짖는 소리가 나더니 벌컥 미닫이문이 열렸다.

"이 고집 센 할망구야!"

잘 차려입고 나선 서 여사였다. 개 짖는 소리를 들으니 며느리가 개밥도 주지 않고 나갔다는 것이 생각났다. 춘복 씨는 서 여사와 길게 말하기 싫어 웃으면서 눈을 흘기고는 일어섰다.

"재롱이 밥 줘야 돼."

그녀가 싱크대에서 개밥을 만드는 동안 서 여사는 마루 끝에 걸터앉아 계속 지껄여댔다.

"늙을수록 자식이랑 사이좋게 지내야지, 어쩌려고 그래?"

"……."

"자식한테 왕따 당하는 게 이제 안 무서운가 보지?"

"……."

"애도 안 보고 하루 종일 뭐 하려구?"

"할 거 없을까 봐?"

"그래, 차라리 잘됐네. 아예 이참에 영감이나 하나 만나든가. 이제 자식하고 틀어졌으니 말년에 영감이라도 있어야……."

"안 늦었어? 오늘은 왜 이렇게 해찰이야?"

춘복 씨가 냄비를 들고 현관으로 나가자 서 여사가 핸드백을 마루에 놔둔 채 일어섰다.

"이리 줘. 아직 잘 걷지도 못하면서……. 내가 착한 일 좀 한번 하고 가려고 기다렸다, 왜?"

춘복 씨는 못 이기는 척 냄비를 내밀었다. 서 여사가 냄비를 들고 개집 쪽으로 다가가자 개가 몸을 낮추고 경계하며 낮게 으르렁거렸다.

"이 개새끼야, 너 밥 주려고 그런다. 이 돌대가리 같은 게 밥 주는 사람도 몰라보고……."

서 여사는 거침없이 개집 옆으로 가서 빈 그릇을 개에게서 멀찍하니 떨어진 곳까지 발로 툭툭 차서 가지고 왔다. 자주색 구두에 채인 빈 그릇이 요란하게 달그락거렸다. 그릇에 개밥을 부은 후 서 여사는 다시 발로 그릇을 밀었다. 그러다 갈라진 시멘트 틈에 구두 굽이 걸리면서 그릇이 심하게 흔들렸다. 국물이 출렁이면서 그릇 밖으로 조금 흘렀다. 서 여사의 구두에도 국물이 튀었다. 안 그래도 으르렁거리던 개가 무섭게 짖기 시작했다.

"아, 그 개새끼 정말, 조용히 못해? 누가 개밥 뺏어 먹냐? 자, 처먹어라, 처먹어."

신경질적으로 발을 굴러 구두를 턴 서 여사가 허리를 굽히고 그릇을 들어 개 앞에 던지듯 휙 갖다 놓았다. 그릇을 개 앞에 놓고 허리를 펴려는 순간 개가 서 여사의 오른쪽 소매를 덥석 물었다. 서 여사의 구두굽이 갈라진 시멘트 틈에 걸리던 때부터 불안한 마음으로 쳐다보던 춘복 씨는 갑자기 너무 놀라 벌떡 일어나려다 마당에 나동그라졌다. 한번 넘어지자 다시 일어나기가 쉽지 않았다. 주변에 짚고 일어날 만한 것도 없었다. 서 여사는 비명을 지르며 왼손으로 개의 머리통을 미친 듯이 때렸지만 화가 난 개는 한번 문 것을 놓지 않았다. 춘복 씨는 자기도 모르게 치마를 걷고 정신없이 꽃을 쥐어뜯었다. 그러고는 어디에서 그런 힘이 솟았는지 무릎을 짚고 힘껏 일어섰다. 잠깐 휘청거린 그녀는 수돗가에 있던 빨래판을 들고 절뚝거리며 달려가 개의 머리통을 내리쳤다.

춘복 씨는 마루 끝에 걸터앉아 봄볕을 쬐며 〈창세기〉를 읽었다. 누가 누구를 낳고 또 누가 누구를 낳고, 누구누구가 8백 년씩 9백 년씩 살았다는 얘기가 끝도 없이 이어지는 것을 보다가 책을 덮어버렸다. 자꾸 아이를 낳는 것도 보기 싫었고, 그렇게 지겹도록 살고 싶은 것도 아니었다.

적막한 마당에 내리쬐는 봄볕이 아주 따뜻했다. 몹시 나른했다. 아이를 돌보는 것도 아니고 걷기에 불편한 것도 아닌데 자꾸 눕고만 싶었다. 놀이방에는 이미 한 달 치 돈을 냈으므로 그때까지는 그녀도 더 쉴 수 있었다. 아는 사람이라 환불해줄 수도 있다고 했지만 엎어진 김에 쉬어 가라는 아들의 알량한 배려를 그녀는 아무 말 없이 받아들였다.

늙고 병들긴 했지만 아직 정정하게 아이를 봐줄 수 있고 아들에게도 큰 도움이 될 거라고, 그래도 아직 자신이 쓸모 있는 인간이라는 사실에나 위안을 받자고 마음먹었다. 그런데 아무리 그렇게 생각하려고 애써도 뭔가 좀 미진한 게 남았다. 세상에 나와 이렇게 살고 있으면 됐지 꼭 무엇엔가 쓸모가 있어야 하는 것일까? 그 생각이 자꾸 머릿속에서 맴돌았다. 너무 쓸모 있기만 한 인생은 좀 피곤하다는 생각도.

서 여사는 앰뷸런스에 실려 갔고 개는 개장수의 트럭에 실려 갔다. 춘복 씨의 새로운 창세기는 3일 만에 막을 내렸다. 그녀는 활짝 벌어진 커다란 자목련 꽃잎을 보며 생각했다. 올해는 샐비어를 심을 수 있겠구나. 그리고 문득 궁금해졌다. 오늘 밤 또 누구 무릎에 꽃이 필까?

아 버 지 가 방 에 들 어 가 신 다

1

아버지, 가방에 들어가신다. 사뿐히 들어가신다. 익숙한 몸놀림으로 마른 몸을 웅크리신다. 웅크린 몸이 신기하게도 가방 네 귀퉁이에 꼭 맞는다. 손을 뻗어 가방을 닫는 아버지, 그러나 딸깍 소리를 내지 못한다. 가방은 벌어진 입을 다물지 못하는 커다란 조개가 되었다. 그 안의 어둠 속에서 아버지의 눈이 반짝, 깜박인다. 잠시 후 아버지가 잠드신다. 쌕쌕, 아버지의 고른 숨소리가 들린다.

샘소나이트 사社에서 처음으로 바퀴가 달린 트렁크를 선보였을 때, 아버지는 그것을 꼭 사리라 마음먹었다. 돈을 모을 궁리보다는 어머니를 설득할 묘안을 짜내느라 더 골치가 아팠다. 몇 년에 걸친 노력 끝에 어머니와는 어떤 합의점에도 이를 수 없다는 것을 순순히 인정할 수밖에 없었다. 아버지는 결연한 마음으로 미국 지사에 있는 회사 동료를 통해 그것을 구했다. 대문을 들어서는 새 트렁크를 보는 순간, 마루에 앉아 이불 호청 빨래에 물을 뿜으려고 입안 가득 냉수를 머금었던 어머니의 모든 동작이 일시에 멎었다. 양 볼이 동그랗게 부풀어 있던 어머니의 눈도 동그래졌다. 어머니는 입 안의 물을 삼켰다. 아버지는 어머니의 흔들림 없는 시선을 받으며 커다란 트렁크를 들고 마당을 천천히 가로질렀다. 트렁크가 무거운지 아버지의 몸이 트렁크 반대쪽으로 약간 기울었다. 아버지는 댓돌 앞에서 멈췄다. 어머니의 허락을 구하는 듯 마루로 올라서지 못하고 쭈뼛거리며 서 있기만 했다. 나와 누나도 어머니 쪽에서 곧 뭔가가 터져 나오리라는 기대와 우려로 숨을 죽인 채 양쪽 눈치만 살피고 있었다. 어머니가 벌떡 일어났다. 우리들의 시선을 받으며 마당으로 내려선 어머니가 한 말씀 하셨다. 바퀴는 뭣에 쓸라고 그 크다란 걸 쎄 빠지게 들고 오요. 아버지의 얼굴이 활짝 펴졌다. 먼지 묻잖는가. 나와 누나는 그제야 동작 금지령이 해제된 듯 트렁크를 향해 달려갔다.

어두운 자주 빛깔의 트렁크는 나와 누나가 한꺼번에 들어갈 수 있을 만큼 커 보였다. 아버지는 낑낑거리며 그것을 안방 다락으로 끌어올렸다. 어머니의 눈에 거슬리지 않게 하겠다는 뜻도 조금은 있었을 테지만, 사실은 오랫동안 다락 구석에 자리하고 있던 낡은 트렁크와 나란히 놓고 싶어서였을 것이다. 그것은 마카오 신사라 불렸던 작은할아버지가 아버지에게 유품으로 남겨준 것이었다. 새로 사 온 것에 비하면 크기가 반 정도밖에 안 됐고, 모서리가 허옇게 바래 허름해 보였지만 아버지가 무척 아끼는 것이었다. 뒤로 한 발짝 물러앉아 두 개의 트렁크를 바라보는 아버지의 얼굴에 흐뭇한 미소가 번졌다. 다락 천장에 매달린 알전구가 아버지 머리 위에서 노랗게 빛났다.

아버지는 그 후로도 트렁크를 세 개나 더 사들였다. 제조사는 잘 기억나지 않지만 모두 바퀴가 달린 것들이었다. 처음이 어려웠지 그다음부터는 어머니의 지청구도 넉살 좋게 허허 웃어넘겼다. 바퀴는 구르라고 만든 것이었다. 다락에서 머리를 맞대고 우두커니 서 있자니 좀이 쑤셨을 것이다. 여러 개의 트렁크에 달린 바퀴들이 일제히 낑낑거렸을 테고 다락 아래 누워 있던 아버지는 귀가 밝아 밤마다 잠들기 어려웠을 것이다. 어느 날 아버지는 트렁크의 바퀴를 굴리며 떠났다. 빈 수레가 요란하다지만 아버지의 옷가지가 가득 든 트렁크가 골목을 빠져나가면서 내는 바퀴 소리도 가방 무게만큼 육중하게 요란했다. 바퀴들은 신 나게 덜그럭거리며 앞으로, 앞으로, 잘도 굴러갔다. 바퀴는 되돌아오는 길을 몰랐다.

아버지의 마지막 모습은 열세 살의 내 눈에 단단히 각인되었다. 아버지는 멕시코 지사로 발령받았다고 했다. 천장이 높아서 더 넓고 웅장해 보였던 김포공항은 처음엔 건축물의 그 거대한 규모로, 그다음엔 그 안을 가득 메우고 있는 엄청나게 많은 사람들로 나를 압도했다. 무리지어 이별의 인사를 나누는 사람들, 커다란 가방을 들거나 바퀴 달린 트렁크를 끄는 사람들, 이따금 소속을 알 수 없는 유니폼을 입은 사람들이 물결처럼 내 옆을 흘러 다녔다. 그때까지 한 번도 본 적 없던 광경 앞에서 나는 정신을 차릴 수가 없었다. 수많은 사람들이 북적거리며 내는 소음이 귓가에서 웅성거렸다. 어른 가슴 높이밖에 오지 않는 키 때문에 실내 전체를 조망할 수 없어 내가 어디쯤 서 있는지 분간이 되지 않았다. 가슴이 울렁거리고 현기증이 일었다. 몇 발짝 떨어진 곳에 막내 고모와 큰아버지의 뒤통수 사이로 아버지의 상기된 얼굴이 잠깐씩 보였다 사라졌다. 아버지는 자꾸 혀로 입술을 축였다. 나는 아버지의 등 뒤로 다가가 그의 손을 잡아끌었다. 나를 돌아보는 아버지의 회색 재킷에서 새 옷 특유의 희미한 석유 냄새가 났다. 재킷 안쪽에서 아버지의 가슴이 고동치고 있었다. 볼이 움푹 팬 마른 얼굴이 나를 내려다보았다. 나는 팔을 뻗어 아버지의 가슴에 가만히 손을 얹었다. 아빠, 심장이 튀어나오겠어. 아버지는 내 손 위에 자신의 손을 겹쳐 올려놓으며 씩 웃었다. 나는 아버지의 손을 잡았다. 그러고는 누가 들을세라 소곤거렸다. 뭐라구? 아버지가 허리를 숙여 내 입술에 귀를 바짝 붙였다. 근데 영어 할 줄은 아냐고! 아버지가 껄껄 웃었다. 거기는 영어 안 써서 괜찮아. 걱정스러운 표정을 짓고 있던 나의 머리를 쓰다듬으며 아버지는 한쪽 눈을 찡끗 감았다.

탑승 시간이 되어 우리는 마지막 인사를 나누었다. 아버지는 십여 명이나 되는 전송객의 인사에 일일이 악수로 화답했지만 아버지가 건성으로 고개를 끄덕이고 있다는 것을 나는 알 수 있었다. 그것은 내가 놀러 나가려고 할 때 어머니의 잔소리에 대충 알았다고 대답하면서 얼른 뛰어나가고 싶어 하는 것과 비슷했다. 아버지는 따라 나온 일가친척들과 어서 헤어져 비행기 좌석에 가서 앉고 싶었던 것일까. 이별의 의례를 마치고 얼른 혼자가 되기를 그렇게 몹시도 바랐던 것일까. 아버지는 곧 출국장 입구로 들어갔다. 탑승권을 확인한 공항 직원을 지나 문으로 들어가기 전 아버지가 잠깐 뒤를 돌아보았다. 아버지는 그 잠깐 동안 의미를 알 수 없는 모호한 표정을 지었다. 헤어지는 게 안타깝다는 건지, 처자식만 남겨두고 떠나게 되어 미안하다는 건지, 오랜 시간 고대해왔던 여행을 떠나게 되어 설렌다는 건지, 혹은 그 모든 것이었든지. 내가 어리둥절해하는 사이 아버지는 다시 몸을 돌려 문 안으로 들어갔다. 그랬다. 아버지는 그곳이 얼마나 먼지 어린 내가 가늠할 수도 없을 만큼 먼 곳으로 나가려는 참이었다. 그런데 이상하게도 아버지가 어딘가로 들어갔다는 생각이 들었다. 문밖으로 나간 것이 아니라 문 안으로 들어가버렸다는 느낌이었다. 우리가 더 이상 같이 있을 수 없는 어떤 한계, 그 경계선 너머는 분명히 우리가 함께 있던 이 세계의 바깥이었다. 그런데 아버지는 그 바깥으로 나갔다기보다는 그 바깥으로 들어갔다. 그리고 곧 문이 닫혔다. 이별의 절차는 그렇게 간단했다. 오직 한 사람, 아버지만을 쳐다보던 십여 명의 일가붙이들은 그 대상이 너무나 갑자기 사라져버리자 서로 멋쩍은 웃음을 지어 보였다. 어머니가 내 손을 잡아끌었다. 나는 아버지가 들어가버린 문을 자꾸 돌아보았다.

2

빈 가방을 끌고 가 그 안에 아버지를 넣어 오리라. 아버지를 수배했으니 체포해서 수감하리라. 어머니 집에 들러 작은할아버지의 낡은 트렁크를 들고 나서는데 이런 생각이 들어 실없이 웃음이 나왔다. 그러나 수배는 했지만 체포할 마음은 없었고, 가방에 꾸겨 넣기엔 그사이 아버지가 너무 뚱뚱해져 있었다.

뚱뚱한 아버지가 역시 뚱뚱한 가죽 소파에 몸을 묻고 텔레비전을 보고 있다. 두 발을 탁자 위에 올려놓고 1인용 소파에 등을 기댄 아버지의 자세는 몹시 방만해 보이면서도 편해 보였다. 어젯밤에는 늦게까지 이 채널 저 채널 바꿔가며 보더니 아침엔 줄곧 푸드 채널에 멈춰 있었다.

공항에서 아버지를 만나 늦은 저녁식사를 하고 집에 도착했을 때는 밤이 꽤 깊어 있었다. 아버지의 집은 마을 가장 안쪽에 있었다. 집은 어둠에 잠겨 있었지만 길가 전신주에 달린 갓등이 어두운 무대를 비추는 조명처럼 대문과 지붕을 비추고 있었다. 지붕 끝에는 스카이라이프 위성 안테나가 설치되어 있었고, 별로 높지 않은 시멘트 블록 담장 너머로 처마 밑에 매달린 씨옥수수 몇 자루가 보였다. 조명 때문인지 그것들이 모두 비현실적으로 느껴졌다. 마치 연극 세트 같았다. 아버지가 열쇠로 대문을 여는 동안 집 뒤편 산에서 낮게 깔리는 새소리가 들렸다. 어두운 마당 한쪽에는 리어카와 스쿠터 한 대가 서 있었고, 안테나 아래쪽 지붕에는 사다리가 걸쳐져 있었다. 안테나 접시 앞쪽에 삐죽 솟아 있는 물체는 마치 인공위성에서 쏘아주는 전파를 향해 힘껏 팔을 뻗고 있는 것처럼 보였다. 가끔 올라가서 접시의 먼지를 닦아주곤 한단다. 안테나를 올려다보는 나에게 아버지가 말했다. 뭐하러요? 그러면 전파를 더 잘 받잖아. 뭐 그런 당연한 걸 묻느냐는 투였다.

밖에서 보았을 때는 그저 좀 낡고 허름한 시골집에 불과했지만 집 안은 사뭇 분위기가 달랐다. 그리 넓지 않은 마루에는 푹신해 보이는 가죽 소파와 40인치는 족히 되어 보이는 평면 텔레비전이 있었고 주방에는 6인용 식탁이 자리 잡고 있었다. 혼자 사는 사람의 가구라고는 믿기지 않았다. 마루를 사이에 두고 양쪽에 방이 두 칸이었는데 그중 한 칸을 주방으로 만들었다고 설명해주면서 아버지가 주방에 불을 켰다. 반득반득 윤이 나는 가스레인지 후드가 먼저 눈에 들어왔다. 냉장고 옆에 서 있는 수납장이며 말끔한 싱크대며 한눈에 보아도 모든 게 잘 갖추어진 주방 같았다. 구리터분한 냄새를 폴폴 풍기며 궁색하게 사는 홀아비를 상상했던 터라 나는 적잖이 놀랐다. 세탁기가 들어앉아 있어 좀 비좁아 보이긴 해도 화장실의 세면대와 변기도 깨끗했다. 아버지가 보여주고 싶은 것은 거기까지인 듯 안방은 보여주지 않았다.

씻고 나오니 어느새 긴 소파 위에 베개와 이불이 놓여 있었다. 요가 좁아서 소파에서 자는 게 나을 거야. 1인용 소파에 편하게 몸을 기대고 있던 아버지가 말했다. 나는 소파에 눕고 아버지는 불을 끄고 텔레비전을 보기 시작했다. 아버지는 귀가 잘 들리지 않는지 볼륨을 한껏 키워 놓았다. 잠자리가 불편하기도 했지만 텔레비전에서 나오는 번쩍거리는 불빛과 시끄러운 소리 때문에 잠들기가 어려웠다. 그렇다고 이불을 박차고 일어나 20여 년 만에 만난 아버지와 나란히 앉아 일없이 텔레비전을 본다는 것도 우스웠다. 아버지는 심은하와 박신양이 나오는 옛날 드라마를 보다가 광고가 시작되자 채널을 돌려 메이저리그 경기를 보았고, 한 이닝이 끝나고 광고가 나오는 사이 다시 채널을 돌려 CSI 마이애미를 보았다. 아버지는 텔레비전을 보고 있다기보다는 텔레비전과 놀고 있었다. 나는 화면 불빛을 등지고 소파 등받이에 고개를 묻었다. 그래도 소리는 어쩔 수가 없었다. 그 후로도 한참 동안 채널이 이리저리 바뀌더니 결국 낚시 채널에서 감성돔을 잡아올린 후 텔레비전이 꺼졌다.

푸드 채널 요리사는 엄마가 직접 만들어주는 치즈 케이크를 아이들이 얼마나 좋아하겠느냐고 했다. 아버지는 치즈 케이크를 만들어줄 아이도 없으면서 텔레비전에 너무 열중한 나머지 내가 깨어나 자기를 흘끔거리고 있다는 것도 알아채지 못했다. 나는 부스스 몸을 일으켰다. 몸이 찌뿌듯하고 머리가 무거웠다. 그제야 아버지가 나를 돌아보았다.

"아들! 잠자리가 불편하지는 않았는지?"

"불편했어요."

나는 몸에 둘둘 말고 있던 얇은 이불을 걷어냈다. 아버지가 엄지 손가락을 내밀어 보였다.

"정직한 청년으로 자랐구나."

"순전히 어머니 덕분이죠."

아버지는 손가락을 내밀 때의 유쾌함이 머쓱해진 듯 아무 대꾸도 없이 텔레비전을 끄고 일어나 주방으로 갔다. 나는 내 말에 아무런 감정도 실리지 않았다고 생각했다. 내 말은 그저 사실일 뿐이었다. 나는 담담한 말투로 계속 지껄였다.

"서방 없이 자식새끼 키우느라 어머니 똥창이 다 닳았다고……, 외할머니가 생전에 늘 그러셨어요."

아버지는 싱크대 수납장에서 커다란 접시 두 개를 꺼내고는 내 쪽으로 돌아섰다.

"그 냥반도 가셨구나. 그래도 네 어매는 아직 똥 샐 나이는 아니라……, 여전히 건강하제?"

나는 잠시 망설였다. 건강하다고 말하자니 거짓말이 될 테고, 사실대로 말하자니 어머니가 초라해 보일 것 같았다. 아버지는 이렇게 멀쩡하게 잘 살고 있는데 괜히 어머니의 인생만 망가진 것처럼 보이는 게 싫었다. 그러면서도 한편으로는 아버지에게 죄책감을 담뿍 안겨줄 수 있는 말을 하고 싶은 마음도 없지 않았다. 나는 대답 대신 이렇게 말했다.

"아버지도 똥 샐 것처럼 보이지는 않아서 다행이에요."

아버지는 더 이상 아무 말도 하지 않았다. 냉장고를 열었다 닫았다 하며 조리대 앞에서 뭔가를 만들기 시작했다. 어머니 얘기를 꺼내기에 좋은 기회를 놓쳤다는 생각에 아쉬웠다. 자연스럽게, 아무렇지도 않게, 그렇게 얘기해야 한다고 생각했기 때문인지 막상 얘기할 타이밍에는 부자연스러워졌고 아무렇지도 않기가 힘들었다. 아쉬운 마음으로 아버지의 등을 가만히 바라보았다. 그러다 문득, 어쩌면 아버지가 정말 혼자 사는 게 아닐지도 모른다는 생각이 들었다. 6인용 식탁도 그렇고 소파도 그렇고, 무엇보다 안방을 보여주지 않는 게 그랬다. 내가 온다는 소식에 같이 사는 누군가가 잠깐 존재를 숨긴 것일지도 몰랐다. 그러나 아버지의 주소를 알려준 아버지의 친구도 아버지가 혼자 살고 있다고 했었다. 어쩌면 그가 잘못 알고 있을 수도 있었다. 아버지라면 능히 친구도 속일 사람이었다. 여기저기에서 그릇을 꺼내고 양념통을 챙기는 아버지의 거침없는 손놀림을 지켜보며 나는 몹시 혼란스러웠다.

잠시 후 커다란 접시 두 개를 가운데 두고 아버지와 마주 앉았다. 으깬 감자와 샐러드였다. 하얀 접시 가장자리를 따라 연두색 이파리와 줄기가 그려져 있어 샐러드가 더욱 푸짐해 보였다. 투박하게 생긴 머그컵에서 쌉싸래하면서도 향긋한 김이 하얗게 피어올랐다.

"아침부터 밥 생각이 없을 것 같아서……."

으깬 감자 위에 살짝 뿌려진 소스는 달콤하면서도 매콤했다. 처음 맛보는 소스였다. 뒷맛이 개운했다. 무슨 소스냐고 묻지는 않았다. 아버지는 한 손엔 포크를 들고 다른 한 손으로는 접시를 만지작거리며 내 반응을 기다렸다. 아버지의 손은 접시하고도 음식하고도 어울리지 않았다. 그의 손은 손가락이 긴 데다 통통하게 살까지 올라 무지막지하게 커 보였다. 내가 아무런 반응도 보이지 않자 아버지도 천천히 먹기 시작했다. 음식을 깨지락깨지락 먹으며 아버지가 말했다.

"저건 벌써 버렸을 거라고 생각했는데……."

"네? 아, 저거요. 아버지가 보고 싶어 할 것 같아서 갖고 왔어요. 그래도 작은할아버지가 특별히 아버지한테 주신 거잖아요."

"그래, 저게 내내 마음에 걸리긴 했다."

저거 하나 때문에 다시 집에 오기도 뭣하셨겠죠, 라는 말이 나오다가 목구멍에서 탁 걸렸다. 아버지가 떠나고 얼마 후 어머니는 다락방에 남아 있던 트렁크를 전부 마당에 있는 창고에 넣어버렸다. 나의 다락방이 휑하니 썰렁해졌다. 다락방은 아버지가 떠나기 전부터 진즉 내 차지가 되어 있었다. 누나와 같이 건넌방을 쓰던 나는 누나가 중학생이 되면서 다락방으로 쫓겨났다. 누나는 당연하다는 태도였고 어머니는 미안해했으며 아버지는 뜨악해하는 눈치였다. 나는 나만의 아지트가 생긴 것이 기뻤다. 잡동사니가 쌓여 있어 어수선하고 천장이 낮아서 늘 납작하게 엎드려 있어야 할 것 같았지만 바로 그런 점들이 마음에 들었다. 은신처가 밝고 환할 리 없었다. 거기에서는 얼마 동안이든지 웅크리고 앉아 무슨 일인가를 꾸며도 좋을 것 같았다. 그곳이 안방을 통해야 들어갈 수 있는 곳이 아니었다면 나는 날마다 친구들을 끌어들여 우리들의 아지트로 삼았을 것이다.

당연한 수순으로 아버지가 다락방에서 쫓겨났다. 그때는 아버지가 그것을 어떻게 받아들였을까에 대해서 생각해보지 않았다. 아버지에게는 엄마가 늘 깨끗하게 정돈해 놓는 안방이 있었고, 14인치 컬러텔레비전이 놓여 있는 마루도 있었다. 그런데도 아버지는 다락방에서 뭉그적거리기를 좋아했다. 일요일이면 오후 내내 팝송이 흘러나오는 카세트 플레이어를 옆에 끼고 〈월간중앙〉, 〈신동아〉 같은 잡지나 『무림천하』 같은 무협지, 박경리의 『토지』 같은 대하소설을 읽다가 졸다가 하면서 다락방에서 뒹굴었다. 내가 다락방으로 거처를 옮긴 이후에도 아버지는 가끔 책 한 권을 옆구리에 끼고 큼큼 헛기침을 하며 다락방으로 올라왔다. 그럴 때면 나는 쪽창 가까이에 붙여 놓은 앉은뱅이책상에 앉아 공부하는 척을 하곤 했다.

나는 아버지의 예전 회사 동료를 찾아내고 다시 몇 다리에 걸쳐 수소문한 끝에 아버지의 연락처를 알아냈다. 아버지가 아직도 멕시코에 있으리라고는 생각하지 않았다. 그저 가끔 아버지 생각이 날 때면 중남미 어딘가에 있을 거라고만 생각했다. 아버지는 놀랍게도 국내에 있었다. 아버지가 국내에 있다는 것보다 귀국했으면서도 우리에게 연락하지 않았다는 게 진정 놀라웠다. 그러면서도 친구 몇몇과는 아직도 연락을 하며 지냈다니, 그 덕분에 별 고생을 하지 않고도 아버지 주소를 알아낼 수 있었지만, 은근히 약이 올랐다. 이렇게 쉽게 아버지의 소재를 파악할 수 있었다면 진작 알아볼 걸 그랬다는 생각이 들면서도, 한편으로는 알면서도 찾아가지 않는 짓을 내 쪽에서도 하고 싶어졌다. 나는 아버지의 연락처를 손에 말아 쥐고 버티다 결국 한 달 후 아버지에게 전보를 보냈다. 모월 모일 모시 광주공항, 임성우 도착.

광주공항 도착대합실에 앉아 오가는 사람을 열심히 쳐다보며 아버지가 어떻게 변했을지 상상해보았다. 그러나 24년이라는 시간이 아버지의 얼굴을 어떻게 변모시켰을지 상상이 잘 되지 않았다. 아버지는 더더구나 나를 몰라볼 터였다. 열세 살의 소년이 서른일곱의 사내로 바뀌었다. 아버지가 나를 알아보지 못하고 그냥 지나친 것일 수도 있었다. 약속 시간이 한참 지나 있었다. 혹시 아버지가 착각했을 수도 있겠다 싶어 2층 출발대합실까지 가보고는 조금 낙담했다. 아버지 집으로 전화를 해볼까 망설였다. 전화로 처음 아버지를 대하면 뭐라고 말해야 할지 몰라 전보를 쳤던 것이다. 아버지가 어쩌면 전보를 받지 못했을 수도 있다는 생각이 들었다. 아니, 어쩌면 나를 만나고 싶지 않은 것일 수도 있다는 생각까지 들었다.

아버지가 나타난 것은 8시 무렵이었다. 아버지가 내 앞에 와서 손을 내밀었다. 나는 천천히 일어서며 그의 손을 잡았다. 내 어깨를 두드리며 그는 웃기만 했다. 그러다 대뜸 이렇게 말했다. 이게 아니었다면 널 몰라봤을 거다. 그는 턱으로 내 발 옆에 놓여 있던 낡은 트렁크를 가리켰다. 20여 년 만에 만난 아들에게 아버지가 무슨 말을 할지 궁금했었다. 트렁크를 가지고 올 때만 해도 그것이 아버지를 만나게 해줄 거라는 생각은 하지 못했다.

"나는 이상하게 샘소나이트라는 말을 들으면 암모나이트라는 말도 같이 생각나."

아버지가 커피를 홀짝거리며 말했다.

"암모나이트요?"

"그래, 그 중생대 화석말이다."

"발음이 비슷하잖아요."

"그런가……, 너 암모나이트의 그 나선형이 피보나치 수열로 증가하는 거 아냐?"

"그래요? 앞 숫자를 더해서 증가하는 그거요?"

"오, 그래, 너도 아는구나."

"별걸 다 아세요."

아버지가 빙긋 웃었다.

"나는 그게 꼭 마음에 들거든, 외부로부터 어떤 것도 필요로 하지 않고 오직 자기 내부로부터 성장한다는 점 말이야."

나는 말 없이 포크를 핥았다.

"내가 멕시코에 있을 때 사귄 술친구 하나가 좀 도사 같은 데가 있었는데, 그 친구한테 많이 배웠지. 그 친구 본 지도 오래됐네."

아버지는 생각에 잠긴 듯 눈을 내리깔고 커피잔을 들여다보았다.

"보고 싶으신가 봐요."

내 말에서 가시를 느꼈는지 아버지는 살짝 미소를 지은 채 부정도 긍정도 하지 않았다.

"아버지는 피붙이보다 친구를 더 좋아하시잖아요."

"피붙이는 줄 수 없는 것을 친구는 줄 수 있잖니."

"친구는 줄 수 없는 것을 피붙이가 줄 수도 있구요."

"받고 싶지 않은 것도 있고, 내가 못 견디는 것도 있단다."

"그렇겠죠."

나는 다 이해한다는 듯 말했지만 사실 아버지가 못 견디는 것이 무엇인지 정확히 몰랐다. 그러나 묻고 싶지는 않았다. 그런 쪽으로 얘기가 흘러가는 것은 싫었다. 그것은 아버지도 마찬가지였는지 불쑥 이렇게 말했다.

"이런 얘기 아니? 이 우주의 대부분의 에너지는 자기를 막아서는 어떤 것을 만났을 때 그 속으로 흡수되거나 혹은 그대로 소멸되는 대신 방향을 바꾼다는 거야. 그럼 어느 쪽으로 방향을 바꾸느냐, 자신의 안쪽으로 바꾸는 거지. 나선형을 그리면서 자신의 안쪽으로 점점 말고 들어가는 거야. 그렇게 하다 보면 나선의 중심이 탄생하는 거다. 그렇게 생긴 나선의 중심이 어떤지 아니?"

"……."

아버지가 목소리를 낮췄다.

"아주 고요하단다, 아주."

"……."

"태풍의 눈을 생각해봐라. 같은 이치지. 그래서 그 중심을 고요한 눈이라고 한대."

"고요한 눈이요."

아버지가 고개를 끄덕였다.

"그래, 고요한 눈. 나는 그 고요한 눈이 자기 안에 똬리를 튼 우주라고 생각한다. 멋지지 않니?"

"……."

"그렇게 생각하면 내가 되게 커지는 것 같잖니."

"안 그래도 크세요."

아버지는 입을 다물었다. 잠시 말없이 먹기만 했다. 접시도 다 비우지 않고 티슈로 입가를 닦는 나에게 아버지가 말했다.

"다 먹고 나서 나랑 어디 좀 가자."

나는 어딜 가냐고 묻지 않았다. 내가 알고 싶은 것은 그런 게 아니었다. 아버지가 그동안 어떻게 지냈는지, 멕시코로 끌고 간 가방의 바퀴들이 그곳에서는 잠잠했는지, 누구에게도 내어줄 필요가 없는 다락방을 가질 수 있었는지도 묻지 않았다. 아버지에게 그런 것은 묻지 말자고 다짐했었다. 아버지에게 변명할 기회를 주고 싶지 않았다. 게다가 아버지가 지금까지 어디에서 노닥거렸는지는 중요하지 않았다.

3

처음 임신한 꿈을 꾸었을 때, 내 배는 고래처럼 부풀어 올라 숨쉬기가 곤란했다. 고래가 숨 쉬기 위해 수면 위로 머리를 내민다는 얘기를 들은 것이 생각났다. 나는 수면 위로 올라가기 위해 있는 힘껏 활개를 쳤다. 처음엔 물속이 아니었는데, 어느 순간 물속에서 허우적대고 있었다. 내가 마구 움직이자 물속으로 비쳐들던 햇살이 부서졌다. 물살과 햇살을 가르고 위로, 위로 올라갔다. 얼마나 깊은 바다였는지 아무리 올라가도 수면이 나오지 않았다. 나는 점점 힘이 떨어졌고 의식이 흐릿해져가다가 마지막으로 컥, 숨을 토해내며 꿈에서 깨어났다. 벌떡 일어나 앉아 한참 동안 배 속 깊은 바닥까지 숨을 빨아들였다. 다시 누웠지만 꿈이 너무 생생해서 잠들기 어려웠다. 배를 살살 만져보았다. 볼록하고 따뜻했다. 옆에 반듯하게 누워 잠들어 있는 아내의 배에 손을 올려보았다. 배는 폭 꺼져 있고 골반 뼈가 도드라져 있었다. 천천히 손을 쓸어 올리니 봉긋한 가슴이 만져졌다. 잠 좀 자자. 아내가 뒤척이며 잠투정이 섞인 목소리로 말했다. 나는 계속 아내의 가슴을 조몰락거렸다. 너는 혹시 여기 볼록한 데 아기가 들어 있는 게 아닐까? 아내가 돌아누우며 중얼거렸다. 그럼 쌍둥이란 말이냐. 돌아누운 아내의 등을 가만히 쓸어주면서 나는 고래를 생각했다.

고래를 생각하면 언제나 요나가 떠오른다. 신을 피해, 신이 내려주신 미션을 피해 배 선창 밑에 숨어 잠자던 요나는 결국 선원들에게 끌려 나와 바다에 던져졌다가 고래 배 속으로 빨려 들어갔다. 성경에는 요나가 그곳에서 꺼내달라고 야훼께 기도했다고 나오지만, 내심으로는 그 속에서 계속 평안한 잠을 자고 싶어 했을 것 같다. 고래야, 삼켜줘서 고마워, 이렇게 말하면서 말이다. 나에게 요나가 이런 인상으로 남은 건 아버지 때문이다.

아버지는 누구보다도 요나의 심정을 잘 안다고 했다. 어린 시절 우리는 거의 매일 밤 가족예배를 드렸다. 둘러앉아 그날 치의 성경을 읽고 돌아가며 한 사람씩 기도를 하고 모두 손을 잡은 채 찬송가를 부르는 것으로 끝이 났다. 밤늦게 귀가하는 아버지는 면책특권을 누렸지만 일요일엔 아버지도 어쩔 수 없었다. 오전에 주일예

배에 다녀왔는데도 우리의 밤은 역시 기도로 마무리되었다. 나는 그리 길지도 않은 그 시간 동안 졸기 일쑤였고 교회에 다녀와서 오후 내내 다락방에서 뒹굴던 아버지도 몹시 귀찮아하는 눈치였다. 어느 일요일 저녁, 요나의 이야기를 읽었다. 누나가 앞쪽 반을 읽고 내가 뒤쪽 반을 읽고 나서 묵상을 하는 시간이 되었다. 나는 하나님이 좀 웃기다고 생각해. 불쑥 아버지가 말했다. 어머니가 그건 또 무슨 어처구니없는 말이냐는 듯한 표정으로 아버지를 쳐다보았다. 아니, 너무 억지를 부리시잖아. 아버지는 자기를 주목하고 있는 나머지 세 사람의 얼굴을 보고는 면구스러운 표정을 짓긴 했지만 다음과 같이 말함으로써 어머니를 기함하게 했다. 무섭게 윽박질러야 겨우 통할 정도인 거야? 사실 요나가 당한 건 새발의 피지. 구약에 보면 진짜 잔인한 짓을 하는 건 바로 하나님이잖아. 얼마나 많은 사람들을 쓸어버렸냐구. 어머니는 입을 딱 벌린 채 얼어버렸다. 아니, 그게 아니라……. 사태가 심각해졌다는 것을 깨달은 아버지가 말을 더듬기 시작했다. 왜 싫다는 사람을 괴롭히냐 그런 말이지, 내 말은, 그러니까, 하기 싫은 건, 하기 싫은 거거든. 아버지의 목소리가 조금씩 작아지고 있었다. 그니까, 그건 못하는 거거든. 어머니가 탁, 소리 나게 성경책을 덮었다. 어머니는 성경책에 손을 올리고 눈을 감은 채 낮은 소리로 뭔가를 중얼거리며 기도했다. 입술 모양으로는 그 내용을 알 수 없었지만 불경죄를 저지른 아버지를 용서해주시라는 내용일 것이 뻔했다. 기도를 다 마친 어머니가 성경책과 기도서를 챙겨 쌩하니 안방으로 들어갔다. 누나도 눈치를 보더니 슬그머니 자리에서 일어나 자기 방으로 들어갔다. 어머니 서슬에 안방으로 들어가기가 겁났는지 아버지는 괜히 천장을 쳐다보며 자리를 지키고 있었다. 신은 아버지를 용서했을지언정 어머니는 아직 아닌 것이 틀림없었다. 안방을 통과하기가 부담스러워 다락방으로 올라가지 못한 나도 어떻게 해야 할지 몰라 가만히 앉아 있었다. 아버지와 나는 서로 멋쩍은 표정을 나누었다. 문제를 일으킨 장본인으로서 어떻게든 아버지로서의 체면을 완전히 잃고 싶지는 않았는지 아버지가 나에게 몸을 기울여 소곤거렸다. 나는 요나를 백 프로 이해하거든, 백 프로.

아버지만큼이나 요나를 깊이 이해할 수 있는 사람이 또 있다면 그것은 아마 아내일 것이다. 아직 아내가 요나처럼 도망치지는 않았지만 말이다. 아내가 아이를 원하지 않는다는 것은 결혼 전부터 알고 있었다. 나는 아이가 있으면 좋겠지만 없다고 크게 문제될 것은 없다는 쪽이었다. 나는 무엇보다 아내를 원했고, 결혼하고 살다 보면 아내도 생각이 달라질 거라는 계산도 내심 없지 않았다. 그러나 결혼한 지 5년이 지나도 아내의 생각엔 변화가 없었다. 그동안 이따금, 소식은 없고? 라고 묻는 어머니에게, 그러게요, 그게 마음대로 되는 게 아닌가 봐요, 라고 대답하는 아내를 옆에서 거들어주면서도 어머니에게 별다른 죄책감 같은 것은 없었다. 어머니도 얼마 동안은 쉽게 수긍하는 눈치더니 결혼한 지 3년이 지날 무렵부터는 우리 두 사람 중 어느 쪽에 문제가 있는지 아는 것이 중요하다며 병원에 가보라고 은근히 압박을 가하기 시작했다. 우리가 피임을 하고 있다는 것을 알게 되면 어머니가 느낄 배신감이 이만저만한 게 아닐 터였다. 게다가 피임은 어머니의 종교적 신념에도 어긋나는 것이었다. 나도 조금씩 마음에 부담을 느끼기 시작했다. 결정적으로 나의 태도가 돌변한 것은 어머니의 발병 때문이었다. 아내는 나의 태도 변화를 이해하지 못했다. 사실 나도 어머니의 발병과 우리가 아이를 갖는 것과의 연관성을 딱히 설명할 말을 찾지 못했다. 그러나 그래야만 할 것 같았다. 몇 차례의 언쟁 끝에 아내가 지친 듯한 목소리로 말했다. 또 하나의 인생을 지켜보아야 한다는 게 두려워. 간신히 내뱉은 아내의 그 말 앞에서 나는 할 말을 잃었다.

4

아버지는 신발장 안에 세워 놓은 지팡이를 꺼냈다. 자주색 몸체를 가진 지팡이에는 회색 꽃술을 가진 하얀 꽃이 풍성하게 그려져 있었다. 아버지가 벌써 지팡이를 짚어야 할 나이가 됐나 싶어 놀랐고, 지금까지 한 번도 본 적 없는 화사한 지팡이에도 놀랐다. 아버지는 지팡이가 알루미늄 합금이라 들고 있는지 잊어버릴 정도로 가벼운 데다 4단으로 접힌다며 직접 접어 보였다. 그러고는 다른 지팡이를 더 꺼냈다. 별다른 장식이 없는 것이었다. 손잡이에 붙어 있는 레버를 바깥쪽으로 빼더니 몇 차례 힘껏 돌리고 나서 뭔가를 누르자 손잡이 앞쪽에 불이 켜졌다. 자가발전이라 배터리가 필요 없다는 설명으로 끝내지 않고 마사지 기능까지 있다고 덧붙이며 지팡이를 나에게 쥐여주었다. 손 안에서 지팡이가 부르르 진동했다. 아버지는 새로 산 최신식 장난감을 뽐내는 아이처럼 자랑스럽게 물었다. 시원하지? 나는 건성으로 고개를 끄덕였다.

길을 나서고 보니 아버지에게 지팡이는 별 효용 가치가 없어 보였다. 지팡이는 짚으라는 게 아닌가. 그런데 아버지는 지팡이에 기대는 대신 그것을 가지고 흙길에 동그란 점을 콕콕 찍으며 걷고 있었다.

"뭐니 뭐니 해도 역시 지팡이는 두루미 다리로 만든 게 제일이라던데."

"……."

"손잡이는 발가락을 오그려 만들고, 길쭉하고 미끈한 두루미 다리가 땅을 짚는 거지."

"그 가는 다리가 아버지를 지탱이나 하겠어요?"

"뭐, 따지고 들자면 세상에 나를 온전히 지탱할 수 있는 게 있겠니?"

두루미 다리로 만든 지팡이라니, 토끼 발로 만든 열쇠고리만큼이나 역겨워요. 나는 마른 침을 꿀꺽 삼켰다.

아버지는 지팡이를 콩콩거리며 골목을 더듬어 나갔다. 조용한 동네였다. 군내버스가 태울 사람이 없어 정류장을 그냥 지나치는 일이 더 많을 것 같은, 가구 수가 그리 많지 않은 마을이었다. 집집마다 담이 대체로 낮았고, 때때로 낮은 담 너머로 웃자란 풀이며 마루 끝에 멍하니 앉아 있는 노인이 보였다. 대문이 열려 있는 집도 있었고 아예 대문이 없는 집도 있었다. 몇 채의 집들을 지나 대문이 반쯤 열린 집 앞에 도착했다. 아버지는 마당을 가로질러 들어가고 나는 대문간에 서 있었다. 아버지는 댓돌 앞에 서서 방을 향해 소리를 질렀다.

"이장! 이장 있는가?"

방에서 아버지보다 체구가 작고 얼굴이 구릿빛인 남자가 나왔다.

"잉, 임 씨가 웬일이랴?"

"잉, 나여. 그 뭐시냐, 나 시방 트랙터 잠 쓰구 잡은디."

"트랙터?"

이장은 대문간에 뻣뻣하게 서 있는 나를 흘끗 쳐다보고는 마루에서 내려와 마당 한복판에 있는 평상에 걸터앉았다. 티셔츠 주머니에서 담배를 꺼내 물고 불을 붙여 연기를 내뿜더니 호기심 어린 눈초리로 나를 위아래로 훑었다.

"저 냥반은 뉘신가?"

"잉, 우리 아덜이랑께."

"츰 보는 얼굴이 뉘신가 했등만, 인자 봉께 아드님이시구먼."

나는 공손하게 상체를 숙였다.

"허, 늘씬허니 잘나부렀네잉. 조로코롬 잘난 아덜을 왜 시방꺼정 숨콰났등가?"

멋쩍은 듯 아버지가 배시시 웃었다.

"잘나긴 머시……."

아버지는 비어져 나오는 미소를 숨기지 못했다.

"긍께, 시방 로타리 칠라고?"

"왜, 지금은 안 되까잉?"

이장이 미간에 주름을 잡았다.

"가만있자, 오늘이 뭔 요일이등가? 그려, 반공일이구먼. 영수네 말이 오늘 지낙에 영수 온다고 공일에 쓴다고 혔는디? 영수네 허는 날 같이 허는 거 아녔어?"

"아녀, 아녀. 내는 폴세부터 헐라고 혔는디 영수네가 자꾸 즈그 아들 오면 허자고 우겼던 게여. 농새는 하루해가 다른디, 맨밭을 기냥 놀리면 쓰간디."

"아, 그누무 맨밭이 여태도 놀았는디, 하루 상간이구만 쪼매만 참제?"

아버지는 더 사정하는 게 언짢았는지 단호한 어조로 말했다.

"나는 오늘 할라요, 울 아덜도 왔응께."

아버지는 어느새 완전히 전라도 사람으로 되돌아가 있었다. 스무 살 무렵 고향을 떠난 아버지는 억양에만 조금 흔적이 남아 있을 뿐 사투리를 거의 쓰지 않았다. 사투리를 쉽게 버리지 못하는 어머니에게 '라도 사람' 티내면 사람들이 무시한다고 못마땅해하곤 했다. 마음 같아서는 본적을 바꿔버리고 싶다고도 했다. 전라도 사람은 사회생활하는 데에 애로가 많다는 것이었다. 그러나 이제 아버지는 고향으로 돌아와 아무런 걱정 없이 태생의 언어를 마음껏 누리고 있었다.

아버지는 지팡이를 보란 듯이 4단으로 접어 트랙터 운전석 옆 수납함에 넣고는 트랙터를 몰고 앞서 갔다. 요란한 엔진 소리와 함께 커다란 바퀴 자국이 흙길에 남았다. 나는 트랙터가 부풀려 놓은 먼지 구름을 마시지 않으려고 멀찍하니 뒤처졌다. 뺨에 닿는 바람은 선선했지만 머리에 내리쪼이는 햇볕은 벌써 약간 따가웠다. 파란 하늘 아래 산등성이에는 산벚꽃이 여기저기 뽀얗게 번져 있었다. 연둣빛으로 물이 올랐던 산색이 녹색으로 짙어지고 있었다. 트랙터는 어느새 조팝나무꽃이 만발한 산모롱이를 돌아 시야에서 사라졌다. 나는 바퀴 자국을 길잡이 삼아 한적한 시골길을 천천히 걸었다. 트랙터의 엔진 소리가 멀어지자 여기저기에서 이름을 알 수 없는 새들이 울어대는 소리가 들렸다. 개울을 가로지르는 시멘트 포장의 다리를 하나 건너고 다시 한 번 산모롱이를 돌자 산기슭의 야트막한 경사가 시작되는 곳에 주황색 트랙터가 서 있는 것이 보였다. 아버지는 지팡이를 짚고 밭 가운데 서 있었다. 멀리 떨어져서 보니 아버지가 꼭 땅에 대고 뭔가를 얘기하고 있는 것처럼 보였다. 가까이 다가갔지만 아버지가 자기 땅과 나누는 대화를 엿듣는 데에는 실패했다.

땅 주인은 광주 시내에 살고 있으며 일 년에 말린 고추 세 가마니로 소작료를 대신한다고 했다. 바로 옆에 붙어 있는 밭은 친구의 밭이었다. 아버지는, 여기부터 저기까지, 그리고 저쪽으로도, 라고 말하며 손을 뻗어 이쪽저쪽을 가리켰다. 아버지가 경작하는 밭보다 훨씬 넓었다. 문득 어머니 생각이 났다. 나로서는 대략으로라도 가늠이 되지 않는 것을 어머니였다면 척 보고도 3천 평이네, 4천 평이네 했을 것이었다.

아버지는 트랙터를 몰고 밭의 이쪽 끝에서 저쪽 끝까지 계속 오가며 흙을 갈아엎었다. 잡풀들이 흙 속으로 빨려 들어갔고, 트랙터 뒤쪽에 달린 쟁기 모양의 날이 지나가는 자리마다 검은 흙이 쏟아져 나왔다. 밭둔덕 나무 아래 앉아 있는 나에게는 땅이 흙을 토해 내는 것처럼 보이기도 했고, 흙이 몸을 뒤채는 것처럼 보이기도 했다. 한참 쳐다보고 있자니 흙이 쏟아져 나오는 모양에도 리듬이 생겼다. 그것들은 꼭 아버지의 뒤꽁무니를 좇아 땅속에서 부터 막 달려나오는 것처럼 보이기까지 했다. 겨우내 땅속에서 웅크리고 있다가 아버지가 부르는 소리를 듣고 뛰어나오는 것일까.

이상하게도 아버지를 그리워한 기억은 없다. 아버지가 떠나고 얼마 동안은 허전해하기도 하고 가끔 아버지 꿈을 꾸기도 했지만 오래 아버지를 잊고 살았다. 아버지는 함께 살 때에도 새벽에 나갔다가 밤늦게 들어왔다. 일요일이 아니면 아버지와 함께 밥을 먹는 일도 드물었다. 곧 중학교에 진학해 사춘기에 접어들었고 고등학교에 들어가서는 대학입시에 정신이 팔려 함께 사는 어머니의 존재도 안중에 없었다. 어머니는 새벽에 두 개의 도시락을 싸 주는 사람, 야간 자율학습을 마치고 집에 돌아왔을 때 도시락 가방을 받아주는 사람이었다. 마찬가지로 아버지는 멕시코로 돈 벌러 간 사람, 서울에 오기 쉽지 않은 아주 먼 곳에 사는 사람이었다. 이미 아버지의 편지가 오랫동안 오지 않는다는 것도 의식하지 못하고 있었다. 세상 어딘가에 아버지가 있다는 사실로 가슴 벅차할 일도 없었고 가슴에 사무칠 만큼 내 인생에서 아버지가 문제 되지도 않았다. 이따금 아버지가 생각나 왜 한 번쯤 집에 다니러 오지 않는지 어머니에게 물은 적도 있지만, 그때마다 어머니는 비행기 삯이 무슨 택시비쯤 되는 줄 아느냐, 사내자식이 공부만 들이파도 시원찮은데 애비 타령이나 하고 있다면서 퉁바리를 놓았다.

대학을 졸업할 무렵, 어머니가 나와 누나를 불러 앉혀 놓고 아버지와 서류상으로 이미 정리가 끝났다는 말을 했을 때 충격을 받거나 하지는 않았다. 오히려 오랫동안 품어왔던 의문이 해소된 것처럼 후련했다. 딱히 시급할 것도 없는, 이따금 궁금해지곤 하던 만성적인 의문이었다. 어쩌면 아버지가 일부러 돌아오지 않는 것일지도 모른다고 짐작하면서도 차마 어머니에게는 대놓고 묻지 못했던 것을 어머니가 먼저 말해주니 마음이 담담해지기까지 했다. 나는 그게 언제였냐고만 물었다. 좀 됐다. 어머니의 짧은 대답에 누나가 소리를 질렀다. 그 얘길 왜 이제 해요? 소란 피울 것 없다. 좀 일찍 말했다고 달라질 건 없어. 어머니의 목소리는 착 가라앉아 있었다. 그래도 아버지가 너희 대학 공부까지는 다 시켜줬다는 어머니의 말은 반은 맞고 반은 틀렸다. 우리 남매가 대학을 졸업할 때까지 아버지가 어느 정도의 돈을 보내주었는지는 몰라도 우리가 아무 부족함 없이 대학까지 공부한 것은 사실 어머니 덕분이었다. 어머니가 일구어 놓은 재산에 비하면 아버지가 보내준 돈은 있어도 그만 없어도 그만인 정도였을 것이다. 어머니에게는 푼돈에 불과했을 그 돈을 어머니가 마다하지 않은 것은 이해가 갔다. 아버지가 애비 노릇을 하게 해주고 싶었을 것이다. 나는 어머니가 왜 그렇게 악착같이 부동산을 사 모았는지 그제야 알 것 같았다. 우린, 그저, 각자의 삶을 살기로 했을 뿐이다. 어머니의 말은 참 이상하게 들렸다. 어머니와 아버지에게도 각자의 삶이라는 게 있을 수 있었다니. 그동안 아버지와의 물리적 거리와는 상관없이 내가 우리 가족을 하나의 덩어리로 생각해왔다는 것을 문득 깨달았다. 그것은 너무도 당연한 것이었고 자명한 것이었다. 내가 처음 보았을 때부터 어머니와 아버지는 부모라는 하나의 덩어리였다. 그러나 애초에 그런 것은 없었던 것이다. 어머니라는 개인과 아버지라는 개인의 조합으로서 부부가 있었던 것이다. 그들은 각자의 인생을 가진 개체였다. 나와 아내가 그렇듯이 말이다. 각자의 삶을 살기로 했다는 말의 의미를 나는 통절하게 받아들였다.

곧이어 친척들에게 공식적으로 통보되었다. 외할머니는 득달같이 달려와 독한 년이라고 소리치며 어머니를 끌어안았고 울음을 터뜨렸다. 그리고 돌아가실 때까지 아버지를 원망했다. 아버지 형제들도 무척 놀란 듯했지만 이미 오랫동안 연락이 뜸한 아버지를 새삼 원망하거나 하지는 않았다. 명절이나 제사 때 여전히 나를 보내긴 하지만 어머니는 친가에 발길을 끊었다.

어머니 소유의 아파트와 상가, 오피스텔이 전부 얼마나 되는지는 잘 모른다. 어머니는 개포동에서 부동산 중개업을 하던 이모부를 따라다니며 그쪽 일을 시작했다. 타이밍을 잘 잡아 일단 한번 제대로 궤도에 올라서자 자본은 자가증식하며 스스로의 배를 불렸다. 어머니는 운이 좋았고 수완도 좋았다. 어머니는 정말 대단하세요, 라는 아내의 말에 어머니는 대수롭지 않게 말했다. 누가 자기 돈으로 사업하냐? 너도 열심히 한번 해봐라. 그러나 아내는 열심히 하지 않았다. 말은 하지 않아도 어차피 어머니 재산이 나중에 어디로 갈지 계산 못할 만큼 바보는 아니었다. 어머니는 최고의 비법이라도 되는 양 마지막으로 이렇게 덧붙였다. 기도도 열심히 하고!

결혼하기 전 어머니와 함께 사는 동안 이사도 많이 다녔다. 내 집이 없어서 이사 다니는 것과는 달랐다. 어머니는 좁아터진 집에서 살았던 시절에 복수라도 하듯 점점 더 넓은 집으로 옮겼고 마지막으로 정착한 집은 방이 모두 다섯 칸이었다. 누나가 이미 결혼했던 터라 어머니가 침실과 기도실로 두 칸을 쓰고 내가 침실과 서재로 두 칸을 썼다. 나머지 한 칸은 명목상 손님용이었다. 내가 결혼하면서 집에서 나오니 어머니 혼자 방 다섯 칸을 다 감당해야 했다. 다섯 칸만큼의 쓸쓸함을 감당해야 했다는 뜻이다. 어머니는 내게 같이 살자는 말을 하지 않았다. 어머니가 이미 내 앞으로 장만해 놓은 아파트가 있었으므로 아내도 당연히 그런 줄 알고 있었다. 빈방을 여럿 거느린 어머니가 가끔 생각났지만 그때뿐이었다. 이 지상에 있는 어머니 명의의 방을 전부 합하면 대체 몇 칸이나 될까.

어머니는 유방암 수술 후 살림을 맡아줄 입주 도우미를 집에 들였다. 두 달 만에 도우미를 내보내고 일주일에 세 번 출퇴근하는 도우미를 불렀다. 성미가 까다로운 어머니의 비위를 맞춰줄 만한 사람을 구하기는 쉽지 않았다. 어머니는 그래도 여전히 나에게 같이 살자는 말을 꺼내지 않았다. 우리 부부도 어머니 맘에 들지 어떨지 믿을 수 없었기 때문일까. 아내와 의논할 때 그녀도 이렇게 말했다. 어머니가 우리라고 마음에 드실까? 나 자신도 그렇게 생각했으면서 아내의 말에 갑자기 화를 냈다. 차라리 들어가 살기 싫다고 해라. 아내는 놀라서 눈을 동그랗게 떴다. 왜 그렇게 말하니? 내가 싫다고 한 적도 없는데. 말을 해야 아니? 아내는 문득 내 얼굴을 빤히 쳐다보았다. 너야말로 어머니랑 살기 싫은 거 아니야? 나는 입을 다물었다.

어머니와 살기 싫다기보다는 어머니의 노후를 지켜보고 싶지 않다고 하는 게 정확할 것이다. 늙고 병든 몸으로 덩그러니 혼자 남겨진 어머니를 보는 것은 몹시 괴로운 일이었다. 어머니 생각이 날 때마다 가슴이 아팠다. 그러나 함께 사는 것은 또 다른 문제였다. 아침저녁으로 그런 어머니 모습을 볼 자신은 없었다. 또 하나의 인생을 지켜보는 게 무섭다던 아내의 심정이 이랬을까.

밭을 다 갈고 트랙터에서 내린 아버지가 친구의 밭 쪽을 한참 바라보았다. 아버지는 점퍼 주머니에서 담배를 꺼내 입에 물고는 바지 주머니를 뒤적거렸다. 라이터를 찾지 못했는지 담배를 귀 뒤에 꽂고는 내 옆으로 와서 앉았다.

"흙 때깔이 참 곱지?"

"……."

"이제 다음 주에는 이랑 만들고 비닐 씌우면 되겠다."

"……."

"우선 고추부터 심고, 고구마도 심고, 콩도 심고 그래야지."

자식 농사는 내팽개치고 애먼 데 공을 들이시는군요, 아버지.

"내가 어렸을 때는 저걸 다 소가 갈았는데."

"……."

"아버지는, 느이 할아버지 말이다. 소를 몰고 밭을 가는 게 아니라, 꼭 소한테 끌려다니는 것 같았잖니. 체구가 원체 쪼깐했으니까."

"……."

"그게 언제였더라, 아마 열 살쯤이나 됐을랑가. 내가 지금 너처럼 요렇게 그늘 아래 앉아서 아버지랑 소랑 쳐다보고 있는데, 멀리서 작은아버지가, 느이 작은할아버지 말이다, 그 마카오 신사 말이야, 멀리 길가에 나타난 거야. 차암, 멋졌지, 그 냥반. 영국제 줄무늬 양복에, 맥고모자에, 뻰찍뻰찍한 구두에, 샘소나이트 트렁크까지. 뭐 하나 빠지는 거 없이 다 채려입고 그렇게 동구에 따악 나타나면, 마을이 다 훤해졌으니까. 나는 벌떡 일어나 들입다 뛰어가서 얼른 트렁크를 받아 들었지. 사실 그 냥반한테 부러운 건 양복도 아니고 모자도 아니고 구두도 아니었어. 딱 그 트렁크 하나였지. 나는 괜히 혼자 신 나서 그 냥반이랑 나란히 아버지 있는 데까지 걸어왔는데, 아버지를 보니까, 참 요상시럽게도 내가 아버지한테 뭔가 잘못한 것 같은 느낌이 들더란 말이다. 아버지가 내한테 뭐라 지청구를 한 것도 아니고 아버지 안색이 변한 것 같지도 않은데, 아까랑 고대로 소랑 나란히 선 것을 보니까, 차암, 뭐라 그래야 할지, 하여튼 그냥 좀 짠헌 것도 같고……, 아무튼 그랬어."

아버지의 시선은 파랗게 먼 하늘을 향했다. 나는 아버지가 밭을 가는 것을 보고도 짠한 생각이 들지 않았다. 그건 아버지와 내가 다르기 때문일까, 아버지와 할아버지가 다르기 때문일까. 한참 동안 아무 말 없던 아버지가 불쑥 물었다.

"아는 있고?"

"아니요."

"어매가 섭하겠구나, 새끼라면 환장을 하는데."

"……."

"어매는 안즉도 교회 열심히 나가는가?"

"그런 것 같아요."

"같이 안 살고?"

"네."

"붙잡아 앉혀 놓고 같이 기도할 사람 없어서 심심컸다."

심상한 아버지의 말에 나는 갑자기 피식 웃음이 났다. 아버지도 웃었다. 조금만 웃어도 아버지 눈가의 주름이 고랑, 고랑, 물결쳤다. 반백의 머리칼이 바람에 날렸다. 아버지는 말없이 먼 하늘을 보았다. 나는 벗어두었던 재킷 주머니에서 라이터를 꺼내 아버지 쪽으로 내밀고 불을 켰다. 불꽃이 바람에 살랑살랑 흔들렸다. 손을 오므려 바람막이를 만들었다. 아버지는 내 얼굴을 빤히 쳐다보더니 귀 뒤에 꽂아두었던 담배를 빼 물고 내게 몸을 기울였다.

5

아버지는 밭에서 돌아와 금방 된장찌개를 끓여 냈다. 점심을 먹은 후 스쿠터에 나를 태우고 읍내에 있는 농협 마트에 갔다. 2차선 국도를 스쿠터로 달리는 것은 위험천만했다. 헬멧이 없던 나는 아버지의 허리를 꽉 붙잡았다. 아버지의 등은 푹신했다. 바람 때문에 고개를 들고 있을 수가 없어 아버지의 목덜미에 고개를 처박았다. 옷에서 땀 냄새와 함께 세제 냄새가 났다. 너무 힘을 꽉 주고 있었는지 마트 주차장에 도착했을 때는 팔다리가 다 저렸다. 아버지는 헬멧을 벗어 콘솔에 넣으며 길 건너 식당을 가리켰다. 자기가 일하는 곳이라고 했다. 식당 전면 유리에는 각종 찌개류부터 냉면, 칼국수, 비빔국수까지 씌어 있었다. 그리 커 보이지도 않는데 전면 유리를 흰 글씨로 가득 채울 만큼 다양한 메뉴를 차려 낼 수 있는 식당이었다. 아버지가 할 수 있는 요리가 얼마나 많을지 상상이 가지 않았다.

"이렇게 출근 안 하셔도 돼요?"

"특별 휴가 냈잖냐, 오랜만에 아들 상봉이라고. 사장이 내 친구거든."

오후 내내 아버지는 주방에서 요리를 하느라 바빴다. 나는 텔레비전을 켜 놓은 채 소파에서 졸았다. 잠에서 깼을 때는 이미 어둑어둑해져 있었다. 집 안에는 잔칫집처럼 기름 냄새가 진동을 했다. 오기로 했다는 손님들은 아직 오지 않은 모양이었다.

"배고프지? 이 인간들이 왜 여태 안 오는 거지?"

아버지는 어딘가로 전화를 걸어 몇 마디 나직나직 얘기를 하더니 갑자기 고함을 질렀다.

"이 밴댕이 소갈딱지야!"

아버지는 수화기를 탕 내려놓았다. 아버지의 그 육중한 몸이 바람처럼 날래게 신발을 신고 나갔다.

아버지가 친구네 일가붙이를 이끌고 집으로 돌아오기까지는 그리 오래 걸리지 않았다. 나갈 때와는 달리 아버지는 기분이 좋아 보였다. 아버지의 친구는 마른 편인데도 배가 나왔고 그의 부인은 다리가 조금 불편해 보였다. 고등학교 화학 교사라는 아들은 나와 동갑이라는데 눈가에 장난기가 배어 있어서인지 나보다 서너 살은 아래로 보였다. 아내와 아이까지 데리고 온 가족이 총출동을 한 모양이었다. 요란한 소개와 인사가 오간 후 모두들 식탁에 둘러앉아 아버지의 요리를 즐겼다. 휑뎅그렁하게 비어 있던 6인용 식탁이 꽉 찼을 뿐만 아니라 세 살배기 아이를 위해 보조 의자까지 펼쳐졌다. 혼자 사는 사람에게도 6인용 식탁이 필요하다는 것은 처음 알았다. 음식을 칭찬하는 말부터 식기와 수저가 부딪치는 소리, 아이의 칭얼거리는 투정까지 시끌벅적한 식사 시간이었다. 정신이 쏙 빠진 듯 밥을 어떻게 먹는지도 모를 지경이었다. 식사 후 사람들이 소파로 자리를 옮겨 앉는 틈을 타 커피를 들고 마당으로 나갔다. 화단 경계석에 앉아 담배를 피우는데 아이 아빠가 커피를 들고 와 내 옆에 앉았다. 담배를 권했으나 그는 손을 내저으며 사양했다.

"오늘 밭일 하셔서 피곤하시겠어요?"

"네? 아, 저야 뭐 구경만 했는 걸요. 뭐 할 줄 아는 게 있어야죠."

"아저씨가 아드님 오시니까 같이 하고 싶으셨나 봐요. 원래 내일 저희 집하고 같이 하기로 했었거든요. 혼자 먼저 했다고 저희 아버지가 골을 좀 부리셨어요."

"그랬군요."

"그러게요. 나이 드시니까 더 애들 같아지세요. 그래도 두 분이 허구한 날 툭탁거리시면서 아주 재미있게 지내세요."

나는 고개를 끄덕였다.

"게다가 낮에 배달이 좀 밀려서 아버지가 배달을 다니셨다나 봐요. 원래 아버지가 토요일에는 가게에 잘 안 나가시는데 오늘 아저씨가 휴가를 내셔서……, 당신이 휴가를 주시고도 그러시네요."

화단에 담배를 눌러 끄다 말고 그를 쳐다보았다.

"저희 아버지가 배달을 하시나 보죠?"

"아, 아저씨가 얘기 안 하셨나요? 배달하시느라 괜히 고생이시죠. 주방을 맡아달라고 해도 저렇게 고집을 부리시니 말이에요. 아저씨 요리 실력이야 이 동네 사람들이 다 아는데요. 요리로 벌어먹을 생각은 없다고, 그렇게 되면 요리가 재미없어지고 그러면 친구들한테 맛난 거 해 먹이는 재미도 뺏긴다구요. 아저씨 정말 근사하시죠. 아저씨 덕분에 식당 주방장 때문에 속 썩을 일도 없어요. 원래 주방장 다루기가 제일 힘들거든요. 자기 없으면 당장 장사 못하니까 이거 해달라 저거 해달라 요구가 많거든요. 안 들어주면 막 결근하고, 이런 시골에선 구하기도 어렵구요. 그런데 저희 식당은 결근해봤자 훌륭한 대타가 있으니까 주방장도 함부로 하지 못하죠. 그래서 아버지가 아저씨를 더 좋아하시구요. 그런데 아저씨는 스쿠터 타는 것도 좋아하시고, 배달이 맘 편하고 딱 좋으시대요."

"하고 싶은 것만 하면서 사시는 분이니까요."

마루에서는 무슨 재미난 얘기를 하는지 왁자한 말소리와 함께 아이가 칭얼거리는 소리가 들렸다. 밤바람이 서늘하게 목덜미를 감쌌다. 두 발을 모아 까딱거리는 발장난을 하면서 그가 다시 입을 열었다.

"아저씨가 저렇게 즐겁게 사시는 것 같아도 혼자 지내시는 게 쓸쓸해 보일 때가 많아요. 이제 자주 놀러 오세요. 어머니도 돌아가시고 안 계시다면서."

고개를 돌려 그를 쳐다보았다. 내가 아무 말이 없자 그도 발장난을 멈추고 나를 돌아다보았다.

"그런 얘기도 하셨어요?"

"병원에 입원하셨을 때 그러셨다고 하더라고요. 사실 거기에서 처음 아저씨를 만나셨거든요, 저희 아버지가요. 한 오 년쯤 됐나, 아버지가 무릎 관절 때문에 대학병원에 입원하셨었는데, 거기에서 아저씨를 만나셨어요."

놀라는 듯한 내 표정에 그가 얼른 말을 이었다.

"아니, 뭐 큰 병은 아니었구요, 교통사고였어요. 팔 골절상이었나 그랬는데, 그렇게 심각한 건 아니었어요. 그때 보호자도 없이 혼자 계셔서 저희 어머니가 좀 도와주셨나 봐요. 왜 보호자가 아무도 없냐, 뭐 그런 얘기 와중에 부인하고 사별하고 혼자 사는데 자식들은 다 외국에 나가 있고 그랬다고……. 이제 돌아오셨나 보죠?"

"네? 아, 네."

나는 이 사내와 더 얘기를 하면 안 되겠다 싶었다. 어머니는 죽었고, 나는 늙은 아버지를 혼자 내팽개쳐두고 외국에 나가 있었으며, 그리고, 그리고 또 뭐가 있을까 두려워졌다. 그가 뭔가 얘기를 계속하는 것 같았지만 나는 그저 듣는 시늉만 할 뿐 그의 말이 귀에 잘 들어오지 않았다. 나는 담배를 꺼내 불을 붙였다. 컵에 남아 있던 커피는 차갑게 식어 있었다. 집 안에서 거짓말쟁이의 호방한 웃음소리가 들렸다.

모두들 돌아가고 불 꺼진 마루에서 아버지와 나는 어젯밤과 같은 대형으로 자리를 잡았다. 아버지는 토요일 밤의 메뉴를 찾기 위해 채널을 이리저리 돌리고 있었다. 화면이 바뀔 때마다 등 뒤에서 불빛이 일렁거렸고 요란한 음악과 시끄러운 말들이 난무했다. 후회막심이었다. 나는 왜 여기까지 찾아왔던가. 아버지를 체포해서 가방에 넣어가겠다며 혼자 웃었던 게 사실은 내 진심이었던가. 늙고 병든 어머니를 이런 인간한테 떠넘기고 싶었던 걸까. 한쪽 가슴을 도려내고 묵묵히 앉아 기도하시는 어머니의 모습이 떠올라 가슴이 아렸다. 평생 약한 모습이라고는 보이지 않던 어머니도 수술실로 들어가면서는 눈물이 그렁그렁해져서 나와 누나의 손을 꼭 잡았다. 그러나 그것도 오래가지 않았다. 눈이 빨개진 어머니가 갑자기 히뭇이 웃으며 말했다. 야야, 나 죽으면 니들 고아 되겠다. 어쩐다냐. 엄마는 지금 농담이 나와? 누나가 결국 어머니 대신 울었다. 그런데 아버지는 어머니가 죽는 게 그렇게 쉬웠을까. 우리 세 사람이 힘겹게 겪었던 시간이 모욕당한 것 같은 기분이었다. 나는 벌떡 몸을 일으켰다. 아버지가 돌아보았다.

"왜, 시끄럽냐?"

나는 아버지를 노려보았다. 텔레비전 화면에서 나오는 불빛이 반사돼 아버지의 얼굴이 기괴하게 번들거렸다. 가슴에서 뭔가가 끓어올라 목구멍을 턱 막았다. 그러나 막힌 목구멍을 기어이 뚫고 힘껏 말이 쏟아져 나왔다.

"이렇게 사시고 싶었던 거예요?"

"어, 잠깐만."

아버지는 리모컨으로 텔레비전의 볼륨을 줄이고 내 쪽으로 몸을 돌렸다.

"뭐라구?"

"……."

아버지는 순연히 말간 표정으로 나를 쳐다보았다. 뭐 필요한 게 있냐고 묻는 것처럼 눈을 동그랗게 뜨고 내 말을 기다리는 아버지의 얼굴은 번듯번듯 어른거리는 색색의 불빛도 어쩌지 못할 만큼 담백했다. 그 얼굴을 보자 간신히 목구멍을 빠져나온 나의 말은 길을 잃었다. 불끈 달아올랐던 내 속의 뭔가가 일거에 사그라지는 것이 느껴졌다.

"왜? 영 불편해서 못 자겠냐?"

나는 손사래를 치고는 다시 등을 돌리고 누웠다. 텔레비전 소리가 금방 다시 커졌다.

이렇게 사시고 싶었던 거냐고? 그런 당연한 말씀을! 아마 아버지는 아무렇지도 않은 얼굴로 이렇게 대답하셨을 것이다. 그럼 아버지가 나에게 용서를 구하기를 바라기라도 했단 말인가. 하기 싫은 건 하기 싫은 거거든! 이렇게 말하는 사람이 설령 잘못했다고는 할지언정 용서를 구하지는 않을 것이었다. 내가 아무것도 묻지 않았어도 아버지가 변명할 기회는 얼마든지 있었다. 그러나 아버지는 끝내 지난 일에 대해서는 아무런 말도 하지 않았다. 어머니가, 신이여 저를 용서하소서, 라고 기도하는 사람이라면, 아버지는, 아버지가 혹시 기도 같은 것을 한다면, 신이여 저를 용납하소서, 라고 할 사람이었다. 그러니까 신은 아버지를 용서해주려야 용서해줄 수가 없고 그저 용납할 수밖에 없는 것이다. 누구든, 그게 설령 신이라고 해도, 아버지를 그저 받아들일 수밖에 없는 것이다. 아버지가 이겼다.

6

아버지가 방에 들어가신다. 텔레비전을 끄고 어두운 마루를 조심조심 더듬어 방에 들어가신다. 방 밖에 아버지의 즐거운 접시들과 지팡이, 스쿠터를 놔두고 방에 들어가신다. 먼 과거에서 갑자기 튀어나온 아들을 마루에 재워두고 방에 들어가신다. 딸깍, 방문의 고리가 가볍게 걸리는 소리가 들린다. 아버지는 살이 올라 물컹해진 팔다리를 에구구, 주무르며 자리에 누우신다.

아버지가 가방에 들어가 잠드는 꿈을 처음 꾼 것은 아버지가 떠나고 며칠 지나지 않아서였다. 아버지가 가버린 세계에 대해서 알지 못했으므로 내가 상상할 수 있는 것은 아버지의 가방이 전부였다. 샘소나이트가 무슨 뜻인지 아니? 멕시코로 떠나기 며칠 전, 샘소나이트 트렁크에 짐을 싸며 아버지가 말했다. 너 삼손 알지? 왜, 성경에 나오잖아, 맨손으로 사자를 죽인다는 그 힘센 삼손 말이다. 샘소나이트가 삼손에서 따온 말이거든. 그만큼 튼튼하단 뜻이야. 비행기에서 떨어뜨려도 부서지기는커녕 뚜껑도 열리지 않는대. 비행기에서 어떻게 트렁크를 떨어뜨려? 아버지는 시늉으로 내 머리를 쥐어박았다. 말이 그렇다는 얘기지. 그럼 혹시 비행기가 추락해도 아빠는 트렁크에 숨어서 탈출하면 되겠네, 구명보트처럼! 아버지는 그때도 내 말에 엄지손가락을 내밀어주었다. 삼손만큼이나 튼튼하다는 그 트렁크는 아버지를 품고 내 꿈에 가끔 나타났다. 아버지에게 트렁크는 정말이지 구명보트 같은 것이 아니었을까. 아버지가 떠나던 날 공항에서 보았던 사람들의 커다란 트렁크는 그들 각자에게 구명보트 같은 것이 아니었을까. 난파선 같은 인생에서 멀리 어딘가로 자신을 데려가주기도 하는 트렁크를 가진 사람은 마음이 든든했을까.

잠이 오지 않았다. 아버지가 밉고 어머니가 불쌍하고 내 자신이 부끄러웠다. 아버지는 왜 어머니가 죽었다고 했을까? 남에게 이혼한 사정을 구구절절 말하고 싶지 않아서? 이혼했다고 하면 왜 이혼했냐고 물을까 봐? 처자식을 내팽개쳤다고 말하기에는 자기도 부끄러웠던 것일까? 아무리 아버지를 이해해보려고 해도 잘 되지 않았다. 어쩌면 나는 이해할 필요가 없는 것을 가지고 애쓰는 것인지도 몰랐다. 나는 왼쪽으로 오른쪽으로 몸을 뒤척거리다가 고개를 베개 아래 처박았다. 그러다 결국 벌떡 일어나 앉았다.

나는 조용히 걸어가 아버지가 잠들어 있는 방의 문을 가만히 열어보았다. 푸푸, 숨소리만 들릴 뿐 너무 어두워서 아버지는 하나의 덩어리로만 보인다. 내 꿈에서처럼 아버지는 웅크리고 자고 있을 것만 같다. 아버지는 편안하고 푸진 잠을 달게 자고 있다. 나는 아버지가 고요한 눈 속에 들어가 있다는 것을 깨닫는다. 아버지 말대로 자기 안에 똬리를 틀고 있는 우주 같은 그 고요한 눈에 말이다. 아버지가 생각했던 것처럼 멋진 줄은 모르겠지만.

고요한 눈은 마치 점근선과 같아서 최대한 가까이 다가갈 수는 있지만 완전하게 도달할 수는 없는 지점이다. 내가 아버지의 거처인 그 고요한 눈에 이를 수 없다는 것은 이미 자명한 사실이다. 나는 다만 생각한다. 아버지를 고요한 눈 속으로 숨어들게 했던, 그것은 무엇이었을까. 아버지는 무엇에 부딪쳐서 방향을 바꿔 자기 안쪽으로 점점 말려들어갔을까. 그게 무엇이었든 간에 아버지가 저항하고 싶었던 어떤 것에 굴복하지 않고 자기만의 고요한 눈을 탄생시켰다는 것에 별 다섯 개를 드리겠다. 아니, 좀 얄미우니까 네 개만.

나는 문을 가만히 닫아드린다. 문밖에서 나는 다시 잠을 청한다. 그리고 문 안의 어둠 속에서는, 고요가 수런거린다.

공항에서 아버지와 나는 악수를 하고 헤어졌다. 아버지는 몇 발자국 뒤에서 내가 탑승권을 확인받는 것을 지켜보았다. 나는 도저히 아버지가 떠나던 날 그랬던 것처럼 유쾌한 얼굴로 윙크를 할 자신이 없었다. 대신 그날 아버지가 내 쪽을 향해 지어 보였던 그 정체불명의 표정을 지어보려고 한다. 아버지가 이해할 수 없도록 한껏 모호하게 말이다. 문득, 내가 고속버스나 기차를 타지 않고 굳이 비행기를 타고 온 이유를 알 것 같았다. 아버지가 나에게 했던 것과 똑같이 아버지에게 갚아주고 싶었던 것일까. 그러나 출입문을 향해 걸어가다 뒤돌아보았을 때 나는 그런 표정을 짓지 않았다. 대신, 왔던 걸음을 되돌려 아버지 쪽으로 걸어갔다. 아버지도 내 쪽으로 다가왔다. 출입 통제선을 사이에 두고 아버지와 마주 섰다. 엄마는 안 죽었어요. 아버지는 눈을 동그랗게 떴다. 아버지가 무슨 말을 하기도 전에 나는 뒤돌아서 출입문을 향해 걸어갔다.

지팡이를 콩콩 찧으며 걷는 아버지, 스쿠터를 타고 국도를 달리는 아버지, 고추를 심고 콩을 거둬 커다란 접시에 요리를 담아내는 뚱뚱한 아버지, 인도네시아 적도 상공에서 무궁화 3호 위성이 쏘아주는 전파를 더 잘 수신하려고 사다리를 타고 삐걱거리며 지붕 위로 기어오르는 아버지, 그런 아버지를 남겨두고 나는 나의 세계로 돌아간다. 나는 아버지를 더 이상 돌아보지 않고 출입문 안쪽으로 들어간다. 아버지 세계의 바깥, 나는 그 바깥으로 들어간다.

시 간 의 속

그해 여름, 노인을 만난 것은 참 이상한 일이었다. 노인은 아주 먼 곳에서 오랫동안 천천히 나를 향해 다가와 때를 맞춰 기다린 듯 나타났다. 그것은 내가 서른이 된 것과 아주 비슷했다. 내가 어머니 배 속에 들어 있던 때부터 이미 삼십 년이나 나를 기다려온 것이다. 십 년을 더 기다려 마흔이 도착할 거였고, 그런 식으로 오래전부터 예정되어 있던 나이들이 매해 속속 내게 도착할 터였다.

노인은 시간에 아주 후했다. 처음부터 그랬던 것은 아니다. 아버지의 장례를 치르러 다녀온 후부터 그랬다. 가을 정기 세일이 막바지에 다다랐을 때였다. 본사에서 지원군이 나올 정도로 일손이 달려 몸을 빼내는 것이 미안했지만 그렇다고 아버지가 내가 편한 시간을 골라 죽어주기를 바랄 수는 없는 노릇이었다. 전화를 받았을 때 소식을 전하는 큰누나의 목소리가 아득하게 들렸다. 순간적으로 진공상태에 빠진 듯했다. 언젠가 이런 날이 오리라고 예상은 했지만 이런 식으로일 줄은 몰랐다. 그럼, 이제 어떡해? 그러게 말이다, 이제 엄마 혼자 남았으니. 누나는 갑자기 울음을 터뜨렸다. 내 말은 장례 절차에 관한 것이었는데 누나는 다르게 들은 모양이었다. 너무 현실감이 들지 않아서 오히려 현실적으로 생각하려고 애썼다. 성당에 연락하면 알아서 다 해준다는 대답을 듣고 나서야 조금 안심이 되었다.

서른이 되도록 자식으로서 아무것도 해드리지 못하는 게 늘 마음에 걸렸지만 그렇다고 딱히 아버지를 위해 뭔가를 계획하고 있던 것도 아니었다. 손쓰기에는 너무 늦은 때에 알게 된 병은 아버지를 다섯 달 만에 쓰러뜨렸다. 참담했지만 시간이 조금 지나자 비교적 빨리 담담해졌다. 해진이 사라졌을 때는 이 지구상에 덜렁 혼자 남은 것처럼 막막했다. 그것은 스케일도 한번 제대로 크게 우주적 사건에 가까웠다. 아버지에겐 미안한 말이지만, 그건 당신도 이해할 수 있으리라 생각한다. 우리 사이에 뭐가 있었던 것도 아니잖아요? 아버지는 자식들에게 칭찬을 해준 적도 없고 그렇다고 야단을 친 적도 없었다. 이를 말이 있으면 어머니를 통했다. 성실하고 무뚝뚝한 가장, 그런 아버지에 대해서 나는 아는 게 별로 없었고 알고 싶은 것도 없었다.

해진이 말하길 인간이 태어난다는 것은 안방의 누추한 이부자리나 병원의 소독된 시트 같은 어떤 공간이 아니라 바로 시간 속에 던져지는 것이라고 했다. 그러니 죽는다는 것은 시간에서 지워진다는 뜻이다. 아버지는 그렇게 시간이라는 좌표에서 지워졌다. 아버지와 정서적으로 공유한 시간이 별로 없으니 내 마음속 시간의 좌표에는 '부친 사망'이라는 간단한 흔적이 하나 남았을 뿐이다. 이상한 것은, 드디어 내 인생의 반이 꺾어졌다는 느낌이 들었다는 것이다. 아직 제대로 시작도 못한 기분인데, 벌써 반이 꺾어졌다니.

삼우제가 있던 날에는 어머니에게도 더 이상 눈물이 남아 있지 않았다. 아버지의 새로운 주소지, 천주교 공원묘지 바-47에서 제사를 올린 후 식구들이 돗자리에 둘러앉아 과일을 깎아 먹는 동안 어머니는 내내 등을 보인 채 단풍이 붉게 물든 앞산에 눈길을 주고 있었다. 할머니, 할아버지가 죽어서 슬퍼? 작은누나의 여섯 살배기 딸아이가 어머니에게 다가가더니 조그만 손을 어머니의 어깨에 얹었다. 갈빗집을 운영하는 누나를 대신해 어머니가 거의 다 키우다시피 한 아이였다. 어머니는 아이를 안으며 말했다. 아니야, 이제 안 슬퍼. 할아버지는 하늘나라에 가셨으니까 이제 안 아프시잖아. 아이가 고개를 갸웃했다. 어? 아닌데? 할아버지는 땅에 심었잖아! 그 말에 내가 먼저 웃기 시작했고 나머지 식구들도 저런, 깜찍한 것, 하면서 따라 웃었다. 어머니마저 희미한 미소를 지었다.

시간 더 줄까? 라는 말로 노인이 내 곁에 바투 다가앉은 것은 그 무렵이었다. 시간 더 줄까? 그 말이 듣기 좋았다. 그래서 사양하지 않았다. 처음엔 한 시간도 벅찼는데 나중엔 두 시간도 물리지 않았다. 나는 노인이 주는 시간을 덥석덥석 잘도 받아먹었다. 얼마 후 그는 지나가는 말처럼 제안했다. 집에 빈 방이 있는데 와서 살지 않을 터? 내가 3층짜리 상가 건물을 가지고 있는데, 물론 세 개 층을 다 쓰는 건 아니고, 3층에 살림집이 있거든. 원체 넓어서 좀 적적해. 월세는 싸게 받을게. 보증금은 필요 없고. 역시 사양할 이유가 없었다. 그는 내게 시간을 더 주었고, 그리고 방도 준다지 않는가. 그토록 지긋지긋했던 스위트 빌라를 떠날 기회를 나는 놓치지 않았다.

노인의 집은 1층 현관부터 3층까지 꺾이지 않고 쭉 뻗어 있는 계단을 올라가야 했다. 맨 아랫단에서 올려다보니 3층이라는데도 왠지 까마득하게 느껴졌다. 짐 때문인지도 몰랐다. 플라스틱 서랍장, 박스 몇 개와 여행용 트렁크, 이불 보따리와 화분 한 개가 전부였지만. 1톤 포터를 끌고 와 짐을 날라준 친구 종민도 계단 앞에서 위를 올려다보다 하마터면 발을 헛디딜 뻔했다. 잠시 휘청거린 그가 바닥에 침을 뱉고 발로 쓱쓱 문댔다. 택배 일을 마치고 온 터라 그는 지쳐 있었다. 물론 피곤하기는 나도 마찬가지였는데, 3층 높이가 막막해 보이는 것이 꼭 피곤함 때문은 아닌 것 같았다.

이 야심한 시간에 이사라니, 무슨 야반도주냐? 종민은 툴툴거리며 돌아갔다. 자정이 훨씬 넘어야 퇴근하는 노인 때문이었다. 노인은 내가 쓸 방의 문을 열어주었고 선불이라고 얘기했던 대로 월세부터 챙겼고 전기든 수도든 가스든 맘대로 쓰라고 했다. 내가 전기든 수도든 가스든 쓸 일이 별로 없다는 것을 다 알고 있으니까 하는 말이었다. 다만 한 가지 주의사항이라면 주방 옆 건넌방은 열면 안 된다는 거였다. 관심을 가지지 말라는 말이었다. 그러니까 구태여 관심을 가지라는 말씀이시냐는 물음에 노인은 두 눈을 찡긋 감아 보이고는 안방으로 들어갔다.

불을 끄고 이부자리에 누워서 보니 앞 건물의 네온사인이 반투명 유리창 너머에서 흐릿하게 번뜩이고 있었다. 컬러풀한 꿈을 꿀 것 같았다. 눈앞에서 자꾸 해진을 놓치는 꿈이라도 잠만 잘 수 있다면 괜찮았다. 해진이 떠난 이후로 줄곧 못 잤다. 누우면 그녀가 생각났고 그녀가 어디에 있을지 궁금했고 그래도 마지막 인사는 하고 떠나야 했던 게 아닌가 싶어 수십만 번째의 서운함을 느꼈고 그녀도 잠자리에 들 때만큼은 나를 떠올릴 거라고 생각하며 그녀를 그리워했다. 그녀가 불쑥 돌아올지도 몰라 현관문의 방범 걸쇠를 빼놓았고 현관 쪽에 신경을 곤두세웠다. 나중엔 차라리 그녀가 그랬던 것처럼 휴대전화의 번호를 바꾸고 그녀가 모르는 곳으로 이사를 가버리자는 생각도 들었다. 그녀가 찾아올 수 없는 곳으로 가면 더 이상 기다리지 않아도 되니까. 막상 그 집을 떠나오니 이제 더 이상 그녀를 기다릴 수도 없게 돼버렸다는 게 안타깝기는 했다.

설핏 잠이 들었다가 깨어난 것은 누군가 얼굴을 만졌기 때문이었다. 까칠한 손이었다. 깜짝 놀라 손목을 잡아 뿌리쳤지만 잠시 어리둥절해하는 사이 이내 다시 돌아온 손이 이번엔 가슴께를 더듬었다. 나는 벌떡 일어났다.

"불 좀 켜줘."

어둠 속에서 실루엣이 말했다. 노인이었다. 노인은 노인이었지만 불을 켰을 때 이부자리에 올라앉아 있는 것은 나에게 방을 준 집주인이 아니었다. 그는 더 늙었고 더 파리했고 이상하게 더 해맑았다.

"누구세요?"

"얘야, 불 좀 켜줘."

"누구신데요?"

"불 좀 켜달라고."

"켰잖아요. 그런데 누구시냐구요?"

그가 해맑게 웃었다.

"애비도 몰라보냐?"

"네?"

"싸겠어."

그가 아랫도리를 가리켰다. 그와 더 대거리를 해봐야 소용없겠다 싶어 거실로 나갔다. 노인을 부를 생각으로 안방이 어느 쪽이었는지 가늠해보며 잠시 주춤거리는데, 어느 틈에 쫓아 나온 노인이, 그러니까 더 늙고 더 파리하고 이상하게 더 해맑은 그 노인이 뒤에서 내 티셔츠를 잡아당기며 욕실을 가리켰다. 하는 수 없이 욕실로 가서 불을 켰다. 다리가 불편한지 그는 양손으로 허벅지를 붙잡고 천천히 욕실로 들어갔다.

"저기……."

돌아보니 그는 여전히 변기 앞에 엉거주춤 서 있었다. 그는 변기 손잡이에 손을 가져갔다가 다시 바지춤을 잡았다가 변기 뚜껑을 내렸다. 뭐부터 해야 할지 모르는 눈치였다. 나는 욕실로 들어가 변기 뚜껑을 올리고 바지를 내려주었다. 그의 몸에서 뭐라 형용하기 어려운 지독한 냄새가 났다. 얼른 욕실을 나오려는데 그가 소리쳤다.

"난 어떡하라구?"

촬촬 소리를 내며 그가 오줌을 싸는 동안 그제야 발바닥에 닿은 타일이 몹시 차갑게 느껴졌다. 서서히 잠이 깨면서 정신이 돌아왔다. 그는 이번엔 가르쳐주지 않아도 옷을 올렸다. 그래도 역시 물을 내릴 줄은 몰랐다. 그는 나에게는 눈길도 주지 않고 천천히 내 곁을 지나 안방으로 들어갔다.

안방 문을 두드렸지만 아무 반응이 없어서 방문을 열 수밖에 없었다. 아까 그 노인에게서 풍겼던 냄새가 문밖으로 밀려나왔다. 오래 빨지 않은 옷이나, 오래 씻지 않은 몸에서 나는 냄새였다. 벽을 더듬어 불을 켰다. 방금 들어간 노인이 벽 쪽에 깔린 요에 눕다 말고 나를 쳐다보았다. 나는 문갑 쪽 이부자리에 잠들어 있는 노인을 흔들어 깨웠다. 노인은 안방의 불을 끄고 나를 거실로 내몰았다.

"우리 아버지야."

"혼자 사신다면서요?"

"그런 말 한 적 없는데."

노인의 말이 틀린 것은 아니었다. 다만 그가 오래전에 상처했고 딸 둘도 다 출가시켰다고 해서, 집이 너무 크고 썰렁하니 같이 살자고 해서 그가 혼자라고 생각했던 것이다.

"그런데 저분, 그러니까 어르신 아버님이 좀 이상하세요."

"뭐가?"

"자고 있는데 와서 불 켜달라고 하시고, 저더러 아들이라고 하시고……."

"원래 내가 어제까지 그 방에서 잤어. 그러니까 난 줄 아신 모양이지. 화장실 전등 스위치를 잘 못 찾아서 늘 나한테 불 켜달라고 하시는데, 불 켜드리는 거, 그게 뭐 어려워?"

노인은 어서 들어가 자라며 내 등을 떠밀고는 자기도 안방으로 들어갔다.

다음 날 아침 텔레비전 소리 때문에 잠에서 깼다. 창문에는 입술에 립스틱이 번진 것처럼 불긋불긋했던 간밤의 네온사인 대신 환한 햇살이 번져 있었다. 방이 환한 것이 무엇보다도 마음에 들었다. 스위트 빌라는 창문 앞에 황실 하우스라는 다세대 주택이 바짝 붙어 지어지는 바람에 늘 컴컴했다. 나는 일어나 창문을 열고 숨을 깊게 들이마셨다. 밤새 창밖에서 얼어버린 쌀쌀맞은 공기마저 더없이 상쾌했다. 다른 날보다 더 일찍 깼지만 몸이 개운하고 가벼웠다.

거실로 나오니 텔레비전을 켜놓은 채 간밤의 그 해맑은 노인이 소파에 누워 있었다. 졸고 있는 것 같아 그냥 지나치려는데 그가 대뜸 소리쳤다.

"애야, 밥 먹자."

"네?"

"아침 안 먹어?"

"아, 네. 저는 괜찮아요. 원래 안 먹거든요."

"너 말고 나 말이야."

나는 더 이상 대꾸하지 않고 욕실로 들어갔다.

"오늘 아침엔 뭐 먹어?"

욕실에서 나오는데 그가 다시 나를 붙잡았다. 나는 안방으로 가서 방문을 두드렸다. 그가 몸을 반쯤 일으키고 소리쳤다.

"저 썩을 놈이 어른 말씀에 대꾸도 안 하네."

안방에서 아무 기척이 없어 어제처럼 문을 열고 들어갔다. 노인을 흔들어 깨우고 자초지종을 말하자 그에게서 이런 대답이 돌아왔다.

"아침을 거르면 쓰나. 냉장고에 김치찌개 있어. 제일 아래 칸 큰 냄비에."

그러고는 자기는 더 자야 한다며 이불을 뒤집어썼다. 어이가 없어서 잠시 이불을 쏘아보다 일어서 나오려는데 노인이 이불을 들추고 말했다.

"밥솥에 찬밥도 있어."

냉장고에 있는 것은 냄비라기보다는 솥에 가까웠다. 작은 냄비를 찾아 데우는데 돼지고기 누린내가 심해서 비위가 상했다. 기껏 상을 차려 놓았더니 이번엔 해맑은 노인이 틀니를 찾는다고 온 집안을 쑤시고 다니며 난리를 피우는 바람에 다시 노인을 깨워야 했다. 간신히 틀니를 끼고 상에 앉았지만 그는 냄새 나는 찌개는 건드리지도 않고 물에 말은 밥만 꾸역꾸역 입에 떠 넣었다. 입을 오물거리며 먹고 있는 노인네를 보자니 심란해졌다. 밥이나 차려 놓고 그냥 출근하려다 불쑥 오기가 치밀어 수저를 들긴 했지만 입이 깔깔해서 밥이 잘 넘어가지 않았다. 스위트 빌라를 떠나보자는 심산이었다가 이게 무슨 똥 밟은 경우인가 싶어 짜증이 치밀었다.

지각이었다. 특별한 사정으로 미리 예고한 경우가 아니고는 그런 일이 없던 나는 지각인 줄도 몰랐다. 내 시계는, 이상하게도 15분 늦어 있었다. 벌칙으로 1층 안내 데스크의 아가씨와 나란히 서서 개점 세리머니를 했다. 나 말고도 지각생이 서너 명 더 있었다. 몇 년 전 백화점 업계 빅 쓰리 중 하나가 지방의 토종 백화점이었던 우리 백화점을 인수하기 전부터 있던 벌칙이었다. 아무래도 직원 관리에 꽤 효과적이었던지 주인이 바뀐 이후에도 계속되었다. 해진은 그것이 싫어서 지각하지 않으려고 알람시계를 세 개나 맞춰 놓고 잤다. 그런데도 아침잠이 많은 해진은 종종 지각을 했다. 오전 10시 개점 시간에 맞춰 정문 앞에 서 있다가 문을 열자마자 들어오는 고객들이 그녀는 반갑지 않았다. 배꼽에 손을 모으고 허리를 거의 직각으로 굽히며 어서 오십시오, 고객님, 이라고 외치면서 어서 오시라고 하지 않아도 너무 어서 오신 고객님, 이라고 그녀는 속으로 말하곤 했다. 그래도 해진은 잘해내고 있었다. 우리가 하는 일이라는 게 고객을 응대하거나 고객을 응대할 준비

상태에 있는 거였다. 하루 종일 웃는 얼굴로 입술을 귀 쪽으로 당기느라 주름이 늘었고, 종아리가 퉁퉁 부어 딴딴했으며, 허리에는 요통이 무겁게, 그리고 무섭게 매달려 있었다. 정해진 휴식 시간도 있고 직원 휴게실도 있었지만 담배 연기가 자욱한 비좁은 휴게실에는 자리가 없을 때가 많아 비상계단에서 다리를 주무르고 앉아 있기 일쑤였다. 직원은 엘리베이터도 에스컬레이터도 타지 못하게 되어 있어서 밥이라도 한 번 먹으려면 지하 3층 직원 식당까지 비상계단을 걸어서 오르내려야 했다. 나도 그랬지만 대부분의 직원은 이제 곧 때려치워야지, 라는 말을 입에 달고 살았다. 해진은 달랐다. 어떤 일을 해도 힘들기는 마찬가지라는 거였다. 어떤 일에도 직업병은 있기 마련이며 이따금 괴상한 손님을 상대하는 것도 그저 우리 일의 일부라고 생각하면 된다고 했다. 웃는 표정은, 말하자면 일종의 유니폼 같은 거라고. 나보다 일곱 살이나 어린 그녀가 너무 일찌감치 어른스러워지려고 애쓰는 것 같아 안쓰러웠다.

다음 날 또 지각을 했다. 첫날처럼 해맑은 노인과 밥을 차려 먹고 나오긴 했지만 그것 때문은 아니었다. 시계를 보니 20분 늦게 가고 있었다. 전날 개점 세리머니를 하러 1층으로 내려가기 전 동료의 시계를 보고 시계를 정확하게 맞췄는데도 그랬다. 노인의 집에서는 시간이 느리게 가나? 이런 터무니없는 생각이 들었다. 나는 할 수 없이 다시 1층으로 내려갔다. 안내 데스크의 아가씨는 또 지각이냐는 뜻이 담긴 게 분명한 미소를 지었다. 이사를 한 뒤 모든 게 엉망진창이 된 기분이었다.

정말 선물하고 싶은 것은 시간인데 내가 가진 것은 이것뿐이라……. 해진이 남긴 시계의 메탈 밴드에 짤막한 이 한마디가 적힌 메모지가 묶여 있었다. 스위스아미 제품으로 스위스를 상징하는 빨간 바탕의 흰 크로스가 암녹색 문자반 위에 박혀 있는 시계였다. 그녀의 시계 컬렉션 중에서 그녀가 가장 좋아했던 것이다. 백화점 직원들 중 몇몇은 자기 월급으로는 힘에 부치는 고가의 수입 브랜드 구두나 핸드백, 시계를 사곤 했는데 그녀도 그런 부류 중 하나였다. 단지 그녀는 시계만 산다는 것이 달랐다. 특히 레저용 시계를 좋아했지만 그녀가 레저를 즐길 여유는 없었다. 크로노그래프와 타키미터가 모험이 없는 일상에 왜 필요하겠는가. 노인의 집에서는 시간이 느리게 흐르나 봐, 라고 말했다면 그녀는 코웃음을 쳤을 것이다. 타임머신 같은 얘기를 그녀는 늘 시시하게 생각했다. 흘러가버린 시간을 어쩌지 못해서 만들어내는 얘기라는 거였다. 그래도 타임머신 같은 게 있어서 그녀가 떠나기 전날로 돌아갈 수 있으면 좋겠다. 물론, 지나가버린 시간을 어쩌지 못해서 하는 말이다.

그러니까 어떤 노인네 말이야? 전화를 걸어온 종민에게 노인과 그의 아버지에 대해 얘기하는 동안 종민은 헷갈린다며 짜증을 냈다. 사실 나도 헷갈리던 참이었다. 노인이 그러는 것처럼 그의 아버지를 아버님이라고 부르자니 노인이 무슨 내 친구나 되는 것 같아 이상하고, 그렇다고 노인의 아버지를 할아버지라고 부르자니 그럼 노인이 아버지라도 된단 말인가 싶고, 실제로 직접 부를 일이 있을 때에는 두 사람 다 어르신이라는 호칭을 사용하고 있으니, 뭔가 시간이 중첩된 느낌이랄까, 그랬다. 종민은 앞으로 노인은 노인 갑, 그의 아버지는 노인 을이라고 구분해서 말하라고 했다. 그는 사회생활을 시작한 후로는 만나는 인간을 갑과 을로 분류하는 버릇이 생겼다. 스스로를 을이라고 생각하는 그는 갑 부류를 증오하면서도 최종 희망은 갑이 되는 거였다. 물론 노인 을이 노인 갑에게는 약자임에 틀림없었지만 나는 그렇게까지 둘의 관계를 비관적으로 보고 싶지는 않았다. 그래서 나는 노인 을을 해맑은 노인이라고 불렀다. 해맑기는 개뿔, 그저 노망 난 늙은이지, 라고 종민이 말했다. 치매에 걸린 노인이 가끔 얼마나 해맑은 아이 같아지는지 그가 알 리 없었다. 이따금 밤중에 자다 깨서 저녁밥은 언제 먹냐고 물을 때나, 밥은 아까 먹었다고 얘기해주면 그러냐면서 순순히 다시 자러 들어가는 뒷모습, 거실 창문 앞에 늘어놓은 화분을 들여다보며 식물들과 대화하는 그의 모습은 순한 아이 같았다. 물론, 김영삼 찍을 거니 김대중 찍을 거니? 라고 뜬금없이 물을 때는 정확히 치매 환자였지만 말이다. 내가 장난스럽게 물었다. 지금이 몇 년도예요? 지금? 천구백, 팔십, 칠 년이잖아. 자신 없는 목소리로 대답한 후 그는 이렇게 덧붙였다. 어쨌든 노태우는 안 돼.

휴일이라 모처럼 늘어지게 늦잠을 자고 일어나 창턱에 있는 사랑초에 물을 주었다. 밤사이 날개를 접은 나비처럼 웅크리고 있던 짙은 보라색 이파리가 햇빛을 받아 다시 활짝 펼쳐져 있었다. 클로버를 개량해 만들었다는 사랑초는 새 이파리가 나올 때는 클로버와 비슷하지만 이파리를 하나씩만 매단 줄기가 자라면서는 이파리도 어린애 손바닥만 해진다. 이파리가 너무 커져서인지 아니면 무슨 다른 이유 때문인지 언젠가부터 대부분의 줄기가 똑바로 서지 못하고 화분 바깥쪽으로 쓰러져서 너풀거렸다. 해진이 보았다면 속상해했을 것이다. 사랑초를 버리지 않고 갖고 온 것은 그래도 잘했다는 생각이 들었다. 그때 노인이, 그러니까 종민의 말대로라면 노인 갑이 방문을 빠끔 열더니 헛기침을 했다.

"방문을 열었으면 들어오시든가, 열기 전에 노크를 하시든가, 둘 중 하나만 하세요."

"그거, 물 너무 자주 주는 거 아니야?"

방에 들어서는 노인의 어깨 너머로 해맑은 노인이 고개를 빼고 방 안을 들여다보았다.

“이상하게 꽃이 잘 안 피네요. 주인이 있을 때는 꽃이 떨어질 날 없이 꽃대가 올라왔는데.”

“그 여자애가 놓고 간 거야?”

나는 아무 대꾸 없이 말라서 늘어진 이파리를 따주었다.

“이놈이 조용히 꽃 피울 시간을 줘야지. 자꾸 들여다보면 꽃이 부끄러워서 못 나온다구.”

노인의 말이 우스워 씩 웃고 있는데 어느 틈에 왔는지 해맑은 노인이 화분으로 손을 뻗었다. 그러고는 말릴 새도 없이 싱싱한 이파리의 줄기 하나를 똑 분질렀다. 노인이 아버지의 등짝을 후려치더니 손을 붙잡아 끌고 방에서 나갔다. 잠시 후 노인이 다시 방으로 돌아와 같이 외출해줄 수 있는지 물어왔다. 나갈 채비를 마친 두 사람이 나란히 문 앞에 서서 나를 쳐다보고 있는데 당할 재간이 없었다.

해맑은 노인을 부축해 계단을 내려오는 데 오랜 시간이 걸렸다. 이사 오던 날 1층에서 올려다볼 때도 그렇게 까마득해 보이더니 다리가 불편한 노인에게는 내려오는 것도 막막한 일이었다. 먼저 내려온 노인은 1층 영주슈퍼 앞 파라솔에 앉아 초코파이를 입에 물고 있었다. 그걸 본 해맑은 노인이 아들에게 손을 내밀었다. 안에서 가게 주인이 초코파이 두 개를 들고 나왔다. 내 손에 들어온 초코파이를 해맑은 노인에게 건넸다. 그는 그것을 얼른 점퍼 호주머니에 받아 넣었다. 허우대가 좋은 가게 주인은 호탕한 인상이었고 50대는 훌쩍 넘어 보였다. 노인이 이따금 사정이 생겨서 아버지의 저녁을 챙겨주러 오지 못하면 전화를 걸어 부탁을 하곤 한다는 그 사람이었다. 세 사람이 이렇게 나서니까 꼭 삼부자 같네요! 그는 내가 뭔가 대꾸하기를 바라는 듯 나를 쳐다보며 말했지만 나는 어색하게 웃기만 했다.

내가 부축하는 게 좋은지 해맑은 노인은 이따금 고개를 돌려 내 얼굴을 쳐다보며 내 손을 꼭 잡고 조심조심 발을 내디뎠다. 주택가 골목을 빠져나와 보니 길가 양쪽으로 치워진 눈 둔덕은 길의 모든 먼지를 흠뻑 빨아들여 시커멨다. 먼지 낀 창틀을 닦아낸 두툼한 스펀지 같았다. 길가에 줄지어 늘어선 낡은 건물들의 외벽에서 시커먼 땟물이 흘러내리고 있었다. 그 건물들 중 하나에 우리의 목적지인 〈뉴욕 스타일 헤어샵〉이 있었다. 미용실 내부는, 뉴욕 스타일이라기보다는 지방 소도시 스타일이었다. 유리문에 붙어 있는 이국의 여자 모델 사진도, 하얀 레이스가 치렁거리는 샴푸실 커튼도, 요란한 장식이 달린 조명등도 누추한 분위기를 더할 뿐이었다. 손님의 머리통을 붙잡고 있던 여자 미용사가 거울 속에서 우리를 발견하고는 뒤를 돌아보며 오랜만에 오셨네요, 인사를 했다. 우리 세 사람은 소파에 나란히 앉았다. 얼마 지나지 않아 해맑은 노인이 졸기 시작했고, 노인은 멀뚱하게 앉아 있었고, 나는 탁자 위 신문을 뒤적거렸다.

머리를 자른 손님이 돈을 내고 나가자 미용사가 종이컵에 녹차 티백을 띄워 탁자에 갖다 놓았다. 노인은 졸고 있던 아버지를 깨워 머리를 깔끔하게 다듬게 하더니 이번에는 나에게 미용 의자를 권했다. 해맑은 노인을 부축해달라고 해서 따라나선 것뿐이지 거울 앞에 앉고 싶지는 않았다. 이발비 내주려고 했는데 싫으면 말고. 노인은 얄밉게 말하며 거울 앞에 앉았다.

"올봄엔 염색 한번 해보실래요?"

"나는 염색약이 잘 안 받아."

"이런 은발도 멋지시긴 한데, 염색하시면 더 젊어 뵈실 거예요."

노인은 얌전하게 눈을 감았다. 매상을 올리려던 노력이 수포로 돌아가자 미용사가 입을 다물었다. 해맑은 노인은 두 손으로 종이컵을 쥐고 녹차를 홀짝였고 조용한 가운데 미용사의 가위질 소리만 들렸다. 나는 탁자에 펼쳐 놓은 신문을 계속 들여다보았다.

"아드님이신가 봐요, 그, 사업을 물려주셨다는?"

정적을 깨고 미용사가 물었다. 고개를 들고 거울을 쳐다보니 노인이 씩 웃고 있었다.

"맞아요, 얘가 내 아들이오."

해맑은 노인이 내 어깨를 두드리며 큰 소리로 말했다. 거울 속의 노인이 거울 속의 자기 아버지를 쳐다보며 말했다.

"정신도 오락가락하는 양반이, 귀가 안 들리는 것 같으면서도 듣고 싶은 건 잘도 골라 듣지. 아무튼 저 병은 아주 평등주의적이야. 젊을 때 아무리 날고뛰면 뭐해, 병 걸리면 다 똑같아지니. 저 양반, 그래도 3공화국 때는 청와대에 계셨던 분인데."

"어머, 그래요? 공직에 계셨다더니 되게 높은 분이셨구나."

나는 웃음이 나와서 입술을 꽉 깨물었다. 어쩌면 저렇게 아무렇지도 않게 입에서 술술 거짓말이 나오는지 신기할 따름이었다. 그리고 사업체라니, 노래방을 말하는 건가? 구정물 통에 푹 담갔다가 그늘에 널어둔 것처럼 퀴퀴한 냄새가 나는 그 노래방? 작은 룸 네 개와 큰 룸 한 개가 전부인, 싸구려 방향제 냄새가 가득한 지하의 그 노래방?

해진이 갑작스럽게 사라졌을 때 그녀의 행방을 물어볼 사람이 하나도 없었다. 나는 그녀의 친구도 형제도 부모도 몰랐다. 우리의 동거를 알고 있던 유일한 사람은 해진과 같은 매장의 직원이었는데 갑작스런 무단결근에 오히려 나에게 먼저 해진에 대해 물어왔다. 생생한 고통이 나를 제압했다. 가슴이 타는 것 같고 배 속의 뭔가가 끊어지는 듯해서 양팔로 배를 감싸고 있어야 조금 견딜 수 있었다.

그녀는 무엇보다 결혼으로 맺어지는 관계를 믿지 않았다. 새엄마는 좋은 사람이었다고 그녀는 회상했다. 다만 아버지와 새엄마, 새엄마가 낳은 세 명의 아이들 사이에서 그녀는 스스로를 이방인이라고 여겼다. 자기만 빠지면 완벽해지는 그림 속에 실수로 튄 물감 같은 느낌이었다고 했다. 막내가 태어나 소나타에 온 가족이 다 탈 수 없어서 카니발을 샀을 때도 그녀는 아버지가 자기 때문에 괜한 돈을 썼다는 생각에 죄책감이 들었다. 어린 동생들의 생일날은 특히 곤혹스러웠다. 가장자리에 은박 장식이 달린 고깔모자를 쓰고 식탁에 앉아 있으면 슬픈 피에로가 된 듯한 기분이었다. 엄마에게 보내주었으면 좋겠다는 말을 처음으로 아버지에게 했다. 중학교 2학년 때였다. 그러나 그때 엄마는 이미 재혼한 상태였다.

재혼해서 제주에 살고 있던 엄마는 8년 만에 다시 이혼했다. 그녀는 이제라도 엄마에게 가고 싶어 했고 나는 가지 말라고 했다. 차라리 결혼해서 엄마를 모셔 오자. 나는 깊이 생각해보지도 않고 말했다. 나는 몹시 피곤한 상태였고 그녀의 말을 심각하게 생각하지도 않았다. 잊었어? 나는 결혼 같은 거 안 해. 그러나 나는 결혼 같은 거 안 하면 보내주지 않겠다고 소리쳤다. 그래서 그녀는 작별 인사도 없이 떠났다. 처음 며칠 동안은 그녀가 금방 돌아올 거라고 생각했다. 결혼 문제로 싸운 것이 처음이 아니었기 때문이었다. 하루하루 기다리자니 가슴이 터질 것 같았다. 마침내 가슴이 터져버렸고, 그제야 나는 그녀가 영영 돌아오지 않으리라는 것을 깨달았다.

우리는 인생이라는 이 징글징글한 생일파티에 초대되어 문 앞에서 하나씩 받은 고깔모자를 쓰지 않을 도리가 없다고 언젠가 그녀가 말했다. 고깔모자에는 차곡차곡 지나간 시간이 쌓이고 있으며 우리 각자의 현재 좌표는 뒤집어놓은 고깔모자의 꼭짓점이라는 거였다. 현재가 늘 괴로운 건 과거로 가득 찬 고깔모자의 꼭짓점에 집중되는 하중 때문이었다. 나는 고깔모자 인생론이 꽤 그럴듯하다고 그녀를 칭찬해주었다. 그리고 그녀가 떠나버린 그때, 그녀와의 과거로 가득한 고깔모자의 꼭짓점에서 나는 압사할 지경이었다.

그것이 마지막인 줄 알았다면, 우리에게 남은 시간이 더 이상 없다는 것을 알았다면, 그날 그렇게 소리치고 이불을 뒤집어쓰지는 않았을 것이다. 충분히 생각할 시간을 주지 않은 그녀가 원망스럽기도 했다. 후회와 원망, 그 두 가지 감정 사이에서 흔들리는 사이 그녀는 집 안 곳곳에서 모습을 드러냈다. 벽에 베개 두 개를 포개 놓고 비스듬하게 누워 책을 읽고, 한쪽 팔로 머리를 받치고 누워 텔레비전을 보고, 욕실 문을 열어 놓은 채로 볼일을 보았다. 그녀를 생각하지 않으려고 하면 할수록 나는 어느새 그녀 생각을 하고 있었다.

그녀가 출몰하는 집을 나와 거리를 쏘다니기 시작했고 그러다 노래방을 발견했다. 여러 개의 입간판 사이에서 유독 그것이 눈에 띈 이유는 검은 바탕에 흰 글씨가 씌어 있었기 때문이었다. '노래방'보다는 '근조謹弔'가 더 어울릴 법했다. 게다가 입간판 위쪽에 '시간 많이 줍니다' 라고 씌어 있었다. 나는 그것을 오래 쳐다보았다. 말하자면 내가 노래방을 발견했다기보다는 묘하게 생긴 노래방의 입간판이 나를 제 쪽으로 끌어당겼다고 하는 게 맞았다. 지하로 내려가는 계단 끝에 노래방이라는 글자가 박힌 문이 있었다. 꼭 들어가겠다는 생각도 없었는데 나는 천천히 계단을 내려가 조심스럽게 문을 밀었다. '어서 오세요'라는 커다란 소리가 정적을 깨뜨렸다. 기계에 녹음된 여자의 목소리였다. 그 소리에 깜짝 놀라 문을 닫고 계단을 되짚어 올라가는데 다시 '어서 오세요' 소리가 났다. 돌아보니 이제 막 잠에서 깬 듯 부스스한 몰골의 노인이 나를 올려다보고 있었다.

왼쪽 끝방으로 나를 안내한 노인이 리모컨으로 시간을 주고 나갔다. 간단한 리모컨 조작으로 내게 60분이라는 시간이 주어졌다. 요란한 팡파르와 함께, 저희 업소를 찾아주셔서 감사합니다, 라는 목소리가 울려 퍼졌다. 갑작스럽게 내 앞에 뚝 떨어진 60분 앞에서 나는 당황스러웠다. 뭘 해야 하지? '선곡하세요' 모니터에 자막이 지나갔다. 시간 표시등의 숫자가 금방 59로 바뀌었다. 그제야 나는 내가 노래를 불러야 한다는 것을 알았다. 그래서 나는 노래를 불렀다. 회식 때 어쩔 수 없이 끌려가서 분위기만 맞춰주곤 했을 만큼 노래방을 싫어했는데 나는 노래를 불렀다. 스피커에서 울리는 소리를 싫어하던 내가 노래를 불렀다. 전주가 시작되자 스피커가 박자에 맞춰 쿠궁, 쿠궁, 울리기 시작했다. 점점 커지는 소리에 테이블도, 소파도, 소파에 꼭 붙어 있던 내 몸도 진동하기 시작했다. 온몸의 혈관이 있는 힘껏 팽창하고 있는 느낌이었다. 마이크 속으로 들어간 내 목소리가 스피커를 통해 다시 내게 돌아와 나를 흔들었다. 음악 소리가 꼭 내 몸 곳곳에서 터져 나오는 것 같았다. 가슴이 후련했다. 당연히 해진이 생각났다. 생각하지 않으려고 어딘가에 일부러 꾹꾹 눌러놓았던 것이 저 혼자 슬며시 풀려나오는 것 같았다. 생각하지 않으려고 애쓸 때는 그렇게 힘들었는데 차라리 그녀가 내 머릿속을 드나들게 그냥 놔두니까 마음이 편해졌다. 그 쓸쓸한 느낌이 좋았다. 나의 월요일 노래방 행차는 그렇게 시작되었다. 노인이 시간을 더 주기 시작한 것은 한참 후였다. 시간 표시등의 숫자가 5가 되었을 때 들어와 그것을 다시 60으로 만들어놓고 나갔다. 그것이 끝나갈 무렵 다시 시간을 주었다. 그가 들고 있는 리모컨은 시간을 아무리 퍼내도 마르지 않는 화수분 같았다.

그런데 저한테 물려주셨다는 그 사업은 뭔가요? 미용실을 나와 집으로 돌아오는 길에 노인에게 물었다. 노인은 대수롭지 않다는 듯 말했다. 신경 쓸 거 없어. 나를 정년퇴임한 대학교수로 아는 미용사도 있으니까. 그런데 미용사들은 왜들 그렇게 질문이 많지? 어디 사세요, 무슨 일 하세요, 자제분은 몇이세요 등등 말이야. 그런 말을 들으면 이상하게 나는 자꾸 거짓말이 하고 싶어져.

1층 시계 매장에 가서 시계를 고칠 수 있는지 물었다. 보증서가 없으면 공식 지정점에서 애프터서비스를 받을 수 없다고 했다. 게다가 스위스아미라는 브랜드는 이미 빅토리녹스 사社에 흡수합병되어서 보증 수리를 받기가 더 까다로워졌다는 것이었다. 시계가 점점 느려지는데, 혹시 어느 공간에서만 시계가 느려질 수 있는지를 묻자 매장 직원은 실소를 감추지 못했다. 내가 생각해도 그것은 매우 철학적이거나 아니면 완전히 바보 같은 소리였다. 다만, 배터리가 다 되면 시계가 느려질 수 있다고, 당연하고도 상식적인 답변이 돌아왔다. 배터리 교체라도 안 되겠냐고 했더니, 그 매장에서 구입했다는 증거, 그러니까 역시 보증서가 있어야지만 애프터서비스를 접수받는다고 했다. 급기야 인상을 구기고 만 나를 물끄러미 쳐다보던 직원은 동네 금은방에 가면 배터리를 교환할 수 있다는, 역시 상식적이고도 쉬운 해결책을 알려주었다.

동네 금은방 〈금보당〉에는 쉬운 해결책이 마침 없었다. 시계의 뒷면을 본 금보당 주인은 고개를 저었다. 롤렉스 같은 명품시계는 뚜껑을 여는 기구가 따로 있는데 그게 필요하다는 거였다. 이걸 명품이랄 수는 없지만, 이라고 그는 덧붙였다. 지방의, 그것도 번화가도 아니고 주택가 골목에 있는 금은방에 그런 기구가 왜 있겠는가. 명품을 취급하는 곳을 찾아보라는 충고만이 남았다. 명품도 아니라면서요? 나는 괜히 볼멘소리를 던져놓고 나왔다.

퇴근 후 집에 돌아와 옷을 갈아입고 씻으려고 방을 나서는데 해맑은 노인이 다리를 벌리고 어기적거리며 다가왔다. 다리가 불편해서 그런 것은 아닌 게 틀림없었다. 여느 때라면 벌써 잠자리에 들었을 시간이었다. 내 앞에 서서 그는 울상을 지었다. 그를 씻기려고 욕실에 들어가니 한숨부터 나왔다. 내가 뭐 하고 있는 거야, 지금?

갈아입힐 옷을 찾다 보니 장롱 안에 이미 몇 개 꺼내 쓴 일회용 기저귀 한 팩이 있었다. 처음 있는 일이 아니라는 뜻이었다. 나는 기저귀를 꺼내 그에게 채워주었다. 처음엔 싫다던 그도 내가 냉랭한 얼굴로 빤히 쳐다보자 순순히 말을 들었다.

그를 재워 놓고 소파에 버티고 앉아 노인이 들어오기를 기다렸다. 해맑은 노인의 치매가 중증은 아니라고 노인은 말했었다. 잊지 않고 약만 잘 먹으면 큰 문제는 없을 거라고 했다. 이따금 지금이 몇 년도인지 몇 월인지 시간 개념에 혼동이 있지만 어차피 그에게 시간 따위가 의미 있을 리 없었다. 80년대를 살고 있다고 착각하든 2000년대를 살고 있다고 알고 있든 마음대로 오르내릴 수 없는 3층 집에서 하루 종일 텔레비전을 보거나 이따금 화분을 들여다보는 그의 인생이 달라지지는 않을 거였다. 무언가가 일생 동안 그의 기억에 새겨진 시간을 지우고 그의 몸속에 내장된 시계를 고장 나게 했을 뿐이다. 배터리를 갈아 끼운다고 해결될 문제도 아니었다. 씻으려고 하지 않고 옷을 갈아입지 않는 것도 마찬가지다. 자신의 신변에 주의를 기울이지 못하는 게 무슨 대수인가. 다만 굳이 문제를 찾자면 약간의 식이장애가 있다는 정도였다. 반찬을 잘 먹지 않아서 나트륨 부족으로 병원에 실려 간 적도 있다고 했다. 그래서 노인은 된장국이든 돼지고기를 넣은 김치찌개든 일주일에 한 번 정도 커다란 솥에 한가득 끓여 놓고 며칠씩 그걸 먹게 했다. 해맑은 노인이 그걸 싫어하는 것도 당연했다. 그가 좋아하는 것이라곤 사과뿐이었다. 집 안 여기저기에 숟가락으로 긁어먹고 남은 반구 모양의 사과 껍질이 나뒹굴곤 했다.

늙는다는 것이 전부 이런 건가 싶었다. 머릿속이 뒤죽박죽된 해맑은 노인이 가끔 엉뚱한 소리를 하는 것을 그저 우스꽝스럽다고만 생각했던 것이 잘못이었다. 이건 우스운 일이 아니었다. 아버지가 오래 살았다면, 혹은 아직 죽지 않은 어머니에게도 언젠가, 이런 날이 올까? 그리고 그것보다 더 시간이 지나면 나에게도? 그렇게 되기까지 그리 많은 시간이 필요치도 않을 거였다.

새벽 2시가 넘어 노인이 들어왔다. 나는 일부러 딱딱한 목소리로 말했다.

"제가 똥을 제대로 밟은 모양이에요."

그는 내 눈치를 보더니 욕실 앞에 놓여 있는 빨랫거리를 집어 올렸다.

"하여튼, 기저귀를 하라고 해도 무슨 똥고집인지 말을 안 들어."

그러면서 이렇게 덧붙였다.

"그래도 이럴 때나 한 번씩 씻을 수 있으니 다행이지."

"그걸 지금 말이라고 하세요?"

"틀린 말도 아닌데."

"이러려고 절 여기다 데려다 놓은 거죠? 그렇죠?"

"그런 말도 안 되는 소리 하지 말게."

"틀린 말도 아닌데요?"

"짜증도 날 테지, 그래도 뭐 대단한 일을 한 것처럼 그럴 건 없잖아?"

하도 어이가 없어서 말문이 막혔다. 사과까지는 바라지도 않았지만 뻔뻔하기가 이를 데 없었다.

"어차피 아침 먹는 거 숟가락 하나 더 얹어서 같이 먹고, 어쩌다 똥 싼 거 한 번 치워준 거밖에 더 있어? 냄새 나서 코가 닳았나, 더러워서 손이 닳았나?"

"제가 온 후로 계속 저한테 미뤘잖아요. 이게 누가 할 일인데요?"

"그럼 나 올 때까지 내버려두지 왜 씻겨주고는 이 난리야?"

"제가 이제야 말이지만, 그러시는 거 아니에요. 그래도 아버진데 좀 너무하시잖아요?"

"내가 뭘?"

"몰라서 물으세요?"

노인은 한숨을 푹 쉬었다. 너는 이해 못 한다는 듯 고개를 천천히 저었다.

"원래 자식은 부모의 반도 못 따라가. 아무리 잘해드린다고 해도 언제나 부족하다고. 그러니 부모가 해준 만큼만 해도 성공한 인생이랄 수 있지. 난 딱 그만큼만 하네, 최선을 다해서 말이야."

"아버지가 해준 게 없으니 그대로 갚아준다는 거예요?"

노인이 코웃음을 쳤다.

"그저 나는 아무것도 안할 뿐이야. 아버지를 위해서 할 수 있는 건 단 한 가지야. 아무것도 하지 않는 거지."

"어르신 아버지가 어떻게 했는지 그건 전 몰라요. 알고 싶지도 않고요."

그가 물끄러미 나를 바라보았다.

"왜요?"

"비포장도로를 다녀본 적 있나?"

또 무슨 말을 하시려고?

"시골 점방에 어머니하고 나하고 둘만 남았을 때, 나는 막막하다기보다 지루했어. 손님이라야 몇 안 되는 동네 사람들에다 이따금 들러서 길을 묻는 사람들뿐이었지. 어머니는 몸이 아프다며 줄곧 가게에 딸린 방에 누워 있었고, 잘 팔리지 않는 물건들엔 금세 먼지가 쌓였고, 나는 하드를 핥거나 유통기한이 얼마 안 남은 과자들을 찾아 먹었어. 새로 물건을 받았을 때는 유통기한을 보며 이때 나는 무얼 하고 있을까? 생각하곤 했지. 그런데 늘 똑같았어. 미래의 그 시점이 되어도 여전히 나는 가게에 혼자 앉아 있거나 새로운 유통기한에 나는 무얼 하고 있을까 생각하거나. 시간이 정말 안 가더군. 시계를 자꾸 들여다보면 더 천천히 가잖아. 내가 시간 속에 붙잡혀 있는 것 같았어. 그런데 어쩌다 들르는 동네 노인네들은 벌써 가을이네, 시간이 지랄맞게도 후딱 가버리네, 이러는 거야. 나는 나의 시간이 세상의 시간과 다르게 흐른다는 걸 알았지. 1년이란 시간이 나한테는 2년, 3년은 되는 것 같았거든. 그때 나이를 홈빡 먹어버린 거야. 내가 왜 이렇게 팍 늙어 보이는지 이제 알겠지?"

"비포장도로 얘기하려던 거 아니었어요?"

"비포장도로 얘기야. 가게 앞에 먼지 풀풀 날리는 비포장도로가 있었지. 박정희가 온 나라에 가로수로 심어 놓은 플라타너스가 그 커다란 이파리를 펄럭이며 서 있는 길이었어. 어쩌다 군청 소재지에 일 보러 나갈 때면, 버스가 자갈이 널려 있는 비포장도로를 털털거리며 지나가다 어느 순간 아스팔트가 깔린 길로 접어들거든. 그럴 때 나도 모르게 스르르 눈이 감겨. 그때야말로 내게 엉덩이가 있다는 것을 새삼 깨닫게 되는 순간이지. 그런 느낌 아나? 그 이상하게 매끄럽고, 그리고 온 세상이 조용해지는 느낌? 어떤 방해물도 없이 앞으로, 앞으로, 쭈욱, 쭈욱, 나아가면 군청 소재지에도 닿고 도청 소재지에도 닿고 서울에도 닿고 중국에도 가고 미국에도 가고 이 세상에 못 갈 곳이란 없을 것 같은 기분 말이야."

자기도 모르게 스르르 눈이 감긴다고 말하는 대목에서 감은 눈을 그는 말을 끝내고서야 떴다. 그는 그 이상하게 매끄럽다는 아스팔트 위의 엉덩이를 느끼고 있었는지도 모르겠다.

"그래서요? 뜬금없이 그게 무슨 말이에요?"

"집으로 돌아오는 길은 어땠겠나? 아스팔트길이 끝나고 비포장도로가 시작되는 순간에 내 심정이."

"엉덩이가 있다는 것을 그게 더 잘 깨닫게 해줬을 것 같은데요?"

"그랬을 것 같지? 아니야, 신기하게도 엉덩이엔 아무 느낌이 없었어."

"……."

"내가 왜 이런 말을 하는지 알아듣기는 해?"

"어떻게 알아듣겠어요?"

"언젠가 자네가 물었지, 그렇게 시간을 많이 주면 무슨 장사가 되냐구? 내가 시간을 주는 만큼 사람들이 계속 있을 것 같아? 처음 한두 번이 좋지, 나중엔 사람들이 시간을 남겨두고 그냥 가버린다구. 그러니까 사람들에겐 꼭 많은 시간이 필요한 게 아니었던 거야."

"……."

"참! 나 여행가. 4박 6일짜린데, 중국이라면 안 가본 데가 없지만, 부동산 늙은이가 고기도 먹어본 놈이 먹는다나 어쩐다나 하면서 안내해달라잖아."

"어르신은 어쩌구요?"

결국 시계가 멎었다. 해진이 내게 선물해준 시간이 통째로 없어진 것 같은 기분이었다. 노인은 공항 활주로에 깔린 아스팔트 길을 간단히 밟고 이륙해 중국으로 날아갔다. 앞으로 미국도 못 갈 것 없고, 오대양 육대주를 넘고 넘어 우주까지라도 갈 기세가 아니던가. 이제 그에게 비포장도로란 없으니까. 대신 내가 비포장도로에 서 있는 기분이었다. 먼지 풀풀 날리는 자갈길 위를 털털거리며 오도 가도 못하는 신세가 된 것 같았다. 백화점에서도 죽을 맛이었다. 설맞이 세일과 그 이후의 졸업입학대전, 그리고 연이은 브랜드 세일에서 경쟁 브랜드들보다 매출이 좋지 않아 본사에서 압박이 계속되고 있었다. 본사 영업부장이 직접 전화를 걸어와 자칫하면 백화점에서 퇴출될 수도 있는데 어쩔 거냐고 소리쳤다. 해진이 없는 백화점에는 낙도 없었다. 당장 때려치우겠다는 말이 목울대까지 차올랐다.

퇴근길에 1층 슈퍼 앞 파라솔에 앉아 있던 가게 주인과 마주쳤다. 맥주를 홀짝거리던 그는 한잔하고 가라며 붙잡았다. 기분도 울적하고 목도 말랐던 터라 못 이기는 척 붙잡혀주었다. 며칠째 날이 푹했지만 플라스틱 의자는 꽤 차가웠다. 노인의 말대로 엉덩이가 있다는 게 막 느껴졌다.

"그래도 자네 덕분에 태주 형님이 난생 처음 중국 구경도 하고 말이야. 저 노인네 때문에 그동안 어디 옴짝달싹할 수나 있었나."

그는 손가락을 치켜들고 위를 가리켰다.

"그런데 어르신 진짜 연세는 어떻게 돼요?"

"아흔이 다 돼갈걸?"

"정말요? 그럼 그분 아버님은 백 살이 넘는다는 말이에요?"

"아하, 태주 형님 말이야? 어르신은 무슨? 고생을 많이 해서 늙어 보이지, 낼모레가 겨우 환갑인걸."

나는 피식 웃음이 나왔다.

"그래도 다행인 게, 돈 많고 인정 많은 사촌형을 둬서 늘그막에 고생이 좀 줄었지. 여기 건물 주인이 형님네 이종사촌인가 그렇잖아."

"그래요?"

"몰랐어? 마나님이 췌장인지 신장인지 하여튼 어디가 되게 안 좋아서 병원에 자주 들락거리게 생기니까 서울 사는 큰아들이 부모를 다 모셔갔어. 주인 영감이 형님네가 어렵게 사는 걸 알고 여기 들어와 살라고 했던 거지. 그래도 평생 모은 재산으로 지은 건물이라 다시 돌아오겠다고 웬만한 살림살이는 다 두고 가서 장롱이며 소파며 다 그대로 쓰고 있잖아."

"몸만 쏙 들어왔겠네요."

"웬걸, 바리바리 다 싸들고 와서는 방 하나에 다 처박아뒀지. 언제 또 이사 가야 될지 모른다면서."

가게 주인의 말이 다 믿기지는 않았다. 다른 사람한테 하는 거짓말을 가게 주인에게라고 하지 않았을 리 없었다. 노인은 정말 아흔 살일 수도 있었고 중국도 안 다녀본 데가 없을지도 몰랐다. 상관없는 일이었다. 다만 건물 주인에 관한 것은 사실일 거였다. 그렇다고 해도 여전히 달라지는 것은 없었다. 내가 노인과 무슨 임대차 계약서를 쓴 것도 아니고 돌려받아야 할 보증금이 있는 것도 아니었다. 당장 내일이라도 나가면 그만이었다. 이런 생각이 들자 내가 왜 이렇게 짜증을 내며 여기에 붙어 있나 싶었다.

거실에 들어섰을 때 가장 먼저 눈에 들어온 것은 보라색 꽃밭이었다. 그다음에 꽃밭 한가운데 앉아 있는 해맑은 노인이 보였다.

문소리에 노인이 뒤를 돌아보았다. 나를 보더니 환하게 웃었다. 그러고는 다리 사이에 끼고 앉아 있던 화분을 높이 쳐들어 내게 보여주었다. 화분은 그저 화분이었을 뿐 아무 식물도 담고 있지 않았다. 그게 내 화분이 아니었다면 보라색 꽃잎이 넘실거리는 가운데 기쁨에 넘치는 듯 웃고 있는 그의 환한 얼굴과 몹시 자연스러운 그의 동작 하나하나가 자칫 아름다워 보이기까지 했을 뻔했다. 그의 주변에 널려 있던 보라색 꽃다발, 그것은 꽃이 아니라 이파리였는데, 그러니까 사랑초 이파리였다. 아, 나는 차라리 그의 귀에 보라색 이파리를 하나 꽂아주고 그를 일으켜 세워 함께 미친 듯 춤이라도 추고 싶었지만 내 몸속의 유머 감각 세포라고는 죄 쪼그라들어 제 기능을 하지 못하게 생긴 터라 그러지 못했다. 다만 나는 그가 쳐들고 있는 화분을 받아들고 그것을 가만히 들여다보았다. 어쩌면 그렇게도 살뜰하게 다 똑똑 따버리셨는지 흙 속에 알뿌리 몇 개가 부러진 몽당연필 토막처럼 박혀 있을 뿐이었다. 줄기가 잘린 단면은 아직 물기가 있었다. 조금만 일찍 들어왔어도, 가게에서 맥주만 홀짝거리지 않았어도 막을 수 있는 일이었다. 그런데 일찍 못 들어왔고 시답지 않은 얘기를 들으며 맥주를 홀짝거렸다. 그러니 예정되었던 일이 일어난 것뿐인지도 몰랐다. 화분을 들여다보자 이상하게 마음이 차분히 가라앉았다. 시계도 멈췄고, 사랑초도 다 꺾여버렸고, 그래서 이제 해진과도 완전히 끝난 것 같은 기분이었다. 나는 화분을 그에게 돌려주었다. 그러자 그것이 처음부터 그의 것이었던 것만 같았다. 노인은 화분을 받아 들더니 보라색 이파리를 밟지 않으려고 조심조심 발을 디디면서 창가 쪽으로 가서 산세베리아와 행운목 사이에 그것을 가만히 내려놓았다.

"그 집구석에서 당장 나와."

자려고 누웠다가 도로 일어나 종민을 만나러 갔다. 고추장을 묻힌 멸치를 입에 넣고 우물거리며 종민이 한마디로 잘라 말했다.

"너랑 아무 상관도 없는 인간들 때문에 그게 무슨 꼴이냐? 그 노인네 한 번만 딱 봐도 미친 것 같던데."

"누구? 을?"

"아니, 갑!"

나는 말없이 소주를 들이켰다.

다음 날에도 나는 종민의 집에서 잤다. 퇴근 후 버스 정류장에 타야 할 버스가 왔을 때 왠지 발이 떨어지지 않았다. 혼자 있을 노인이 좀 걱정되긴 했지만 급한 일이 있다면 전화기 옆에 커다랗게 써놓은 영주슈퍼 전화번호로 도움을 청했을 거였다. 사실 종민의 말대로 나와 상관없는 사람이기도 했다.

사흘 만에 집에 들어서는데 고약한 냄새가 코를 찔렀다. 불이 모두 꺼져 있고 안방 문이 활짝 열려 있었다. 거실 불을 켜니 방에 노인이 누워 있는 것이 보였다. 안방 불을 켜자 그가 말없이 나를 올려다보았다. 냄새의 근원지는 물론 안방이었다. 옷가지가 마구 흩어져 있고 이불이 뒤죽박죽 뭉쳐 있었다. 가까이 다가가자 며칠 동안 대소변을 방 안에서 해결했는지 숨을 쉴 수가 없을 지경이었다.

"이게 다 뭐예요? 밥은 드셨어요? 약은요?"

그는 무심한 눈길로 나를 쳐다보기만 했다. 씻으러 가자고 해도 꼼짝을 안 했다. 일으켜 세워보려 했지만 다리에 어떤 힘도 남아 있지 않은지 질질 끌려오기만 했다. 간신히 앉힐 수 있을 뿐이었다. 구부정하게 앉아 바닥을 쳐다보는 그의 얼굴은 며칠 사이 반쪽이 되어 있었다. 틀니도 어디로 갔는지 볼이 움푹 우므러져 있었다. 눈빛만 형형해서 괴기스러워 보이기까지 했다. 갑자기 그의 눈에서 주르륵 눈물이 떨어졌다. 그러더니 힘없이 말했다.

"나쁜 사람."

그때 왜 내 눈에서 눈물이 왈칵 솟았는지 모르겠다. 죄책감 같은 것은 아니었다. 그저, 진창에 던져진 채 울고 있는 한 인간, 그리고 이 모든 인간사에 대한 슬픔 같은 거였는지도.

택시를 불러 그를 응급실로 데려간 것은 잘한 일이었다. 그는 밤새 이런저런 검사를 받고 수액을 맞으며 잠이 들었다. 플라스틱 의자를 갖다 놓고 침대에 엎드려 나도 잠깐 졸았다. 오전에 응급실까지 내려온 내과 전문의는 소듐 부족에 영양실조라고 했다. 어떻게 이렇게까지 굶겼냐는 힐난을 덧붙였다. 소듐 부족으로, 그러니까 나트륨 부족을 말하는 건데, 전해질 불균형이 와서 근육을 정상적으로 사용할 수 없게 된 거라고 했다. 잘 먹으면 낫지만 워낙 고령이라 완전한 회복을 장담할 순 없다고 했다.

다음 날 노인이 여행에서 돌아왔다. 한 번도 약을 챙겨주지 못했다고 나는 솔직히 고백했다. 사흘간 집을 비운 것도 숨길 수 없었다. 노인은 어떤 원망도 하지 않았다. 평소처럼 장난스러운 웃음을 짓지 않았을 뿐, 동요 없는 눈빛도 여전했다. 다만 이렇게 말했다.

"여기가 먹는 건 좀 낫겠군."

정말이지 해맑은 노인은 거짓말처럼 잘 먹고 있었다. 집에서는 그렇게 깨작거리기만 하더니 신기하게도 병원에서는 식판을 깨끗이 비웠다. 아들에게 밥수레 오는 시간만 기다린다는 핀잔을 들을 정도였다. 몸이 건강해져서인지 정신도 맑아졌다.

해맑은 노인이 퇴원하고 얼마 후 나는 그 집을 나왔다. 그는 짐이 빠져나가는 것을 소파 위에 올라앉아 말없이 지켜보았다. 짐이 모두 내려간 후 안녕히 계시라고 인사를 하고 돌아서는데 그가 나를 불렀다.

"얘야, 이거 갖고 가야지."

잘 걷지 못하게 된 그가 앉은 채로 가리킨 것은 사랑초 화분이었다. 놀랍게도 이파리가 새로 돋아 있었다. 전처럼 소담스럽지는 않았다. 그래도 아직 키가 작고 소소하나마 꽤 많은 줄기가 올라와 있었다. 심지어 꽃망울이 맺힌 꽃대도 두 개나 나와 있었다. 나는 화분을 들고 그를 쳐다보았다. 그가 해맑게 웃었다.

그날 이후 그들을 다시는 보지 못했다. 내게 아무 일도 일어나지 않았는데 내 인생의 한 시절이 마감되었다는 느낌이었다. 해진을 완전히 잊지는 못했지만 더 이상 잊으려고 애쓰지 않게 되었다는 게 그 시절의 수확이라면 수확이었다. 명품을 취급하는 곳을 찾아내 시계의 배터리도 갈았다. 시계의 초침은 아무 일도 없었다는 듯 또박또박 제 길을 갔다. 해진이 내게 준 시간이 완전히 멈춰버렸다는 식의 가짜 절망은 단돈 5천 원으로 수리되었다.

몇 달 후 사표를 내고 고향집으로 내려갔다. 작은누나의 갈빗집이 새 일터였다. 장모를 돌봐야 하는 부담감을 덜 수 있어서인지 매형은 흔쾌히 나를 받아주었다. 일주일에 한 번씩 식자재 창고와 냉장고를 정리하면서 유통기한이 지난 것들을 버릴 때면 문득 누군가의 미래도 끝났구나 하는 생각이 들곤 했다. 그건 누구의 미래였을까?

그때 그 집을 나온 것은 치매에 걸린 노인에게 밥을 차려주고 똥을 치워주는 것을 더 이상 하고 싶지 않았기 때문만은 아니었다. 나는 무서웠던 것 같다. 두 노인 사이에서 두 개의 노년을 사는 기분, 이상하게 겹으로 늙어버린 시간 속에 빠져서 허우적거리고 있는 것 같은 기분이었으니까. 나는 과거에 눌린 채 살고 싶지도 않았지만 언젠가 오게 될 미래를 마주하며 살고 싶지도 않았다. 그러나 고향집에도 역시 언젠가 오게 될 미래가 있었다. 어머니가 나를 낳아주었으니 어머니를 묻어줄 일이 나에게 남아 있었다. 물론 어머니는 아버지 옆에 심을 것이다.

그날 저녁
그는 어디로 갔을까

영환은 안절부절못하고 있었다. 그렇게 조심했는데 그것이 다시 오고 만 것이다. 목덜미가 뜨거워지더니 이젠 다리까지 후들거려서 발이 브레이크 페달과 가속 페달을 오가는 것조차 힘들었다. 땀이 쏟아지기 시작했다. 한바탕 땀을 쏟고 나자 몸을 움직일 때마다 시큼한 냄새가 코로 슬쩍슬쩍 스며들었다. 어젯밤 마신 술 냄새도 완전히 가시지 않았다. 이렇게 그렇게 정신없는 와중에도 내리는 승객에게 문을 열어주고 타는 승객의 요금을 확인하고 거스름돈 버튼을 눌러주고 정류장 안내 방송 버튼을 누르는지 그 자신도 알 수 없었다. 그것은 모두 몸에 밴 습관의 힘이었다. 어떻게 해야겠다는 생각보다 몸이 알아서 먼저 간다. 지나온 시간이 고스란히 몸에 남아 있었다.

아랫배가 사르르 아파오기 시작한 것은 밤사이 차고지 근처에 노상 주차돼 있던 버스를 차고지로 올릴 때부터였다. 장염이 또 시작되는가 싶어 은근히 걱정이 되었다. 사실 버스를 시작할 때 가장 염려했던 것이 그것이었다. 어려서부터 장이 약해 여름만 되면 장염에 시달렸다. 한번 설사가 시작되면 열흘 이상 지속되곤 했다. 택시를 할 때만 해도 그리 문제될 것은 없었다. 급하면 아무 건물 앞에나 차를 세워두고 일을 보면 되었다. 처음에는 화장실 문이 잠겨 있어 낭패를 보기도 했다. 그러나 얼마 지나지 않아 어떤 건물들이 화장실 문을 열어두는지 알게 되었다. 술집이나 노래방, 오락실 등이 있는 건물이라면 틀림없다. 노는 자들에겐 화장실이 언제나 열려 있다. 그래도 역시 가장 좋은 것은 주유소 화장실이다. 그러나 택시를 계속할 수는 없었다. 사납금을 채우는 것만도 버거웠다. 매달 수입이 일정하지 않다는 것도 문제였다. 그래도 혼자일 때는 이러구러 살 수 있었지만 결혼생활은 무엇보다 계획적이어야 한다는 것이 아내의 지론이었다. 그가 보기에도 그 생각은 크게 틀리지 않았다. 그래서 아이가 생길 무렵 버스를 시작했다.

아무리 자주 겪어도 익숙해지지 않는 것들이 있다. 일단 화장실에 가는 것밖에는 달리 방도가 없었다. 배에서 자꾸 꾸르륵거렸다. 이것은 곧 나온다는 신호라는 것을 그는 알고 있었다. 영환은 운전석 윗거울로 버스 안을 살펴보았다. 네 명의 승객이 있었다. 출근시간이 끝난 지 한참 되기도 했고 회차지점이 가까워오기 때문에 승객이 적었다. 저 사람들이 다 내리면 어디 상가 앞에라도 버스를 대놓고 화장실에 다녀올까 생각하다가 이내 그 생각을 그만두었다. 그들이 뒷문으로 내리는 동안 앞문으로 다른 사람들이 탈 것이기 때문이었다. 그러나 아파트 단지와 주택가, 몇 채의 빌딩들, 규모가 작은 전문대학이 있는 회차지점을 한 블록 돌아서 다시 종점까지 가려면 1시간 반은 족히 걸릴 터였다.

회사 동료들은 대개 회차지점에서 화장실을 이용하곤 했다. 앞차와의 간격이 벌어져서 종점에 들어가도 화장실에 들를 사이 없이 바로 나와야 할 때나, 길이 막혀 여느 때보다 운행 시간이 길어질 때면 어쩔 수 없이 그래야 했다. 회차지점 부근의 상가 건물이나 사무실 등이 들어 있는 조그만 빌딩들의 화장실을 주로 이용했다. 영환은 될 수 있으면 그러지 않으려고 했다. 길이 너무 많이 막히면 할 수 없지만 앞차와의 간격이 벌어지는 일이 없도록 신호도 슬쩍슬쩍 위반하고 내릴 승객이 없으면 정류장 앞을 그대로 통과하기도 했다. 물론 영환만 그런 것은 아니었다. 회사에서 버스 두세 대만 더 들여오고 기사 몇 사람만 더 쓰면 모두가 조금 더 여유로워질 테지만, 회사에서 그럴 리가 없었다. 사실 그런다고 해도 배차 간격이 3분이니 더 생기는 시간이라야 10분도 채 되지 않을 것이다. 그러나 10분이면 밥을 다 먹고도 담배 한 대까지 피워 물 수 있는 시간이었다. 처음 버스를 시작할 때는 그런 방법이 있다는 것도 몰랐다. 차고지에 들어갈 때까지 참는 수밖에 없었다. 그에게 기사들이 자주 가는 화장실을 알려준 것은 그보다 일 년 일찍 버스를 시작한 동갑내기 동규였다.

이제 더는 참을 수 없을 것 같았다. 사태가 심각해지기 전에 손을 쓸 도리밖에 없었다. 다음 정류장을 지나면 대로로 나가 다시 종점으로 향해야 했다. 영환은 정류장에 정차하면서 버스를 인도 쪽으로 바짝 붙여 세웠다. 운전석에서 일어서며 승객들에게, 잠깐만 기다려주세요, 라고 말했다. 그 정도로만 말해도 자기가 화장실에 간다는 것을 그들이 다 알 것이라고 바쁜 와중에도 그는 생각했다. 금방이라도 무언가 아래로 쏟아져 내릴 것만 같아 뛸 수도 없었다. 괄약근의 힘을 풀지 않으면서 마음만 급히 달리고 있었다. 하나슈퍼와 광양철물점이라는 간판 사이에 건물 입구가 있었다. 건물 안으로 들어서는 영환의 손은 이미 바지춤으로 가 있었다.

그 건물은 처음 들어가보는 곳이었다. 그렇게 작은 건물의 화장실은 층계참에 있기 마련이다. 영환은 계단을 오르면서 눈앞에 화장실 문이 나타나자 그렇게 반가울 수가 없었다. 철제 문은 잠겨 있었다. 동그란 손잡이가 돌아가지 않는 것을 확인하자마자 그는 몸을 돌려 다시 계단을 올라갔다. 2층을 지나 위쪽을 보니 그를 기다리고 있었다는 듯 화장실 문이 열려 있었다. 영환은 화장실로 뛰어들어가 문을 닫았다. 문을 닫으니 어둠이 따라 들어왔다. 급한 나머지 불을 켜는 것을 잊은 것이다. 그는 문을 열고 바깥에 붙어 있는 스위치를 누르고 다시 문을 닫았다. 오른쪽 벽에 작은 세면대가 달려 있고, 하얀 좌변기와 휴지통이 전부인 좁은 화장실이었다. 벽에 휴지가 걸려 있는 것이 천만다행이었다. 변기에 앉자마자 기다리고 있던 것들이 달려나왔다. 냄새가 지독했지만 영환은 숨을 깊이 들이마셨다 내뱉었다. 이제야 살 것 같다는 말은 꼭 이럴 때 쓰는 말인 것 같았다. 그제야 영환은 변기를 닦지도 않고 앉은 것을 후회했다. 아무나 앉는 변기에 아무렇게나 엉덩이를 내밀었다는 것이 영 께름칙했다. 그는 밖에 기다리고 있을 승객들이 생각나 얼른 일어섰다. 몸을 돌려 물을 내리고 세면대에서 손도 씻었다.

몸이 가벼워지니 마음도 가벼워졌다. 기분이 상쾌해진 영환은 화장실을 나와 문을 닫았다. 한 계단 아래로 내려서던 그는 갑자기 몸을 돌려 화장실 쪽을 쳐다보았다. 무언가 자기를 바라보고 있다는 느낌 때문이었다. 화장실 문에 흰 종이가 붙어 있었다. 그는 그쪽으로 다가가 그것을 자세히 들여다보았다. 단정한 글씨체였다.

물을 내리지 마시오
물은 모든 것을 다 쓸어가버립니다

영환은 피식 웃고 말았다. 아까는 문이 열려 있어서 보지 못했던 것이다. 그러나 설령 미리 보았다고 해도 그런 실없는 말에 귀 기울일 사람이 아니었다. 웬 객쩍은 놈이 장난쳤나 보다고 생각하며 그는 다시 계단을 내려왔다.

건물 밖으로 나온 영환은 그 자리에 멈칫 서버렸다. 버스가 없었다. 시동이 걸린 채 서 있어야 할 버스가 어디론가 사라져버린 것이다. 영환은 자기의 눈을 의심했다. 혹시 핸드 브레이크를 채우지 않아 차가 앞쪽으로 밀려갔나 싶어 몇 십 미터 떨어진 곳까지 쳐다보아도 버스는 없었다. 사방을 아무리 둘러보아도 버스는 보이지 않았다. 영환은 다시 목덜미로부터 열이 치올라오는 것을 느꼈다. 조금 전의 것과는 다른 종류였다. 그것은 화장실에 가서 쏟아버리면 해결되는 성질의 것이 아니었다.

거리는 조금 전과 다름없었다. 출근시간이 지난 평일 오전의 도로에는 차들도 많지 않았다. 공기는 여전히 맑고 차가웠고, 하늘도 구름 한 점 없이 파랬다. 이따금 씽씽 달리는 자동차가 있었지만 그것은 누군가 정지된 화면 위에 북북 가로줄을 그으며 장난을 치고 있는 것처럼 비현실적으로 보였다. 그 순간 영환은 자기가 지금까지 살던 곳과는 다른 세상에 던져진 것 같은 기분이었다. 건너편

하늘에 멍하니 시선을 고정하고 있던 그는 문득 다시 현실로 되돌아와 중얼거렸다. 이러고 있을 때가 아니다.

영환은 근처를 둘러보았다. 버스 정류장에서 조금 떨어진 곳에 공중전화 부스가 있었다. 휴대전화는 버스에 두고 내린 손가방 안에 있었다. 그는 그쪽으로 걸어가면서도 회사 버스가 오는지 자꾸 뒤를 돌아보았다. 두 대는 카드 전화기였고 한 대는 동전 전화기였다. 바지 주머니에 다행히 동전이 몇 개 있었다. 송수화기를 들고 동전을 넣자 그대로 떨어지는 소리가 들렸다. 동전을 꺼내 다시 넣어보았지만 마찬가지였다. 몇 번 더 동전을 넣어보다가 포기하고 공중전화 부스를 나왔다. 주위를 둘러보니 그가 들어갔던 건물 1층 가게 문 옆에 달려 있는 조그만 공중전화가 눈에 들어왔다. 가까이 가보니 전화기 번호판 위에 또박또박 쓴 글씨체로 '고장났슴'이라고 쓰인 쪽지가 붙어 있었다.

사실 회사에 전화를 건다고 해도 무슨 말을 해야 할지 난감한 터였다. 버스가 사라져버렸다고 하면 회사에서 믿어주기나 하겠는가. 또 아무리 급했다고는 해도 버스를 길가에 세워 놓았었다는 말을 어떻게 한단 말인가. 해고당하는 것이 문제가 아니었다. 회사에 입히게 될 경제적 손실이 결국엔 고스란히 자기 몫으로 돌아올 게 뻔했다. 거기에까지 생각이 미치자 영환은 덜컥 두려워졌다. 그것은 자기가 감당할 수 있는 것이 아니었다.

영환은 갑자기 자신을 온통 사로잡은 두려움을 떨쳐버리려는 듯 고개를 저으며 버스가 오는지를 살펴보았다. 그제야 영환은 아직까지 회사 버스가 한 대도 지나가지 않았다는 것을 깨달았다. 화장실에 다녀온 것이 5분 정도였는데, 그러면 그동안 뒤차가 적어도 한 대는 지나갔을 거였다. 평소에는 그런 일이 별로 없었다. 웬만한 일이 아니면 앞차를 넘어가지 않는 것이 기사들 사이의 불문율이다. 그러나 오늘 같은 경우라면 영환의 차 뒤에서 잠시 기다리다가 한참 동안 나오지 않아서 그냥 넘어갔을 것이다. 그러면 이제 37호나 29호가 올 차례였다. 그런데 아무리 기다려도 회사 차는 오지 않았다. 다른 노선의 버스들만 지나가고 있었다.

언제 올지도 모르는 버스를 마냥 기다리고 있을 수만은 없었다. 얼른 회사에 가는 게 우선이었다. 마침 버스 정류장을 몇 미터 지나 택시 한 대가 섰다. 아기를 업은 여자가 내리더니 뒷좌석에서 커다란 가방을 내리고 뒷문을 열어 놓은 채 잔돈을 기다리고 있었다. 그는 여자가 잔돈을 받는 것과 동시에 열려 있는 뒷문으로 몸을 밀어 넣었다. 행선지를 묻는 룸미러 속의 기사는 지긋한 나이였다.

영환은 처음부터 다시 생각해보았다. 그러나 아무리 생각해봐도 마찬가지였다. 믿을 수가 없었다. 이런 일이 생기리라고는 생각해본 적도 없었다. 길가에 세워 놓은 버스를 훔쳐 가리라고, 그것도 버젓이 회사 이름과 노선 번호가 적힌 차를 끌고 가리라고 누가 상상이나 할 수 있겠는가. 세상에, 버스를 잃어버리다니, 세상에서 잃어버릴 수 있는 것 중 아마 가장 큰 것일 터였다. 영환에게서 끙, 하는 탄식이 흘렀다. 왜 하필 내 버스인가. 거기에 버스를 대놓고 일을 보는 사람이 얼마나 많은데 왜 나란 말인가. 영환은 억울했다. 욕심부리지 않고 아내와 아이와 함께 큰 탈 없이 사는 것에 만족하며 살아왔다. 더 많은 것을 바라지도 않았다. 딱 이만큼만, 정말이지 딱 지금처럼만 살면 족하다고 생각해왔다. 정직하고 성실하게 살려고 애써온 자기에게 왜 이런 일이 닥쳤는지 누군가에게 따지고 싶었다.

어제는 택시를 할 때 같은 회사에 다녔던 명수와 술을 마셨다. 그는 회사를 옮겨 아직도 택시를 하고 있었다. 그는 개인택시를 하는 것이 꿈이었다. 물론 그는 자격이 있었다. 영업용 자동차 3년 무사고 경력이면 개인택시를 할 수 있는 자격이 주어진다. 그러나 자격이 있다고 다 할 수 있는 건 아니다. 개인택시의 수는 한정되어 있고 하려고 하는 사람은 많으니 차례를 기다려야 한다. 얼마를 기다려야 하는지 알 수 없다. 누구는 몇 년이라고도 하고 누구는 십 년도 넘게 기다려야 한다고도 한다. 그래서 당장 시작하려면 차 값 말고도 그만두는 사람한테서 소위 말하는 쯩을 사야 한다. 거기에 드는 돈이 보통 중형승용차 값의 두세 배는 훌쩍 넘는다. 명수는 돈이 조금 모이면 결혼 자금으로 없어지고 또 조금 모이면 월세에서 전세로 옮기는 데에 다 들어가 돈이 모일 새가 없다고 투덜거렸다.

"명수 씨도 버스를 한번 해보지그래?"

"내가? 난 안 돼."

"왜?"

"난 운전하다가 자꾸 졸아. 택시는 손님하고 얘기를 해도 되고, 정 힘들면 길가에 세워 놓고 잠깐씩 눈을 붙일 수라도 있지. 버스는 그게 안 되잖아."

사소한 것들이 발목을 잡는다. 차라리 어떤 큰 불행이 닥친다면 오히려 의연해질 수 있을 텐데, 늘 사소한 것들이 문제다. 그래서 생이 더욱 좀스러워지고 잡스러워진다. 영환은 그것이 견딜 수 없었다. 그런 생각들 때문이었을까, 아니면 하루쯤은 괜찮을 거라고 방심했기 때문일까. 오랜만에 취하도록 마셨다. 그것이 화근이었다.

회사 근처에 가까이 왔는지 택시 기사가 좀 더 정확한 방향을 물어왔다.

"다음 신호등에서 좌회전 신호를 받으면 돼요."

잠시 후 1차선으로 접어들던 택시 기사가 말했다.

"여긴 좌회전 신호가 없는데요."

"네? 그럴 리가요."

영환은 앞좌석 사이로 고개를 쭉 빼고 앞창을 통해 밖을 내다보았다. 멀리 보이는 신호등은 세 개의 둥그런 등만을 가지고 있었다. 중앙선이 끊어져 있지도 않았다. 그럴 리가 없었다. 아침에만 해도 거기에서 좌회전 신호를 받고 길 건너 회사 차고지로 들어갔었다. 그곳은 교차로는 아니었지만, 매일 백 대가 넘는 버스가 드나드는 버스 회사가 있기 때문에 따로 좌회전 신호를 주고 있었다. 그런데 그것이 없어져버렸다. 택시는 조금 더 가 유턴을 해서 회사 차고지로 올라가는 길에 영환을 내려주었다.

택시에서 내린 영환은 실체를 알 수 없는 어떤 것이 자신의 삶을 뿌리부터 흔들고 있는 것은 아닌지 불안감에 사로잡히기 시작했다. 그것은 버스를 잃어버렸을 때의 당혹감과는 다른 것이었다. 발걸음을 재촉해 회사 쪽으로 걸어가면서 그는 고개를 갸웃거렸다. 여느 때 같으면 이삼 분에 한 대꼴로 두 개 노선의 버스가 계속해서 차고지에서 나올 터였다. 그런데 택시를 타고 오는 동안 회사 버스는 단 한 대도 보지 못했던 것이다.

푸른색 타일로 외벽이 마감된 회사 건물을 보자 그는 자기도 모르게 안도의 한숨을 내쉬었다. 거기에는 요금계와 조합사무실, 식당이 있었다. 막차 순번들이 점심을 먹고 있을 시간이었다. 건물에 가려 보이지는 않지만 그 뒤쪽으로 배차실 건물이 있다. 배차실

홍 씨가 창구에 앉아 있을 거였다. 그들을 떠올리자 버스를 잃어버렸다는 사실이 새삼 뼈저리게 다가왔다.

영환은 서둘러 회사 입구로 들어섰다. 입구에 선 그는 한 발자국도 앞으로 더 나아가지 못했다. 차고지에는 버스가 한 대도 없었다. 길이 막히는 시간도 아니었다. 평소라면 몇 대의 버스는 차고지에 있게 마련이었다. 그런데 그건 문제도 아니었다. 가장 먼저 눈에 띈 것은 차고지 안쪽에 있던 간이 정비소가 없어진 것이었다. 대신 그 자리에 잡풀이 수북했다. 아침까지만 해도 동규의 버스가 앞문에 문제가 생겨 정비소에 들어가 있었다. 그뿐만 아니라, 배차실 앞이나 흙마당에서 서성이며 담배를 피우고 잡담을 하는 기사들도 없었다. 모든 것이 평소와 달랐다. 원래 그 자리에 있어야 할 것들이 모두 없었다.

건물 안으로 들어가보려 했지만 문이 굳게 잠겨 있었다. 창문을 통해 안을 들여다보았다. 오래 닦지 않은 창은 뿌옇기만 했다. 한참 들여다보자 차츰 사무실 집기들의 흐릿한 윤곽이 드러났다. 자세히 보니 책상이며 의자들이 전부 뒤집힌 채 나동그라져 있었다. 사나운 무언가가 한바탕 휩쓸고 지나간 것 같았다. 폐허처럼 보였다. 어제까지만 해도 저 책상에 상고를 갓 졸업한 어린 송 양이 중고생 회수권을 전화번호부에 붙이며 앉아 있었다. 언제나 풀이 시커멓게 말라붙어 있던 그녀의 손이 생생하게 떠올랐다. 그런데 어디로 사라졌는지 그녀도 없었다.

영환은 창문에서 얼굴을 뗐다. 배차실 쪽으로 고개를 돌렸지만 그쪽으로 가볼 엄두가 나지 않았다. 인기척이 없는 것으로 보아 거기도 이미 폐허일 것 같았다. 문이 있었나 싶게 늘 열려 있던 배차실 문이 닫혀 있는 것만 보아도 알 수 있었다.

배차실 앞을 그대로 지나쳐 회사 밖으로 나왔다. 회사 안에 매점이 따로 없어 자주 드나들던 가게에 가볼 생각이었다. 칠순의 노부부가 간판도 없이 그저 기사들을 상대로 장사를 하던 가게였다. 닫혀 있는 미닫이 유리문 너머로 할머니의 모습이 보였다. 가게에 딸린 쪽방에 걸터앉아 방 안에 있는 텔레비전을 보고 있었다. 영환은 처음으로 아는 사람을 발견한 것이 그렇게 반가울 수가 없었다. 그는 문을 열려고 미닫이문 아래쪽을 살짝 들어 문을 밀었다. 아귀가 잘 맞지 않는 낡은 문을 열려면 그렇게 해야 한다는 것을 기사들은 다 알고 있었다. 그러나 문은 밀리지 않았다. 분명히 잠긴 것은 아니었다. 그런데도 마치 문 두 짝이 서로 이를 꽉 맞물고 있는 것처럼 조그만 틈도 생기지 않았다. 그가 안간힘을 쓰니 문이 덜컹거렸다. 아무 소리도 들리지 않는지 할머니는 이쪽을 아예 쳐다보지도 않았다. 그는 유리문을 두드렸다. 창, 창, 창, 유리문을 두드리는 소리가 요란한데도 할머니는 그걸 못 듣는 모양이었다. 그는 방안의 텔레비전 소리가 너무 큰가 보다고 생각했다. 그때 갑자기 할머니가 고개를 돌려 얼핏 이쪽을 쳐다보았다. 그러나 그뿐이었다. 마치 영환이 보이지 않는 것처럼, 뭐라고 혼잣말을 하는지 입을 우물거리며 밖을 흘끗 내다보고는 다시 고개를 돌렸다. 영환은 자신을 구해줄 유일한 밧줄에 손이 닿을락 말락 했다가 아슬아슬하게 그것을 놓쳐버린 기분이었다. 어쩌면 자신과 할머니 사이에 있는 것은 단순히 미닫이 유리문이 아닌지도 모르겠다는 생각이 퍼뜩 들었다. 유리문 안쪽은 딴 세상인가, 아니면 이쪽이 딴 세상인가.

영환은 다시 회사 마당으로 돌아왔다. 회사 안은 여전히 지독한 정적뿐이었다. 요금실과 조합사무실, 식당 등이 있던 건물과 배차실 건물, 집이 먼 기사들을 위한 숙소 건물 등을 천천히 둘러보던 영환은 갑자기 소스라치게 놀랐다. 정비소가 있던 자리, 지금은 풀이 수북하게 자라 있는 그쪽으로 얼핏 사람의 모습이 보이는 것 같았다. 자세히 보니 그쪽이 유난히 환해 보였다. 불과 이십여 미터 떨어져 있는 그곳에 사람의 윤곽이 흐릿하게 흔들리고 있었다. 평소라면 선명하게 보였을 거리였는데, 빛이 환하게 쏟아져서 그런지 눈이 부셔서 자세히 보려고 하면 할수록 그 형체 위에 생긴 초록색 점이 점점 커졌다. 그 커다란 초록색 형태가 정비소 옆 숙소 건물 쪽으로 가더니 벽에 기대앉았다.

눈이 차츰 적응되자 그 형체가 모습을 드러냈다. 그 사내는 바로 영환 자신이었다. 영환은 허깨비를 보는 것은 아닌지 자꾸 눈을 감았다 뜨며 다시 보려고 애썼다. 그러면 그럴수록 사내의 형체는 점점 까맣게 지워지는 것 같았다. 이제는 눈도 따가웠다. 영환은 갑자기 왈칵 눈물이 났다. 그것은 정말 영환 자신이었다.

영환은 오후반 근무를 위해 출근해서 배차시간까지 시간이 많이 남아 있을 때면 거기에 앉아 햇볕을 쬐곤 했다. 현장 배차였기 때문에 오후 근무일 때는 배차시간을 미리 알 수 없었다. 그래서 일찌감치 나오는 날이 많았고, 길이라도 많이 막히는 날이면 배차시간까지 오래 기다려야 했다. 다른 기사들은 배차실에 모여 잡담을 하곤 했다. 일 끝나고 술을 마시자든지, 어제 누가 막차를 했으며 누가 사고를 냈다든지, 이승규 씨가 또 대포를 놓았다든지, 그가 그렇게 자꾸 무단결근을 하다가 결국은 기사들 사이에서 똥차로 불리는 09호로 좌천당했다든지, 뭐 그런 얘기들이었다. 영환은 그런 시시콜콜한 잡담보다는 그냥 따뜻한 담벼락에 기대앉아 있는 게 좋았다. 그렇게 앉아 담배를 피우고 있으면 도시락도 없이 학교에 다니던 어린 시절이 생각나곤 했다.

아버지가 살아 계실 때만 해도 그 정도는 아니었다. 아버지가 간암으로 돌아가신 후 어머니가 시장에 좌판을 벌이긴 했지만 하루 세 끼를 먹는 일조차 힘들어졌다. 암 말기에 발견했기 때문에 아버지는 이렇다 할 치료 한번 제대로 못 받고 돌아가셨다. 남아 있는 사람들에게는 그것마저 다행이라면 다행이었다. 그 후로 자주

도시락을 싸지 못했다. 그런 날이면 슬그머니 교실에서 나와 운동장 한편에 있는 수돗가에 가서 수도꼭지를 물고 실컷 물을 마신 다음, 아이들이 잘 다니지 않는 강당 뒤쪽으로 가서 볕이 따뜻한 곳에 앉아 있곤 했다. 거기까지 걸어가는 동안 몸속에서 물이 출렁거리는 것이 느껴졌다.

벽에 비스듬히 기대앉아 있는 그의 몸 전체로 따뜻한 햇볕이 골고루 쏟아졌다. 눈을 감고 오래 앉아 있으면 따사로운 햇살이 그의 갈비뼈 사이사이로 스며들어 몸 안에 가득한 물기를 말려주는 것 같았다. 아무것도 알지 못하는 햇살이, 그저 거기 앉아 있는, 물배를 채운 허기진 아이의 허파 가득 따뜻한 바람을 넣어주었다. 햇볕을 쬐는 버릇은 그때 생긴 것이다. 허우대에 어울리지 않게 해바라기라는 별명이 붙은 것도 그 때문이었다. 배차표를 받아야 할 때까지 영환이 그러고 있으면 다른 기사들이 소리쳐주곤 했다. 어이, 해바라기, 이제 나가야지.

영환이 찔끔 고인 눈물을 손등으로 쓱 훔치고 다시 그쪽을 쳐다보았을 때 이미 그 형체는 사라지고 없었다. 그는 자신의 모습이 거기 나타났다는 것도 믿을 수 없었지만 그렇게 순식간에 사라진 것도 믿기지 않았다. 영환은 그쪽으로 천천히 발걸음을 옮겼다. 허방을 디디는 기분이었다. 햇빛 속을 허청허청 걷고 있는 것이 자기 자신인지조차 알 수 없을 지경이었다. 방금 전에 자신이 기대어 있던 숙소 건물의 붉은 벽돌담을 만져보았다. 햇볕에 달구어진 벽돌은 따끈따끈했다. 영환은 다시 사방을 둘러보았다. 여전히 적막으로 가득했다.

영환은 회사를 천천히 빠져나오면서 자기가 무슨 최면에 걸린 것은 아닐까 생각했다. 최면에 걸리지 않고서야 이렇게 이상한 일을 겪을 수 있을까. 이것이 꿈이라면, 빨리 깼으면 좋겠다고 생각했다. 가끔 나쁜 꿈에서 깨어나서 꿈이었으니 다행이라고 말할 때처럼, 그저 이 모든 것이 꿈이었으면 좋겠다고 생각했다. 그는 어서 집으로 돌아가고 싶었다. 돌아갈 곳이 집밖에 더 있겠는가. 빨리 집으로 돌아가 아내에게 이 이상한 일을 얘기하고 나면 모든 최면이 풀리지 않을까, 이 무서운 꿈에서 깨어나지 않을까.

집은 회사에서 택시로 5분 거리에 있었다. 오전반일 때는 새벽에 출근해야 했고 오후반일 때는 자정이 넘어 일이 끝나곤 했기 때문에 동료들도 대부분 회사 가까이에서 살았다. 영환이 엘리베이터도 없는 5층짜리 주공아파트에 전세를 얻어 들어간 것은 일 년 전이었다. 504호, 꼭대기 층이라 전세가가 싼 편이었다. 그와 아내는 미처 생각하지도 못했는데, 부동산 중개인이 먼저 너스레를 떨었다. 사람들이 죽을 사死 자를 싫어해서 아파트에 4호가 없는 경우가 있지만 그게 다 미신이라는 거였다. 집을 계약하고 돌아가는 길에 아내는 좀 께름칙하다고 하면서도 404호보다는 낫지 않냐면서 웃었다. 그때 그들에겐 그런 것쯤 문제도 아니었다. 매달 집세가 나가지 않는 것만으로도 좋았다. 전세로 옮기면서 아내는 이제 돈을 좀 모을 수 있을 거라면서 좋아했다.

택시가 112동 앞에서 멈췄다. 차에서 내린 영환은 습관적으로 자기 집을 올려다보았다. 그리고 단숨에 5층까지 걸어 올라갔다. 숨을 몰아쉬면서 초인종을 눌렀다. 아무런 대꾸도 없었다. 아내가 아이와 같이 잠들었나 보다고 생각하면서 점퍼 주머니에서 열쇠를 꺼내 열쇠 구멍에 넣고 돌렸다. 열쇠는 돌아가지 않았다. 뺐다가 다시 넣어보았지만 마찬가지였다. 영환은 문에서 한 발짝 물러나 문을 쳐다보았다. 그는 다시 한 번 놀랐다. 거기에는 505라고 씌어 있었다. 분명히 계단을 올라와서 오른쪽에 있는 집이 자기 집이었다. 문에 씌어 있는 호수를 자세히 본 것은 이사 오고 며칠뿐이었다. 누가 매일 자기 집 문의 호수를 확인하고 들어가겠는가. 영환은 뒤를 돌아보았다. 신혼부부가 사는 앞집에는 여전히 503이라고 씌어 있었다. 503호의 초인종을 눌러보았다. 맞벌이 부부가 대낮에 집에 있을 리 없었다. 그는 505호 문에 귀를 대보았다. 아무 기척도 없었다. 문을 두드리며 아이의 이름을 불러보았지만 마찬가지였다. 영환은 계단에 털썩 주저앉았다.

그는 맥이 탁 풀렸다. 이게 다 뭔가. 이게 다 뭐란 말인가. 그때 문득 화장실 문에 붙어 있던 것이 떠올랐다. 정말 그것 때문일까?

도저히 믿을 수 없는 이 모든 일들이 겨우 그 종이 쪼가리 한 장 때문이란 말인가? 물을 내리지 마시오. 물은 모든 것을 다 쓸어가버립니다. 마치 세월처럼. 단 한 번 보았을 뿐인 그 문장이 신기하게도 고스란히 기억에 남아 있었다. 이건 도무지 이해할 수 없는 일이었다. 영환은 화장실의 물을 흘려보냈을 뿐이었다. 그런데 순식간에 모든 게 사라지다니.

그때 누군가 계단을 올라오는 소리가 들렸다. 얼른 몸을 일으켜 계단 사이로 난 틈을 통해 아래를 내려다보았다. 발소리가 3층에서 멈췄다. 그리고 문이 한 번 열렸다 닫히는 소리가 났다. 영환은 다시 힘이 쭉 빠졌다. 그는 천천히 계단을 내려오면서 문마다 호수를 살펴보았다. 403, 405, 303, 305, 203, 205, 103, 105. 밖으로 나와 아파트 현관을 돌아다보니 112라는 숫자를 사이에 두고 3과 5가 씌어 있었다. 뒤로 몇 발자국 물러서서 보니 왼쪽 라인에는 1과 2, 오른쪽 라인에는 6과 7이 씌어 있었다. 더 볼 것도 없었다. 4호 라인은 모두 사라진 것이다.

영환은 터벅터벅 아파트 단지를 걸어 나왔다. 한낮의 아파트 단지는 평화로워 보였다. 놀이터에는 아이들이 놀고 있었고 나무 그늘 아래 벤치에는 할머니 두 사람이 앉아 있었다. 그에게는 아무 생각도 없었다. 어떻게 이런 일이 있을 수 있을까, 라거나 대체 앞으로 어떻게 해야 하는가, 라는 생각도 들지 않았다. 그저 허깨비처럼 걷고 있을 뿐이었다.

아파트 입구에 이르자 공중전화 부스가 눈에 들어왔다. 거기로 들어가 자기 휴대전화 번호를 눌러보았다. 결번이라는 안내가 나왔다. 버스가 사라졌는데 버스에 두고 내린 휴대전화가 온전할 리 없었다. 전화번호가 기억나는 몇몇 사람들에게도 전화를 걸어보았다. 아무도 전화를 받지 않았다. 그럴 줄을 이미 알고 있었다는 듯 그는 이제 더 이상 낙담도 하지 않고 공중전화 부스를 나왔다.

그가 아는 사람, 그를 아는 사람과는 아무하고도 만날 수 없었다. 그를 모르는 사람들에게 내가 김영환이라고 소리쳐봐야 그래서 어쨌다는 거냐는 대꾸만 돌아올 터였다. 그들에게 영환은 아무 의미도 없는 존재였다. 그제야 영환은 한 번도 생각해본 적 없는 사실을 깨달았다. 자기를 증명해주는 것은 자기 자신이 아니라 아내였고 아이였으며, 직장 동료들이었던 것이다. 어느 날 문득 자기가 몰던 버스가 사라지자 모든 것이 사라졌다. 모든 것이 사라지자 자기를 증명해줄 게 아무것도 남지 않았다. 그가 분실한 것은 버스만이 아니었다. 그는 직장을 잃어버렸고, 집을 잃어버렸고, 아내와 아이마저 잃었다. 그것은 모든 것을 잃어버렸다는 것을 의미했다. 영환은 생각했다. 어쩌면 내가 분실당한 것은 아닐까. 이 세상에서 내가 사라져버린 것은 아닐까. 그럼 여긴 어딘가.

찻길에 나왔으나 어디로 가야 할지 알 수가 없었다. 버스 정류장

벤치에 앉아 휙휙 지나가는 차들을 물끄러미 바라보던 영환에게 불현듯 아까 그 화장실이 떠올랐다. 그는 벌떡 일어나 손을 흔들어 택시를 세웠다. 택시를 타고 가는 동안 내내 그는 앞만 노려보고 있었다.

그 건물 앞에는 비상등을 켠 버스 한 대가 서 있었다. 택시는 버스 뒤에 영환을 내려주었다. 영환은 버스 안팎을 죽 살펴보았다. 다른 노선의 버스였다. 승객 몇 명이 앉아 있고 기사는 없었다. 영환은 건물 안으로 뛰어 들어갔다. 화장실에 도착했을 때 물 내리는 소리와 함께 한 사내가 문을 열고 나왔다.

"물 내렸어요?"

사내가 아무 대꾸도 없이 영환을 이상한 사람 보듯 쳐다보았다. 영환은 열린 화장실 문을 다급히 닫았다. 문에는 예의 그 종이 쪽지가 아직도 붙어 있었다.

아차, 버스! 그제야 영환은 버스가 어떻게 되는지, 어디로 사라지는지를 지키고 서서 보았어야 했다는 데에 생각이 미쳤다. 영환을 흘금거리며 내려가던 사내를 지나쳐 후다닥 아래로 내려와보니, 역시 버스는 없었다. 영환은 뒤돌아보았다. 사내의 놀란 눈이 영환의 눈에 들어왔다.

영환은 축 늘어진 두 팔에 매달려 있는 손을 들어 손바닥을 들여다보았다. 손을 뒤집어 손등을 보았다. 그것은 분명 자신의 손이었다. 그럼 이건 뭔가. 이건 뭐란 말인가. 영환은 두 손을 얼굴로 가져가 마른세수를 했다. 그리고 아무 일도 없었다는 듯 서 있는 건물을 다시 쳐다보았다.

영환은 그렇게 오래도록 멍하니 서 있었다. 마치 환영幻影처럼.

성 가 족

장지葬地에서 돌아온 후 인주가 가장 먼저 하고 싶은 일은 따로 있었다. 그러나 틀림없이 가슴이 벅찰 그 순간을 그녀는 뒤로 미루었다. 대신, 술에 취해 집에 들어서자마자 소파에 쓰러져버린 남편의 양말을 벗겼다. 막내부터 씻겨 재웠고, 씻고 나와 그대로 침대에 누운 큰아이를 일으켜 밥을 먹였고, 텔레비전 앞에 퍼져 있는 작은아이를 욕실로 몰았다. 도립병원 장례식장에 딸린 유가족 대기실에서 잠깐씩 쪽잠을 잤을 뿐인데 그녀는 피곤한 줄도 몰랐다. 이상하게 머릿속이 점점 맑아지고 있었다. 맑아지고 맑아지다, 반짝이며 빛을 내다, 어느 순간 쨍, 하고 깨져버릴 것처럼, 머릿속에서 뭔가가 정점에 다다르고 있었다.

14년 만의 일이었다. 그게 14년일 줄 알았다면 견디기가 한결 수월했을지도 몰랐다. 20년, 30년, 아니 그 이상이 될 수도 있었다. 얼마나 걸릴지 몰라 막막했던 처음이 지금도 생생했다.

시부모님은 처음부터 인주를 좋아했다. 큰며느리 자리가 공무원이라고 마을회관에서 자랑할 수 있는 것에 몹시 흡족해했다. 양친이 없는 게 흠, 이라는 어머니의 말은 식구들끼리 있는 자리에서만 발설되었다. 어머니는 생생한 증좌를 들이대듯 굳이 인주를 마을회관까지 대동했다. 아버님은 막걸리를 돌렸다. 칠십 년대 말, 궁벽한 시골이긴 했지만 공무원이라는 이유로 환영받는다는 게 인주는 신기할 따름이었다. 술기운이 거나해졌을 무렵 그녀는 슬그머니 밖으로 나왔다. 마을회관 앞에 커다란 그늘을 드리우고 있는 느티나무를 보니 마음이 다 넉넉해졌다. 그렇게 무섭게만 보이던 세상이었는데 이제 그 광막한 벌판에 작은 뿌리를 하나 내린 기분이었다. 엄마와 영복이 할머니가 생각났다. 그날의 일을 누구보다 기뻐할 사람들이었다. 인주와 함께 엄마의 마지막을 지켜준 사람이 할머니였고, 엄마는 할머니에게 인주와 동생 연주를 부탁했다. 인주가 고등학교를 갓 졸업했을 때였다. 먼 데 사는 이모 한 사람을 제외하고는 왕래하는 친척도 거의 없어 사고무친의 고아나 다름없었다. 할머니가 아니었다면 공무원이 되지도 못했을 터였다. 그다음엔 당연히 라파엘 신부님이 떠올랐다. 잘됐구나, 안나. 네가 누구에게든 사랑 받으리라는 걸 나는 알고 있었어. 그렇게 말하며 그는 웃었을 것이다. 왼쪽 목에서 턱을 지나 귓불까지 이어져 있던 화상 흉터 때문에 그가 웃을 때면 희고 말간 얼굴이 일그러져 보였다. 그것은 무척 기묘하게 아름다웠다.

결혼 후 어머니가 말했다. 이제 일요일마다 오거라. 일요일마다요? 그래. 공무원이니 여기 와서 살라고는 못하겠고, 그래도 명색이 큰며느린데 매주 와야지. 인주는 대답을 못하고 우물쭈물했다. 보다 못한 남편이 말했다. 이 사람, 일요일에는 성당에 가요. 어머니의 눈이 휘둥그레졌다. 성당엘 다녀? 어머니는 옆에 앉아 있던 아들의 등짝을 후려쳤다. 이런 멀쩡한 위인을 봤나. 고래실 너머 임가네 얘길 듣고도 몰라? 그 집구석이 왜 뒤집어졌게? 그 집 여편네가 성당 다니고 나서부터 그랬다잖냐. 엄마도 참, 그게 무슨 상관이에요. 천주교 귀신이 붙어서 그렇다더라. 그리고 큰며느린데, 제사 지내야지 무슨 예수쟁이란 말이냐? 개신교가 그렇지, 천주교는 제사 모셔요, 어머니. 이번엔 인주도 우물거리지 않고 재빨리 말했다. 어머니는 손을 내저었다. 다 필요 없고, 아무튼 성당은 안 된다. 알았지? 죄송해요, 어머니. 그치만 일요일마다 올 수는 있어요. 꼭 올게요. 간신히 이렇게 대답해 놓고 인주는 어머니를 쳐다보았다. 차마 그 눈을 올려다볼 수가 없어 목과 턱 언저리에서 눈길이 멈췄다. 얇은 입술이 바르르 떨리더니 어머니는 어금니를 꽉 깨물었다.

어머니가 뒤꼍 장독대에 있는 터줏대감을 보여주었을 때만 해도 일이 이렇게 되리라고는 짐작도 못했다. 그것은 짚으로 엮어 만든 사람 형상의 인형으로 크기가 어른 팔 길이만큼이나 되었다. 인주가 보기에는 두 개가 똑같았는데 어머니는 남녀 한 쌍이라고 했다. 어머니는 그 아래에 있는 항아리 뚜껑도 열어보게 했다. 항아리에는 쌀이 반쯤 차 있었다. 밥할 때마다 한 줌씩 넣어두었다가 김장을 담근 후에 그걸로 시루떡을 해서 고사를 지낸다는 거였다. 한 해 동안 지켜주셔서 고맙다고, 내년도 잘 부탁한다는 뜻이라는 말에 인주는 피식 웃다 들켰다. 이런 게 다 우습냐? 딸만 내리 넷을 낳다가 새벽녘마다 정한수 떠 놓고 빌어서 네 남편을 얻었단 말이다. 절박해본 사람만 그 효험을 알 수 있지, 네깟 게 알 리 있겠냐마는. 어머니의 믿음이 너무 확고해서, 게다가 감히 갓 시집온 며느리가 할 말은 아니어서, 그거 다 미신이에요, 어머니, 라는 말은 차마 하지 못했다. 그런데 어머니의 믿음이, 그러니까 미신이, 생각보다 심각한 지경이었던 것이다.

집으로 돌아오는 길에 남편은 독실하다고밖에 할 수 없는 어머니의 갖가지 믿음의 행태들을 늘어놓으며 그렇게까지 된 어머니의 과거를 얘기했다. 어머니를 이해해달라는 거였다. 그런데 당신이 양보하면 안 될까? 지금까지의 장황한 얘기는 사실 마지막 이 한마디를 위한 것이었다는 듯 덧붙였다. 인주는 가만히 남편을 한 번 쳐다보고는 고개를 돌렸다.

성가정을 이루겠다는 꿈이 산산이 부서지는 소리가 들렸다. 성가정은커녕 그녀 자신조차도 성당에 마음대로 갈 수 없을지도 모르게 된 것이다. 라파엘 신부님이 이걸 알면 뭐라고 할까. 누구에게보다도 먼저 신부님에게 달려가 일러바치고 싶었다. 누가 또 괴롭히면 오빠한테 일러라. 언젠가 동네 아이들과 싸우고 들어와 툇마루에 쪼그리고 앉아 울고 있는 동생 연주를 보고 그가 했던 말이다. 인주가 달랠 때는 꿈쩍도 않던 동생은 그의 말에 눈물을 뚝 그쳤다. 라파엘 신부님이 아니라 한집에서 세 살던 고등학생 영후 오빠 시절이었다. 연주가 나중에 몇 번 그에게 일러봤지만 쫑알거리는 말을 가만히 들어주기만 할 뿐 그는 누군가를 혼내주거나 하지는 않았다. 누군가를 야단치는 일은 그에게 어울리지 않았다. 할머니와 공장에 다니던 영복 오빠와 함께 살고 있던 그는 그때 이미 예비 신학생 모임에 나가고 있었다. 독실한 천주교 신자였던 영복이 할머니는 인주네를 성당으로 이끌고 엄마의 대모가 되어주었다. 주님의 은총 안에서 성가정을 이루고 행복하게 살렴. 기도할게. 결혼하기 전 남편과 함께 찾아갔을 때 신부님이 말했다. 남편은 형제님이라 불리는 것을 멋쩍어했다. 인주는 묘한 기분이었다. 마치 신부님과 자기는 이미 한 가족이고 한 남자가 뒤늦게 가족으로 받아들여지는 것 같았다. 어쨌거나 자기와 결혼하고 싶다면 성당에 다니고 영세를 받아야 한다고 인주는 처음부터 못 박았다. 인주가 내세운 조건은 그 한 가지뿐이었다. 그것은 인주에게 성실한 남편이자 좋은 아빠, 든든한 가장 모두를 의미했다. 군청 민원실에 드나들던 그가 성당에 드나들게 되기까지 오래 걸리지 않았다. 그는 어려울 것 없다는 듯 흔쾌히 꼬박꼬박 미사에 참석했다. 그러나 당장 예비자 교리에 참석할 시간까지 내기는 어렵다며 영세는 결혼 이후로 미루어달라고 간청했다. 새벽같이 일어나 통근버스를 타고 다니는 것을 딱하게 여겨 간청을 받아들인 게 실수였는지도 모르겠다고 인주는 후회했다. 어머니에게 맞서줄 줄 알았더니, 뭐라고? 인주는 어처구니가 없어 아무 말도 할 수 없었다. 성당에 다니지 말라니, 그건 상상도 할 수 없는 일이었다. 그것은 스물다섯이 되도록 그녀를 지탱해준 것이었다.

인주는 일요일마다 새벽미사를 드리고 시골에 갔다. 일요일에라도 좀 늦게까지 실컷 자고 싶다는 생각은 꿈에도 하지 않았다. 괴로워한 사람은 오히려 남편이었다. 매일 아침 통근버스에서 자던 잠을 일요일에는 시외버스에서 자게 됐다며 툴툴거렸다. 마치 그녀가 성당에 다니기 때문에 일요일마다 시골에 갈 수밖에 없게 된 것처럼 굴었다. 그게 아니었다면 매주 가는 것을 격주로 협상해 볼 수도 있었다는 것이다. 인주가 새벽미사에 다녀오는 시간까지 자 놓고도 그랬다. 남편은 시어머니 핑계를 대며 슬그머니 성당에 발길을 끊었다. 자기까지 어머니를 거역할 수는 없다는 거였다. 어머니는 그날 이후 그 문제에 대해 일절 언급이 없었다. 인주는 안심이 되는 한편으로 내심 불안했다.

두어 달 후 어머니가 뒤꼍 수돗가로 인주를 불러냈다. 수요일에 휴가 좀 맡아 와라. 무슨 일이신데요? 나 어디 좀 데려다 다고. 어디 가시게요? 애비한테든 누구한테든 아무 말 말고. 어머니는 휙 몸을 돌려 부엌으로 들어갔다. 수요일, 시외버스 터미널에서 만나 목적지에 도착할 때까지 어머니는 입을 단단히 다물고 있었다. 시외버스에서 내려 군내버스를 갈아타고 다시 버스에서 내려 산길을 짚어나가는 데에 어머니는 거침이 없었다. 어딘가로 데려다 주는 사람은 인주가 아니라 어머니가 틀림없었다. 두 사람의 발밑에서 마른 낙엽이 버석거렸다. 찬 공기는 맑고 건조했지만 인주의 목덜미에서 땀이 났다.

산 중턱에 꽤 넓은 평지가 있었다. 한쪽에 몇 가지 과일이 조촐하게 차려진 상이 있었고 여자 둘이 어머니와 인주를 맞았다. 쪽찐 머리에 소복을 입은 자그마한 중년의 여자에게 어머니는 손을 모으고 공손히 인사를 했다. 보살님이라 불린 그 여자가 미소를 지으며 인주를 뚫어지게 쳐다보았다. 그다음에 일어난 일은 나중에 찬찬히 생각해봐도 온통 뒤죽박죽이었다. 어느새 하얀 두루마기를 입은 인주가 팔을 벌리고 서 있고 색동 두루마기를 걸친 보살님은 방울을 흔들며 인주 둘레를 빙빙 돌고 있었다. 보살님의 제자라는 젊은 여자가 장구를 치고 어머니는 장구 옆에서 손바닥을 비비며 고개를 조아렸다. 장구 소리와 방울 소리가 귀를 때렸고 보살님이 자기 주변을 빙빙 도는 통에 인주는 거대한 소용돌이 속으로 빨려 들어가는 것 같았다. 보살님이 외는 주문은 무슨 소리인지 알아들을 수도 없었다. 인주는 눈을 감았다. 가슴이 쿵쾅거리고 숨이 막히는 것 같았다. 정신이 혼미해지려는 순간 인주는 자기도 모르게 주기도문을 외기 시작했다. 하늘에 계신 우리 아버지, 아버지의 이름이 거룩히 빛나시며, 너무 어지러워요, 그 나라가 임하시며, 아버지의 뜻이 하늘에서와 같이, 토할 것 같아요, 땅에서도 이루어지소서, 쓰러지지 않게 해주세요, 유혹에 빠지지 말게 하시고 악에서 구하소서, 그러니까 이 잔을 거두시고, 아, 라파엘 신부님! 저를 지켜주세요, 라파엘은 수호천사잖아요, 은총이 가득하신 마리아, 저를 살려주세요, 저 마귀들을 물리쳐주세요, 저를 붙잡아 주세요, 신부님! 영후 오빠! 인주는 자기가 뭐라고 하는지도 모른 채 나오는 대로 계속 중얼거렸다. 눈을 더 꼭 감고 이를 악물었다. 했던 기도를 거듭 반복했다. 인주는 장구 소리와 방울 소리가 울리는 소용돌이의 일부가 되어가고 있었다.

기도의 효과인지 그 소리에 차츰 익숙해져서인지 요동치던 마음이 천천히 가라앉기 시작했다. 창밖에 폭풍우가 치고 있는데 고요한 집 안에 들어앉아 있는 것 같은 기분이었다. 인주는 일부러

옛날 일들을 떠올렸다. 생각하면 마음이 따뜻해지고 또 쓸쓸해지는 기억들. 세 모녀가 일렬로 앉아 엄마는 인주의 머리를 따주고 인주는 연주의 머리를 따주던 일이며, 엄마가 공장에서 늦게 돌아오는 날이면 영복이 할머니가 양푼에 청국장 찌개를 넣고 밥을 비벼주던 일, 수돗가에서 일하는 할머니 옆에 앉아 영복 오빠와 영후 오빠의 어린 시절 얘기를 듣던 일, 그리고 엄마가 인주와 동생에게 간신히 밥상만 차려주고는 팔로 배를 감싸고 누워서 밥도 못 먹고 끙끙거리던 것과 그것을 지켜보아야 했던 그때의 심란함까지도 하나하나 떠올랐다. 엄마가 죽으면 어떡하나 걱정돼서 인주는 밥이 잘 넘어가지 않았다. 철없는 연주는 종종 밥투정을 했다. 뭐든 제 성에 안 차면 금방 울음보를 터뜨렸다. 한번 울기 시작하면 그 조그만 입을 있는 대로 벌리고 분이 풀릴 때까지 악을 써댔다. 동네가 떠나가라 울어 젖히고 나면 영후 오빠는 엄지손가락으로 연주의 코를 살짝 눌렀다. 그러면 연주는 언제 울었냐는 듯 눈물과 콧물로 범벅이 된 얼굴로 웃고는 했다. 영후 오빠 앞에서 우는 동생이 가끔 부러웠다. 인주는 방에 들어가 혼자 조용히 울었다. 이불을 뒤집어쓰고 울다가 이불이 답답해서 눈물을 그치곤 했다. 엄마가 죽은 후로는 그런 날이 많았다. 결혼하기 전 찾아갔을 때 신부님이 수단 위에 입고 입던 검은색 스웨터도 생각났다. 할머니가 손수 짠 것이었다. 손자를 신부님이라고 부르길 좋아했던 할머니, 돌아가시기 얼마 전에는 인주를 불러 손가락에 끼고 있던 묵주 반지를 빼주셨다. 할머니, 할머니가 이걸 아시면 얼마나 슬프겠어요? 엄마는 또 어떻구요. 엄마! 이런 꼴을 보여서 미안해요.

누군가 인주의 어깨를 잡고 흔들었다. 눈을 떴다. 제자라는 여자가 인주 앞에 서 있었다. 어느새 모든 게 다 끝났는지 사위가 조용했다. 바람 소리만 들렸다. 여자가 인주의 팔을 붙잡고 아래쪽으로 내리려고 했을 때에야 인주는 자기가 지금까지 팔을 그대로 들고 있었다는 것을 알았다. 시간이 얼마나 흘렀는지, 그사이 무슨 일이 있었는지 도무지 감이 오지 않았다. 팔이 뻑뻑해서 잘 움직여지지가 않았다. 그러나 이상하게 아프지도 않았다. 여자가 인주의 두루마기를 벗겼다. 온몸이 땀범벅이었다. 구깃구깃해진 블라우스가 몸에 착 달라붙어 있었다. 나무 아래 보살님이 앉아 있었다. 보살님의 머리칼도 젖은 채로 이마에 어지럽게 붙어 있었다. 어머니는 냉랭한 얼굴로 그 옆에 서 있었다. 인주와 눈이 마주치자 보살님이 고개를 돌리며 말했다. 당신네 큰며느리는 못 꺾겠소.

돌아오는 길엔 어머니의 입이 갈 때보다 더 단단하게 다물려 있었다. 인주도 멍하니 창밖만 내다보았다. 왜 애초에 시키는 대로만 했을까, 왜 영문도 모른 채 입혀주는 대로 이상한 옷을 입고 팔을 벌리라는 말에 순순히 따랐는지, 거듭해서 생각해도 자신을 이해할 수 없었다. 시외버스 터미널에서 헤어지면서 어머니는 틀림없이 오는 내내 곱씹었을 한마디를 내뱉었다. 독한 년! 그런 말을 듣고도 인주는 눈물이 나지 않았다. 그래요, 저 독해요. 아니면 지금껏 이렇게 살아 있지도 못했을걸요! 기운만 있었다면 돌아서서 멀어지고 있는 어머니의 등에 퍼붓고 싶었다. 그러나 몸 안에서 무언가가 다 빠져나간 듯 힘이 하나도 없었다. 집 앞 버스 정류장에서 내린 인주는 허청허청 걸었다. 옷이 젖어서인지 날이 저물어서인지 몸이 오슬오슬 춥고 떨렸다. 거리의 상점마다 정겨운 불빛이 일렁이고 있었다. 자동차의 헤드라이트마저도 따뜻해 보였다. 그러나 집에는 지독한 일을 당하고 온 자기를 위로해 줄 것이 아무것도 없을 것 같았다. 집이 보이는 골목 어귀에 들어섰을 때 인주는 발길을 돌렸다. 남편의 얼굴을 보기만 해도 치가 떨릴 것 같았다. 전문대에 들어가 학교 근처에서 자취를 하고 있는 연주의 얼굴을 잠깐 떠올렸지만 이런 몰골을 동생에게 보이고 싶지 않았다. 살아 계셨다면 친정이 되어주었을 영복이 할머니가 어느 때보다도 아쉬웠다. 이건 너무 엄청난 일이라 라파엘 신부님한테 말할 수도 없었다. 집에 들어가기도 싫고 달리 갈 곳도 없었다. 몹시 서글펐다. 인주는 컴컴한 골목을 지나 놀이터로 갔다. 놀이터는 텅 비어 있었다. 가로등 불빛이 닿지 않는 자리, 등나무 벤치의 어둠 속으로 들어갔다. 벤치에 지친 몸을 부리자 그제야 하루 종일 꾹꾹 눌러두었던 눈물이 터졌다. 인주는 두 손에 얼굴을 묻고 펑펑 울었다. 세상은 역시 무서운 곳이었다. 앞으로 어떻게 살아가야 할지 막막하기만 했다. 무엇보다도 라파엘 신부님의 엄지손가락이 그리웠다.

그 주 일요일에도 인주는 시댁에 갔다. 어머니는 내심 놀라는 눈치였다. 아무 말 없었지만 속으로는 독한 년, 이라고 한 번 더 뇌까렸을 거였다. 인주는 그 일이 자기에게 아무것도 아니라는 것을 보여주고 싶었다. 어머니도 인주도 그날 있었던 일에 대해서는 약속이나 한 듯 아무 말을 하지 않았다. 남편만 두 사람 사이에서 전전긍긍했을 뿐이다.

그 이후 어머니는 더 이상 그 문제를 꺼내지 않았다. 더 이상 인주를 살갑게 대하지도 않았다. 귀여움을 담뿍 받는 며느리가 될 수도 있었지만 인주는 그것을 단번에 날려버렸다. 어머니의 침묵이 더 이상 불안하지도 않았다. 그날 당한 일보다 더 지독한 일이 생길 수는 없을 것 같았다. 영문도 모른 채 무서운 속도로 추락했다가 바닥을 보고 돌아온 느낌이었다.

첫아이가 태어난 후 어머니는 손주와 함께 하루는 자야겠다며 이제부터는 토요일에 오라고 했다. 그래서 큰아이가 학교에 들어가기 전까지는 주말마다 아이 셋을 이끌고 시골집에 가야 했다. 쉬는 날이 없으니 피곤했지만 아이들에게 시골 생활을 알게 해주는 것은 좋았다. 물론 아이들은 낳자마자 모두 유아세례를 받게 해주었다. 큰아이가 학교에 들어갔을 때 학부형이 되었다는 뿌듯함과 함께 일요일을 되찾는 기쁨도 누렸다. 그래도 여전히 한 달에 한 번은 시골에 갔는데 그게 성에 안 찼는지 어머니는 아버님을 대동하고, 때로는 혼자서라도 아이들을 보러 왔다. 하루는 어머니가 연락도 없이 불쑥 들이닥치는 바람에 마루에 걸려 있던 십자고상을 미처 치우지 못해 한바탕 소란이 일기도 했다. 어머니는 그걸 보자마자 낚아채서는 바닥에 패대기를 쳤다. 십자가와 함께 걸려 있던 마른 성지가지가 우수수 부서져 내려 바닥에 흩어졌다. 깜짝 놀란 큰아이가 십자가를 주워들어 품에 꼭 끌어안고는 제 할머니한테 소리쳤다. 왜 그러세요, 우리 예수님한테! 기함하듯 어머니의 입이 쩍 벌어졌다. 분위기가 험악해지자 작은아이가 울음을 터뜨렸고 막내도 따라 울기 시작했다. 어머니는 식탁 옆에 서 있는 인주를 노려보고는 왔던 길을 되짚어 돌아갔다. 인주는 바닥에 흩어진 성지가지 부스러기를 모아 비닐 봉투에 담았다. 잘 보관했다가 재의 수요일에 성당에 가져다주어야 했다. 십자고상은 장롱 안 깊숙이 넣어두었다. 숨기지 않아도 될 때까지 꺼내지 않을 생각이었다. 한참 시간이 지난 후 무당이 굿까지 했다는 말을 했을 때 라파엘 신부님은 무척 가슴 아파했다. 그러나 어머니를 미워하면 안 된다고, 불쌍한 영혼을 위해 기도드리라고 했다. 불쌍한 건 난데요? 이렇게 말하고 싶었지만 신부님의 말이 무슨 뜻인지 인주도 알고 있었다. 인주는 기도 중에 늘 어리석고 불쌍한 어머니의 영혼을 기억했다.

어떤 일이 있어도 아랑곳하지 않는 것은 어머니도 마찬가지였다. 여전히 어머니는 해마다 김장을 담근 후 고사를 지냈다. 마당에서 고사를 지내고 나서 막걸리 한 사발과 시루떡 한 접시를 방마다 가져다 놓는 것은 인주에게 시켰다. 인주는 말없이 시키는 대로 했다. 때가 되면 시골집 곳곳에 부적을 붙이는 것도 모자라 어머니는 아들 집에도 부적을 붙였다. 인주는 그것을 확 잡아 뜯고 싶었지만 아이들 눈이 있어 참았다. 그러나 처음 집을 장만해서 이사한 집 벽에, 그것도 이제 막 새로 도배를 해서 깨끗한 벽에 어머니가 팥죽을 뿌렸을 때에는 인주도 머리 꼭대기까지 열이 차올랐다. 이사를 했으니 고사를 지내야 한다고 해서 마지못해 그러시라고 했지만 그렇게까지 할 줄은 몰랐다. 화가 나도 할 수 있는 거라고는 그것을 닦아내는 것밖에는 없었다. 어머니가 가신 후 남편과 아이들이 다 달려들었지만 청소를 마친 후에도 벽은 여전히 얼룩덜룩했다. 속상해서 허리에 손을 올리고 그것을 쳐다보던 인주는 핸드백에서 성수聖水병을 꺼내왔다. 늘 지니고 다니며 성호를 그을 때 손에 묻히거나 잠자리에서 가위에 눌리거나 악몽을 꿀 때 뿌리는 거였다. 인주는 얼룩진 벽에 성수를 뿌리며 기도했다. 마음이 조금 가라앉는 것 같았다. 그날 이후로 인주는 집에 붙은 부적

뿐만 아니라 어머니의 눈을 피해 시골집의 부적 위에도 성수를 뿌리며 기도했다. 뒤꼍 터줏대감에 뿌릴 때는 남편에게 들켰다. 당신 그거 알아? 인주가 남편을 돌아보았다. 이상하게, 당신 어딘가 엄마랑 비슷한 데가 있어. 인주는 픽 웃으며 그 말을 귓등으로 흘려보냈다.

아이들 방의 불을 꺼주고 소파에 잠들어 있는 남편에게 담요를 덮어주고 안방으로 들어온 인주는 장롱 앞에 앉아 숨을 깊이 들이마셨다. 장롱 문을 열고 길이가 긴 옷들이 걸려 있는 옷걸이 아래쪽에 자리한 상자를 꺼냈다. 집 등기며 인감도장 같은 중요한 것들이 보관된 상자였다. 상자 속 분홍색 보자기에 싸인 것은 십자고상이었다. 둘둘 말린 보자기를 풀어내자 십자가에 달린 남자가 모습을 드러냈다. 인주는 고통에 빠진 채 눈을 감고 있는 남자의 갈색 뺨을 어루만졌다. 툭 불거진 갈비뼈와 십자가에 못 박힌 손과 발의 못자국도 쓰다듬었다. 잘 참았어. 그가 말하는 것 같았다. 잘 참았어, 안나. 내가 널 지켜주고 있었단다. 인주는 눈물이 나려고 했다. 문득, 자기가 아주 오랫동안 울지 못했다는 것을 깨달았다.

다음 날 아침, 남편을 보자마자 말했다.
"당신, 약속한 거 잊지 않았죠?"

"뭐?"

인주는 남편을 빤히 쳐다보았다. 남편은 아직도 영문을 모르겠다는 표정으로 눈을 껌벅였다. 그녀는 할 수 없이 눈짓으로 소파 뒤 벽을 가리켰다. 벽에 걸린 것을 본 남편은 어처구니가 없다는 듯 탄식을 흘렸다. 남편의 반응에 어이가 없는 것은 그녀였다.

"꼭 내가 먼저 말하게 해야 돼요?"

"삼우제가 지났냐, 사십구재가 지났냐?"

그녀는 뭔가 말하려고 입을 뗐다가 다시 다물었다. 담배에 불을 붙인 남편이 그녀를 쳐다보지도 않고 말했다.

"무덤의 흙도 아직 안 말랐어."

14년도 기다렸는데 무덤의 흙이 마르고 삼우제와 사십구재가 지나기를 기다리는 것은 어렵지 않았다. 다만 남편이 성탄 전에 있을 영세식에서 영세를 받으면 좋겠다는 생각이었다. 드디어 오랫동안 꿈꾸던 성가정을 이루고 성탄을 맞이하면 얼마나 기쁘겠는가. 그러나 성탄까지는 두어 달밖에 남아 있지 않았다. 어차피 지금 시작해도 시간이 부족하긴 했다. 이렇게 될 줄 알았더라면 여름부터 예비자 교리를 받게 했으면 좋았겠다는 생각이 들기도 했지만 병석에 누워 있는 어머니한테 정확히 언제쯤 돌아가실 건지 여쭐 수는 없던 노릇 아닌가. 부활절 무렵 있을 영세식이라도 괜찮았다. 햇볕이 따뜻하고 만물이 움트는 찬란한 봄에 성가정으로 새로 태어나는 것도 그럴듯했다. 게다가 부활절 무렵엔 성지주일도 있었다. 성지주일엔 성지가지도 받을 수 있을 터였다. 파랗고 싱싱한 향나무의 가지, 그것을 머릿속에 떠올려보는 것만으로도 기분이 좋았다. 인주는 당분간 남편을 기다려주기로 했다.

그사이 라파엘 신부님에게 다녀왔다. 신부님이 새집에 축성해주러 왔던 때 이후 처음이었다. 세 아이들과 벌이는 날마다의 전쟁 이야기를 했고, 막내가 학교에 들어가는 대로 다시 직장에 다니고 싶다는 이야기며, 인주가 그렇게 반대했는데도 회사를 그만두더니 선배와 조그만 사업을 한답시고 자금이 달릴 때마다 자꾸 손을 내미는 남편 이야기도 했다. 결혼한 지 5년 만에 쌍둥이를 낳은 연주 이야기도 빠뜨리지 않았다. 인주는 내내 아무런 내색도 하지 않고 있다가 자리에서 일어서면서 지나가는 말처럼 무심하게 말했다. 어머니가 돌아가셨어요. 신부님은 말없이 고개를 끄덕이며 인주의 손을 꼭 잡아주었다. 그것으로 긴 세월 맺혀 있던 마음속 응어리가 다 녹아버리는 것 같았다. 그러나 신부님은 하루라도 빨리 남편을 영세 받게 하겠다는 인주의 말에는 고개를 저었다. 성가정을 이루라고 말해준 건 신부님이었잖아요? 너무 서두르면 안 된다는 말이야. 아이들 아빠가 진심으로 받아들일 때까지 기다려줘야 해. 또 기다리라고요? 그게 안나의 십자가인걸.

사십구재가 지난 후 남편과 마주앉았다. 며칠 전 또 대출 이야기를 할 때와는 달리 남편은 심드렁한 얼굴이었다. 인주는 남편의 연민에 호소할 작정이었다. 약간은 감상적인 목소리로 어린 시절의 이야기를, 아빠가 일찍 돌아가시지도 않고 엄마도 건강한, 남들은 다 가진 것 같은 그런 흔해 빠진 행운조차 가지지 못했던 불우한 자기의 과거를, 물론 남편이 모르지도 않는 이야기를 하나하나 되씹었다. 부모와 아이들이 다 같이 손잡고 소풍도 가고 성당에도 가는 아름다운 그림을 그려주었다. 인주가 성가정을 꿈꾼 이유를 충분히 남편에게 납득시키고 싶었다.

"대체, 그 성가정이라는 게 뭐야?"

"마리아와 요셉, 그리고 예수님처럼 가족이 모두 한뜻으로 하느님을 믿는 거."

"나는 하느님을 안 믿어. 당신이랑 애들이나 다니면 되잖아."

"그럼 당신은 뭘 믿는데? 설마 어머니랑 같은 걸 믿는다는 거예요?"

"엄마가 믿는 것도 안 믿지만 당신이 믿는 것도 안 믿는다는 말이야."

"믿음이 다르면 가정에 분란이 온다구요. 어머니와 내가 믿음이 달라서 여태껏 갈등했던 거 몰라요?"

"서로 같은 걸 믿어야 된다고 하니까 문제였지, 달라서 문제는 아니었어. 다른 채로 그냥 두면 될 것을 말야. 내가 당신 성당 다니는 거 가지고 뭐라 하던?"

"처음 했던 말이랑 다르잖아요. 성당에 열심히 다닌다고 했고 결혼하면 영세도 받는다고 했어요. 내가 요구한 건 그거 한 가지였어. 다른 건 아무래도 상관없었다구요. 기억 안 나요?"

"성당에 당신 보러 간 거지 하느님 보러 간 거 아니었어. 그것도 모를 정도로 당신 맹추였어?"

"당신이 이럴 줄은 정말 몰랐어. 내가 이날을 얼마나 기다려왔는데!"

"그렇게 엄마가 죽기를 기다렸어?"

"그런 억지가 어딨어요? 그렇게 날 몰라? 어머니를 불쌍하게는 생각했어도 미워하지는 않았어요."

"성인군자 나셨군. 당신도 불쌍하기는 마찬가지야. 지금 당신이 엄마랑 다른 게 뭐가 있어?"

인주는 어처구니가 없다는 표정으로 남편을 쳐다보았다.

"어떻게 어머니랑 비교를 할 수가 있어? 미신이랑 하느님이랑 같다는 거예요?"

"나한테 다를 건 또 뭐겠어?"

인주는 냉랭한 얼굴로 자리에서 일어섰다.

"어쨌든 돈 필요하면 우선 영세부터 받아요. 영세 안 받으면 며칠 전에 얘기한 그 대출 건, 안 해줄 거야."

"뭐라구?"

인주는 안방으로 들어가 방문을 닫았다. 문밖에서 남편이 소리쳤다.

"정말 이렇게 치사하게 나올 거야?"

인주의 기대와 달리 결국 싸움으로 끝을 맺고 말았다. 그리고 그것은 진짜 싸움의 시작이기도 했다. 남편은 보란 듯이 외박을 했고 아빠는 왜 안 들어오냐는 아이들의 물음에 인주는 연말이라 바쁘셔서 그렇다고밖에 말할 수 없었다. 그나마 집에 들어오는 날에는 술에 취해서 비틀거리며 자는 아이들을 깨워 귀찮게 했다. 싸움의 방식으로 겨우 생각해낸 것이 술 마시고 외박하는 것이라니, 남편이 그 정도의 위인이라는 게 씁쓸했다. 신부님의 말씀도 있었고, 신앙을 가진 자기가 못난 남편을 접어줘야겠다는 생각도 들고, 아이들의 즐거운 성탄을 망치고 싶지도 않아서 인주는 자신이 백 보쯤 양보한다는 마음으로 남편에게 타협안을 제시했다.

"좋아, 영세는 천천히 받도록 합시다, 진심으로 당신이 받아들일 수 있을 때."

짐짓 아무렇지도 않은 척했지만 남편의 얼굴이 슬그머니 펴졌다.

"대신, 미사에는 참석해야 해요. 그래야 신앙도 생길 거 아니겠어요?"

"정말? 알았어. 나도 노력해볼게."

남편은 주저하다 물었다.

"그럼, 대출도 되는 거지?"

인주는 단호하게 말했다.

"아니! 이번에는 약속 지키는 것부터 보고 나서요."

"당장 필요하다니까!"

"그럼 예비자 교리라도 시작하든가요."

모든 게 다시 원점이었다. 아니 그 전보다 더 나빠졌다. 남편은 아예 출근을 하지 않았다. 시위라도 하듯 늦게까지 이부자리에서 뒹굴었고 텔레비전을 크게 틀어 놓았다. 방학을 한 아이들은 신 나서 아빠에게 놀아달라고 했지만 그는 아이들에게도 시큰둥하게 굴었다.

아침부터 눈이 내리는 것을 보고 아이들은 환호성을 질렀다. 눈싸움을 한다, 눈사람을 만든다, 난리법석을 떨며 아이들은 하루 종일 골목에 나가 놀았다. 남편은 아이들하고 조금 놀아주고는 들어와 다시 텔레비전 리모컨을 끼고 방에서 뒹굴었다. 아이들을 모두 데리고 성탄 전야 미사에 가고 싶었던 인주는 크리스마스이브 하루만이라도 평화롭게 지나가기를 바랐다. 그동안엔 성탄 전야 미사에 인주 혼자만 다녀오곤 했다. 남편과 함께라면 아이들을 모두 데리고 갈 수 있을 것 같았다. 미사가 끝나고 돌아올 때 새벽의 텅 빈 거리에서 느낄 수 있는 감흥을 아이들에게도 느끼게 해주고 싶었다. 간곡한 인주의 말에 남편은 이렇게 대꾸했다.

"그런 식으로 은근슬쩍 성당에 다니게 하려고? 안 속아."

남편은 안방으로 들어가 이불을 뒤집어쓰고 누워버렸다. 정말 잠이 들었는지 아니면 일부러 어깃장을 놓으려고 하는지 저녁이 돼서 아이들을 시켜 깨워도 일어나지 않았다. 식탁에 음식을 차려놓고 케이크까지 올려놓고 나서야 마지못해 방에서 나왔다. 머리는 헝클어지고 티셔츠는 구겨져 아주 추레해 보였다. 부루퉁한 얼굴로 식탁에 앉는 아빠를 보며 큰아이의 얼굴이 어두워지는 것을 인주는 보고 말았다. 누나가 텔레비전을 꺼버렸다고 작은아이는 입이 댓 발이나 나와 있었다. 눈치 없이 신이 나 있는 것은 막내뿐이었다. 가족끼리 조촐한 크리스마스 파티를 한 번 하기가 이렇게도 어렵나, 인주는 속이 상했다. 그러나 명랑해 보이려고 애썼다. 막내가 케이크에 초를 꽂으며 성탄절은 예수님 생일이니까 생일 축하 노래를 부르자고 했고 작은아이는 성탄절이니까 성탄 노래를 불러야 한다고 티격태격했다. 인주는 짐짓 밝은 목소리로 큰아이에게 피아노를 치라고 했다. 잠시 가만히 앉아만 있던 아이가 엄마의 재촉에 마지못해 물었다.

"기쁘다 구주 오셨네?"

아이가 며칠 전부터 연습했던 거였다. 인주는 고개를 끄덕였다.

아이가 식탁에서 일어서는데 남편이 퉁명스럽게 말했다.

"다 늦게 무슨 피아노냐? 동네 시끄럽게. 피아노는 낮에만 치는 거라고 했잖아."

아이가 엄마를 쳐다봤다.

"괜찮아, 오늘은 특별한 날이니까. 얼른 가서 쳐봐."

이번엔 아이가 아빠를 쳐다보았다. 남편은 귀찮다는 듯 고개를 돌렸다.

"하려면 빨리 하고 말려면 말고."

속이 부글부글 끓어올랐지만 인주는 웃으며 아이에게 고개를 끄덕여주었다. 눈치가 빤한 아이가 입술을 잘근잘근 씹었다. 눈에는 벌써 눈물이 고이고 있었다. 인주는 얼른 일어나 아이를 피아노 앞에 앉혔다. 기쁘다 구주 오셨네, 만백성 맞으라, 피아노와 함께 막내가 노래를 시작했고 인주는 초에 불을 붙였다. 엄마가 노래를 부르며 눈치를 주자 작은아이도 어쩔 수 없이 입술을 오물거리기 시작했다. 노래가 끝나자마자 짓궂은 작은아이가 케이크의 촛불을 저 혼자 한 번에 다 꺼버렸다. 막내가 울음을 터뜨렸고 남편은 눈살을 찌푸렸다.

인주는 혼자 집을 나섰다. 성당으로 가는 길, 하얗게 쌓여 있는 눈이 어두운 골목길을 밝혀주고 있었다. 기온이 뚝 떨어져 꽁꽁 언 눈길이 미끄러웠다. 바람도 매서웠다. 인주는 코끝이 찡했다. 고요하고 거룩한 밤, 눈물로 얼룩진 밤이 깊어가고 있었다.

생활의 기술

류는 '웃는 자'들을 알고 있다. 웃는 자들의 상석에는, 웃으며 태어났다는 차라투스트라와 '웃는 데모크리토스'라 불렸던 철학자 등이 앉아 있다.

알에서 태어났다는 숱한 영웅들의 탄생담뿐 아니라 아버지의 넓적다리를 찢고 세상에 나왔다는 아테네 여신, 어머니의 귓구멍을 통해 세상 구경을 시작했다는 가르강튀아 얘기를 들었을 때에도 류는 별로 신기해하지 않았다. 그러나 차라투스트라가 웃으며 태어났다는 문장을 읽었을 때 그것을 거듭해서 읽지 않을 수 없었다. 우리가 어머니의 살을 찢고 뼈를 허물며 떠밀려나와 고작 첫 번째로 한다는 게 목청껏 울음을 터뜨리는 것인데, 더 이상 어둡고 조용하고 따뜻한 물속에서 유영할 수 없어서 모두들 신경질을 내고 있는데, 그런데 웃을 수 있다니, 그 어떤 기이한 탄생담 중에서도 단연 으뜸이었다.

인간의 삶에 대해 깊이 생각해보다가 결국 울음을 터뜨려 '우는 철학자'라는 별명을 얻은 헤라클레이토스와 달리 데모크리토스는 웃었다. 그는 소란한 세상에서 물러나와 공부에 몰두하다 이따금 산 위에 올라가 세상을 내려다보며 웃었다. 세월의 덧없음과 인간의 어리석음을 보고 웃었다. 별것도 아닌 명예와 영광을 얻으려고 쓸데없이 애쓰는 사람들, 채울 길 없는 욕망으로 더 많은 것을 얻지 못해 근심하는 사람들을 보고 웃었다. 그가 머리가 이상해졌다고 생각한 주변 사람들이 의사를 보냈다. 그런데 그 의사, 히포크라테스는 오히려 환자에게 치료받고 감동까지 받고 돌아왔다. 철학에 마음을 쏟는 것은 죽음을 배우는 일이라고들 하지만 류는 철학이야말로 웃음을 배우는 일이라고 생각했다. 세계와 존재를 알고, 그 허망함과 어리석음을 알고, 그리고 웃는 것이다. 그러니 데모크리토스는 류의 영웅이었다.

류는 웃는 자가 되고 싶었으나 결국 웃음거리나 되고 말 것 같아 두려웠다. 어차피 인생이라는 게 타인의 고통 속에서 태어나 자신의 고통 속에서 죽는 것이라면, 사는 동안에나 좀 웃다가 가야 하는 게 아닌가 싶은 게 그의 생각이었다. 그러나 그는 통 웃지를 못했다.

웃는 대신 류는 땀을 흘린다. 그로 말하자면 '땀 흘리는 자'이다.

좀 더 정확히 말하면 그는 진땀을 흘린다. 류는 본래 땀을 잘 흘리지 않는 체질이다. 한여름에도 살갗이 보송보송했다. 매운 것을 먹으면 콧부리에 송골송골 땀이 맺히는 아내와 달리 류는 말짱했다. 뭔가를 쉽게 결정하지 못해 갈팡질팡할 때, 난감한 일에 부딪쳐 쩔쩔맬 때, 불안하고 초조할 때, 공포에 사로잡힐 때, 그럴 때 류는 땀을 흘린다. 그런 자신의 모습을 누군가에게 들킬까 봐 전전긍긍하며 또 땀을 흘린다. 진땀이야말로 류가 흘릴 수 있는 진짜 땀이었다. 그때마다 그는 자신이 부조리극의 주인공이 된 것 같은 기분이다. 창백하고 불가해한 세계가 삼백만 개의 땀구멍과 함께 활짝 열린다.

류의 바람은, 버드나무라는 자신의 이름처럼, 바람에 몸을 맡기고 유유히 나부끼는 버드나무 가지처럼, 그렇게 한세상 넉넉히 흔들리다 가고 싶은 것뿐이었다. 가끔 좀 웃기나 하면서.

아이가 소파에서 앞구르기를 한다. 이마를 바닥에 대고 엉덩이를 치켜 올리더니 순식간에 한 바퀴 구른다. 아이의 몸은 고무 인형처럼 부드럽게 구부러지고 말랑말랑하게 펴진다. 아빠, 나 봐 봐! 처음 어린이집에서 배운 것을 선보이겠다고 했을 때만 해도 중심을 잘 잡지 못하고 다리가 자꾸 옆으로 흐트러졌었다. 그만하라고 해도 아이는 하루에도 수십 번씩 소파 위를 구르며 연습

했다. 이제 아이는 정확히 정수리를 지나는 원을 그리며 구른다. 구르기가 끝나고 나면 푹신한 소파에서 폴짝폴짝 뛴다. 그러고는 다시 구른다. 7월 말 8월 초의 여름휴가 절정기가 되자 어린이집도 일주일간 문을 닫았다. 직장맘은 어쩌라는 거야? 어린이집으로부터 휴원 통지서를 받아든 아내는 툴툴거리면서 류를 쳐다봤다. 다행히 그의 학원도 휴가였다. 겨우 이틀이 지났을 뿐인데 아이는 종일 떠들어대는 텔레비전에는 물렸는지 시키지도 않았는데 전원을 꺼버렸다. 류는 아이와 놀아줄 줄을 몰랐다. 그래도 첫날엔 아이에게 책도 읽어주고 떡볶이도 만들어주었다. 그러나 그다음엔 무엇을 해야 할지 몰랐다. 바깥은 너무 뜨겁고 위험해서 아이를 내보내지도 않았다. 심심찮게 나오는 아동 성폭행 뉴스를 볼 때마다 류는 공포에 사로잡혔다. 아이를 기른다는 것은 전투이자 근심거리라고, 아이를 가져서는 안 된다고 데모크리토스는 말했다. 그가 말한 영혼의 유쾌함은 쾌락과는 다른 것으로 두려움이나 정념에 동요되지 않고 잔잔하고 안온하게 살아가는 것이었다. 그러니 이 무서운 세상에서 아이가 살아가는 것을 지켜보는 이상, 영혼의 유쾌함 같은 것은 류가 바랄 수 없는 것이었다. 집 안에 갇힌 아이는 혼자 책을 읽고 혼자 인형놀이를 하고 혼자 굴렀다. 류는 소파 옆 협탁 위에 있는 연필꽂이에서 연필을 꺼내 들었다. 연필꽂이에는 길이가 제각각인 연필 다섯 자루만 꽂혀 있다. 볼펜은 진즉에 모두

치웠다. 아이가 왜 자기는 볼펜을 못 쓰게 하냐고 불평을 해서 아이의 글씨 쓰기 연습이 끝날 때까지 엄마 아빠도 집에서는 연필만 쓰기로 했다. 류가 메모지에 뭔가 쓰기 시작하자 아이가 소파에서 폴짝 뛰어내려 등 뒤에 매달린다. 아빠, 우리 마트 가?

주차를 하고 주차동과 매장동을 연결하는 통로를 향해 걸어갔다. 통로의 유리 자동문 너머로 서로 물고 물린 채 서 있는 카트의 대열이 보였다. 동전을 넣으면 대열에 묶인 쇠사슬이 풀리고 카트의 바퀴가 구르기 시작한다. 카트에 올라탄 아이가 손을 치켜들며 소리쳤다. 출발!

매장 입구에 서 있던 직원이 배꼽인사를 한다. 그는 쓸데없이 정중한 인사가 불편해 얼굴을 돌리지만 아이는 카트에 올라앉은 채로 어린이집에서 배운 배꼽인사를 따라 한다. 이 정중한 인사가 입구 직원의 실제 임무는 아니다. 계산되지 않은 물건이 빠져나가지 못하도록, 여기는 출구가 아니라 입구라는 것을 알리는 강력한 표지이다. 강력하면서도 공손한 표지판 앞을 지나 매장 안으로 막 들어섰을 때 한 사내와 눈이 마주쳤다. 사내는 매장 입구에서 보이는 여성 캐주얼 매장 뒤쪽, 남성 정장 코너에 서 있었다. 회색 수트를 입은 마네킹에 바짝 붙어 류를 쳐다보고 있었다. 류는 얼른 시선을 돌리고 카트를 밀었다. 다음 골목에서 남성 정장 코너를 슬쩍 쳐다보았다. 이번엔 마네킹만 서 있었다.

주차동과 연결되어 있는 매장동 2층은 의류와 가전, 문구류, 침구류, 자동차용품 등이 진열된 잡화 매장이다. 아동복 코너를 지나다 철 지난 상품의 염가세일 매대에서 아이의 타이츠를 고른다. 아이가 발목 근처에 복슬복슬한 하얀 털방울이 달린 분홍색 타이츠를 가리킨다. 아이는 옷이든 신발이든, 연필이든 노트든, 뭐든 분홍색이기만 하면 다른 것은 따지지 않는다. 류는 그것을 들고 이리저리 살핀다. 허리의 밴드가 너무 팽팽하지 않은지, 면과 폴리에스테르의 혼방율은 어떤지, 신축성은 좋은지, 털방울이 달린 부분의 바느질이 허술하지 않은지 꼼꼼하게 체크한다. 마지막으로 사이즈를 다시 한 번 확인하고 카트에 담는다. 그가 물건을 고르는데 능수능란한 것처럼 보이지만 처음부터 그랬던 것은 아니다.

류가 박사과정에 등록하지 않기로 결정하자 아내는 몹시 기뻐했다. 엄마가 웃는 것을 보고 영문도 모르면서 아이도 따라 웃었다. 두 사람의 환한 얼굴에 그는 자기가 그동안 그렇게 잘못 살았나 싶어 씁쓸했다. 석사과정을 수료하고도 논문을 쓰고 졸업하기까지 4년이 더 걸리는 동안 비교적 잘 참아왔다. 박사도 아니고 석사를 그렇게 오랫동안 하는데도 이따금 하는 불평이라야 애는 점점 크는데 공무원 월급만으로는 힘들어, 정도였다. 이걸 계속해도 되나 망설이면서 박사과정 입학 전형을 알아보던 류에게 아내는 이렇게 말했다. 경영학과도 경제학과도 아니고 하다못해 영문과도 아니잖아? 설마, 요즘 같은 세상에 철학 교수가 될 수 있다고 생각하는 건 아니지? 불투명한 미래에 대해 스스로도 고민하고 있던 차였고, 물론 누구에게라도 투명한 미래가 있을 리 만무하지만, 아내에게만 생계를 미뤄두고 있는 것을 미안해하지 않은 것도 아니었다. 간헐적으로 하는 아르바이트로는 책값도 부족했다. 아내가 공무원이라는 것이 수익성은 몰라도 안정성은 비교적 큰 보험에 든 거라고 내심 든든히 여겨왔던 류는 믿었던 보험회사가 하루아침에 망한 것 같은 기분이었다. 그런 아내에게 희랍어를 힘들게 공부해 어느 날 아리스토텔레스의 책을 희랍원전으로 읽었을 때의 희열을 설명해봐야 소용없는 일이었다. 하다못해 영어도 아니고 희랍어가 아닌가. 철학과 석사 졸업장이 꼭 한 군데 유용하게 쓰이는 데가 있긴 했다. 아이들에게 논술을 가르치는 일은 어렵지도 않았고 재미도 없었다. 생각만큼 수입이 많지도 않았다. 별을 보다가 발치의 구덩이는 못 보고 빠졌던 탈레스는 철학자도 마음만 먹으면 돈을 벌 수 있다는 것을 보여준다며 장사를 해 성공했다던데, 류는 마음을 먹어도 돈 버는 데 성공하기 힘들었다. 차라리 계속 별을 보는 건데. 캄캄한 퇴근길에 류는 밤하늘을 올려다보곤 했다. 간간이 들려오는 아는 사람의 전임교수 임용 소식은 그를 울적하게 했고 시간강사의 자살 뉴스는 불행한 집단에서 빠져나왔다는 안도감보다는 말할 수 없는 슬픔에 그를 빠뜨려놓았다. 그래도 아내는 그런 뉴스를 보고 거 봐, 내 말 듣기 잘했지, 같은 말을 하지 않을 정도의 품위는 갖고 있었다.

그런 아내였는데, 어느 날 갑자기 류에게 내일부터 당장 집안일을 맡으라고 했다. 어머, 내 정신 좀 봐. 애 아빠가 이젠 시간이 많잖아. 왜 나 혼자 이렇게 바보처럼 안팎으로 뛰어다니고 있는 거지? 문득 이런 깨달음이라도 얻은 듯한 태도였다. 공부할 때는 세미나다 발표다 늘 시간에 쫓기던 사정을 봐주던 아내였다. 류는 볼멘소리를 냈다. 지금도 도와주고 있잖아. 사실이었다. 이따금 설거지도 해주고 음식물 쓰레기도 버려주고 청소기도 돌렸다. 빨래도 널었다. 시키기 전에는 안 했지만 시키면 대체로 군말 없이 했다. 아내는 씩 웃으며 그의 등을 두드렸다. 이제부터는 내가 도와줄게. 아니면 애를 전담할래? 류는 입을 쑥 내밀고 대답하지 않았다. 아이의 사이클과는 교집합이 없었다. 오후에 나가 자정에 들어오고 새벽에 잠들어 아내와 아이가 나가고도 한참 지나서야 일어나는 그에게는 어림도 없는 일이었다. 전혀 불가능한 시나리오를 들이대는 아내의 전략을 피할 요량으로 그는 자리에서 일어났다. 그러나 아내에게는 역시 최후의 한 방이 있었다. 지금껏 우리 애를 키운 건 팔 할이 씨제이야. 알고는 있어? 생각해보니 과연 그랬다. 비상용으로 씨제이 햇반이 늘 구비되어 있었고 갖가지 종류의 씨제이 죽으로 아침을 해결했다. 별식으로는 씨제이 우동과 씨제이 스파게티가 있었다. 류의 어린 시절에 설탕을 뿌려주던 제일제당이 이젠 이름을 바꿔 아이의 영양을 책임지고 있었다. 시간에 쫓겨 살 때야 어쩔 수 없지만 마냥 남의 손에 맡겨둘 수만은 없는 노릇이었다. 그는 마지못해 고개를 끄덕였다. 봄의 일이었다.

아내는 출근하며 아이를 어린이집에 데려다주고 퇴근하는 길에 찾아오는 일 말고는 정말 집안일에 손도 대지 않았다. 일이 그렇게 되고 보니 그가 가장 못하는 것이 무엇인지 분명하게 드러났다. 빨래며 청소며 쉬운 일이 없었다. 잠깐이라도 주의를 기울이지 않으면 방문 뒤에서 먼지 덩어리가 굴러다녔고 신을 양말이 떨어졌으며 사다 놓고 깜박 잊은 냉장고 야채 칸의 상추며 부추가 어느새 물러버렸다. 두부나 콩나물도 유통기간이 지나 있기 일쑤였다. 날마다 하는 일만으로도 숨찬데 계절이 바뀌자 새로운 과제가 생겼다. 날이 더워지기 시작하니 빨아 놓은 수건에서 쉰내가 났고, 더 더워지니 쌀통에 바구미가 생겼다. 때를 놓치면 안 되는 일도 많았다. 침구류 개비할 때가 지나면 베갯잇에서 냄새가 난다고 아내가 투덜댔고 인형 세탁을 잊으면 곰돌이가 세수를 안 했다고 아이가 아빠대신 곰돌이를 혼냈다. 아무리 해도 끝나지 않는 것이 집안일이라는 말이 꼭 맞았다. 친구 석현에게 하소연하자, 안 그렇게 사는 사람도 있나? 느릿느릿 대답했다. 심드렁한 대꾸가 그의 위로 방식이었다. 그런 말을 들으면 힘이 쭉 빠졌고 그렇게 몸에서 힘을 빼면 신기하게도 힘들었던 게 다 아무것도 아닌 일처럼 느껴진다. 자주 소소한 고민에 휩싸이는 류에게 언젠가 석현이 말했다. 50년 후엔 우리가 이 세상에 있지도 않을 텐데. 석현에게선 언제나 넉넉한 뭔가가 느껴졌다. 데모크리토스의 후예가 있다면 아마 석현일 것이라고 류는 생각했다. 석현이 교통사고로 아내를 잃기 전까지는.

무엇보다 가장 큰 고역은 장보기였다. 딱히 힘든 일도 아닌데 진땀이 났다. 혼자 처음 장을 보러 왔을 때 입구에 들어서자 갑자기 막막했다. 무진장으로 쌓여 있는 상품 앞에서 그는 무엇이 어디에 있는지 몰랐고 무엇을 골라야 할지도 몰랐다. 새삼 경이롭기까지 했다. 세상에 이렇게나 풍부한 재화가 있었구나. 전에는 아내가 물건을 골라 카트에 담고 그는 그것을 밀기만 하면 되었다. 아내의 꽁무니를 쫓아다니다 계산이 끝난 물건을 장바구니에 담아 차에 싣고 운전하는 것이 그의 일이었다. 그는 포터였지 구매자가 아니었다. 그런데 이제 진짜 구매자가 되어 홀로 매장에 서니 진땀이 나기 시작했다. 공부할 때 자신의 일이 생산적이지 못하다는 자괴감이 있었는데, 자신은 소비에도 역시 젬병이었다. 류는 아내가 사다주는 옷을 입고 신발을 신었지 스스로 티셔츠 하나도 못 사는 소비자였다. 언젠가 명동에 갔다가 마음에 드는 티셔츠를 발견했지만 선뜻 그것을 사지 못했다. 가슴에 커다랗게 새겨진 체 게바라의 얼굴 때문에 티셔츠를 집어 들었다가도 체가 이렇게 상품이 되어도 좋은가 싶어 내려놓았다. 혁명이 완수되자 그 고난의 열매를 따먹으려 기다리지 않고 다음 혁명지로 떠났던 그가 아닌가. 그러나 류는 바로 돌아서지도 못한다. 어차피 자본주의 시대에 상품이 되지 못할 것이 있는가 반문한다. 다음엔 그런 생각이 체가 그려진 티셔츠를 갖고 싶은 욕망을 합리화하는 것이라고 자책한다. 티셔츠를 들었다 놨다 하며 스스로 묻고 답하는 사이 어느새 땀을 흘리고 있는 자신을 발견한다. 생각이 뇌의 전기-화학적 작용이라면 너무 많은 생각이 폭발하는 뇌에 과부하가 걸렸다고 할 수 있었다. 땀은 그것의 부산물이었다. 그래, 흰 수염이 덥수룩한 다윈이나 깊은 눈매를 가진 비트겐슈타인, 사과를 베어 물고 쓰러져버린 앨런 튜링이 프린트된 티셔츠가 있으면 그때나 사 입자, 라면서 있을 법하지 않은 미래로 결정을 미뤄버린다. 그러나 장보기는 미룰 수가 없었다. 오늘 당장 아이에게 사과와 우유를, 두부와 감자를 먹여야 하지 않겠는가. 류는 아이를 생각하며 한 발짝을 내딛었다. 그리고 첫 번째로 늘 먹는 상표의 우유를 카트에 담았다. 좋은 방법이었다. 냉장고에 뭐가 있더라. 그는 기억을 떠올려보았다. 그러나 감자가 쌓여 있는 진열대 앞에서 다시 난감했다. 알알이 상표가 붙어 있지 않은 감자는 어떤 것을 골라야 하는가. 저울 앞에 서서 가격표를 붙여주고 있는 매장 직원에게 물어볼 숫기가 그에겐 없었다. 그는 석현에게 전화를 걸었다. 석현, 어떤 게 좋은 감자야? 석현은 알쏭달쏭한 문장 하나를 내놓았다. 세상에서 가장 좋은 감자는 이 세상에 없는 감자야. 부연 설명은 이랬다. 세상에 가장 좋은 것이란 없으며 설령 있다고 해도 세상의 모든 감자를 다 비교해볼 수는 없으니 그것을 찾아낼 수 없다. 찾아낼 수 없다면 없는 것이나 마찬가지다. 그는 가장 좋은 것을 고르려 하지 말고 적당히 좋은 것을 고르라고 조언했다. 그럼 어떤 게 적당히 좋은 감자냐는 질문을 불러오는 조언이었다. 그거야 감자 앞에 서 있는 사람이 알지. 감자 앞에 서 있던 사람은 전화를 끊어버렸다. 류는 정보가 부족하다는 생각에 장보기를 중단하고 집으로 돌아가 인터넷에 접속했다.

류는 자동차 영업 사원이 출고된 신차를 집으로 가져다주었을 때에도 바로 운전할 수가 없었다. 아내가 남산 순환도로를 한 바퀴 돌아 내려오는 동안 아이와 뒷좌석에 앉아 자동차의 매뉴얼을 열심히 들여다보았다. 집에 도착해 아내와 아이가 집 안으로 들어간 후에도 그는 여전히 차에 남아 조향장치와 제동장치, 와이퍼 작동 방법과 워셔액 분사 방법, 라이트와 시트 높이 조절까지 일단 한번 숙지한 매뉴얼을 펼쳐 놓고 하나씩 시험해보았다. 에어백을 시험해볼 수 없는 걸 아쉬워하며 두 시간 만에 그는 집으로 들어갈 수 있었다. 그는 이론 없이 실제에 부딪치는 법을 몰랐다. 실제에 부딪치는 법은 이론에서 배울 수 있다고 믿었다. 예상치 못한 어떤 위험에 대한 가능성을 염두에 두려면 매뉴얼에서 알려주는 주의와 경고 표시를 눈여겨봐야 했다. 그런 그가 아무 준비 없이 마트에 간 것은 그동안 아내와 다니던 버릇 때문이었다.

네이버와 다음과 구글은 많은 대답을 들려주었다. 치약은 치아의 법랑질을 지나치게 깎아내리지 않도록 마모도를 주의해서 살펴야 하고 표고버섯은 적당히 건조돼 갓 표면에 갈라진 자국이 있는 것이 좋고 양배추는 무조건 큰 것이 좋은 게 아니라 들어봤을 때 묵직해야 속이 꽉 찬 것이고, 등등. 그의 학구열은 분야를 가리지 않았다. 별을 못 볼 바에야 발치의 구덩이나 제대로 보자는 심정으로 구덩이를 파헤치고 있는 형국이라 할 수 있었다. 그는 비교적 많은 정보로 무장하고 다시 마트에 갔다. 그러나 여전히 장보기가 쉽지 않았다. 그는 상품마다 붙어 있는 가격표를 보며 중얼거렸다. 그래, 난 겨우 상품의 사용가치에 대해서만 공부한 거야. 교환가치에 대한 문제가 아직 남아 있었어. 그는 이번엔 학원의 정 선생에게 전화를 걸었다. 그녀는 대학 때 클래식 기타 동아리 후배로, 가느다란 손가락으로 기타를 썩 잘 퉁겼었는데 이제는 그 손으로 네 살배기 아이를 키우며 일하는 야무진 슈퍼맘이 돼 있었다. 그녀가 〈불만제로〉나 〈소비자 고발〉 같은 프로그램을 챙겨 보며 분개했던 것이 떠올랐다. 그녀라면 그에게 고급정보를 줄 수 있을 것 같았다. 정 선생, 왜 같은 크기의 우윤데 이렇게 가격 차이가 나는 거야? 저지방이다 칼슘이다 내용물도 다르고 브랜드 네임 밸류 차이도 무시할 수 없고. 거침없이 답이 나왔다. 그리고 자세히 보면 용기의 크기가 같아도 용량이 다를 수 있으니까 단위당 가격을 잘 계산해봐요. 제조업체들이 약은 수를 쓰거든. 한참 동안 그가 묻는 대로 우유며 두부며, 세제, 샴푸, 롤휴지까지 여러 품목, 갖가지 브랜드의 장단점을 주워섬기던 그녀는 대용량 제품이 꼭 싼 것도 아니니 잘 살펴보라는 말로 조언을 마쳤다. 정 선생은 이런 걸 다 누구한테 배운 거야? 학부 때 배웠는데. 영문과에서는 이런 거 다 필수 과목이잖아요. 정 선생이 호호 웃었다. 또 궁금한 거 있으면 전화해요, 선배. 아니, 이렇게 되면 후밴가?

처음으로 진정한 소비자가 된 그날, 정 선생과의 통화를 끝낸 후 마트를 나서기까지 세 시간이 걸렸다. 류의 머리칼이 다 젖어 있었다. 고작 감자 몇 알과 치약 나부랭이나 사면서 이렇게 끙끙거리고 있는 자신이 한없이 초라해 보였다. 데모크리토스가 그랬던 것처럼 높은 데 올라가 인간 세상을 내려다보며 한번 웃어주는 게 자신의 이상이었는데, 이젠 그 어리석은 인간 세상이, 소란한 시장 골목이 바로 자기의 자리였다는 것을 류는 통감하고 있었다. 그렇다고 데모크리토스의 말처럼 자기가 무슨 명예나 영광을 위해 이러는 것도 아니었다. 그런 것은 바라지도 않았다. 그럼, 내가 마트에서 원하는 게 뭐였더라? 류는 생각해보았다. 가격표 귀퉁이에 깨알같이 씌어 있는 우유 100밀리미터, 치즈 100그램, 롤휴지 10센티미터 당 가격을 논문에 각주 달던 꼼꼼함으로 따져보는 것이 그러면 자본의 음험한 계략에 속지 않으려고 필사적으로 발버둥이 치는 건가? 알 수 없었다. 생각은 류의 전공이었는데 이번엔 쉽지 않았다. 다만 골치가 아파왔다. 장보기에도 지치고 생각에도 지친 류는 사온 물건을 냉장고에 넣으며 끝으로 나직하게 한마디 했다. 쳇, 데모크리토스는 마트에서 장을 봐본 적이 없지 않은가?

류는 아래층 식품 매장으로 가기 위해 무빙워크를 탄다. 관절을 구부려 계단을 오르내리는 수고 없이 가만히 서 있기만 하면 매끄럽게 2층에서 1층으로 미끄러진다. 일단 쇼핑 카트의 손잡이에 손을 얹으면 계단을 이용할 수 없으니 몇 층짜리 건물이든 공간 전체가 쉽게 평면이 된다. 단번에 미끄러져 떨어지지 않도록 특수하게 고안된 카트의 바퀴가 무빙워크의 바닥 홈에 잘 끼워지기만 하면 된다. 천천히 흘러내려가는 무빙워크 위에서 그는 벽에 줄지어 붙어 있는 광고 전단을 눈으로 훑는다. 멤버십 할인 쿠폰 이벤트 전단을 보고서야 싱크대 서랍에 넣어둔 할인 쿠폰을 가져오지 않은 것이 생각난다. 사용 기한이 이번 주까지여서 마트 갈 때 잊지 말아야지 몇 번이나 상기했었는데 정작 그것을 빠뜨린 것이다. 사천 원이나 아낄 수 있었는데, 아까웠다. 이제 와서 집에 되돌아갈 수도 없었다. 에이, 씨. 아빠의 입에서 흘러나오는 소리를 듣고 아이가 그를 올려다본다. 민망해진 그는 잠시 자신을 사로잡았던 낭패감을 '사천 원짜리'라는 가격표를 붙여 멀리 던져버린다. 사내를 다시 본 것은 그때였다. 상행선 무빙워크를 막 올라타고 있었다. 사내는 카트도 동행도 없이 무빙워크 손잡이에 오른손을 올렸다. 검은색 양복에 넥타이 없이 흰 셔츠를 받쳐 입어 차림새는 말끔해 보였다. 그러나 한눈에 보아도 그는 어딘가 불안한 모습이었다. 눈 밑의 짙은 그늘 때문인지 눈빛이 형형했는데, 일정한 방향 없이 시선이 흔들리고 있었다. 금방이라도 눈 아래 근육에 경련이 일 것 같은 긴장된 표정이었다. 사내와 가까워지자 류는 짐짓 시선을 딴 데로 돌렸다가 서로 스쳐 지나가고 난 후 돌아보았다. 뭔가를 꼭 붙잡은 채로 고개를 돌린 것은 류만이 아니었다. 돌아보는 사내와 눈이 마주치자 류는 뭔가에 얻어맞은 듯 가슴에 묵지근한 통증을 느꼈다. 류는 얼른 몸을 돌렸다.

"아빠!"

그는 어느 새 1층을 밟고 있다. 사내는 처음 보는 사람인데도 낯설지가 않았다. 류는 그를 어디에서 본 적이 있는지 이마를 찡그리고 생각해본다. 아무런 그림도 떠오르지 않는다. 아이가 그의 손등을 탁탁 때린다.

"아빠! 뭐 해? 메모한 거 꺼내야지."

아이가 야무지게 아빠를 챙긴다. 메모지를 꺼내 아이의 손에 쥐여준다. 아이는 품목을 하나씩 읽고 그는 천천히 진열대 골목을 오가며 물건을 카트에 담는다. 사내와 눈이 마주쳤을 때 느꼈던 갑작스런 통증은 서서히 가라앉고 있었지만 정체 모를 사내만큼이나 알 수 없는 불안감은 완전히 가시지 않았다. 사과를 고르는 동안 잊고 있다가 토마토 쪽으로 가면서 불현듯 생각나고 파프리카를 담은 후 카트를 밀다가 문득 생각나는 식이었다.

살림을 맡기 시작한 후 초반 몇 차례 진땀을 흘리며 품목별로 무엇을 사야 하는지 일단 목록을 만들어두자 장보기가 훨씬 수월해졌다. 이젠 두유를 고를 때 콩이 지엠오인가 아닌가를 따져보는 여유까지 생겼다. 물론 이따금 신제품이 출시돼 그것에 대해 연구해보고 목록을 수정해야 할지 말지 고민하는 번거로움이 있긴 했지만 말이다. 어쩌다 아내와 함께 오면 과거 아내의 구매 행태가 꽤 부주의했다는 것을 지적해줄 만큼 그는 물건을 고르는 데에 익숙해져 있었다.

쿠폰을 가져오지 않은 것을 깨달았을 때의 낭패감에 사천 원짜리 가격표를 붙인 것은 얼마 전 정 선생에게 배운 것이다. 그날 새벽 아파트 주차장에서 르망의 뒤쪽 범퍼가 차체에서 살짝 떨어져

틈이 벌어져 있는 것을 보았다. 류가 저지른 일이라고도 아니라고도 할 수 없는 상황이었다. 자정 무렵 퇴근하면 주차할 데가 없기 때문에 평상시에는 차를 가지고 다니지 않지만 그날은 퇴근 후 지방의 상갓집에 다녀와야 해서 차를 가지고 나갔었다. 주차장에 도착한 것은 새벽 5시쯤이었다. 역시 주차할 데가 마땅치 않았다. 주차 라인 바깥쪽에 기어를 중립으로 해 놓고 가로로 댈 수 있는 곳도 듬성듬성 차들이 있었다. 몇 대만 앞뒤로 밀어주면 자리 하나는 만들 수 있을 것 같았다. 소나타를 먼저 밀고 카니발을 미는데 어찌나 무거운지 있는 힘을 다 짜냈다. 이제 남은 것은 낡은 베이지색 르망이었다. 르망이라면 그가 고등학교 때 몰고 싶던 차였다. 독서실 총무가 폼을 재며 여학생들을 태워주곤 했었다. 그러나 눈앞에 있는 것은 아직도 운행이 가능할까 싶게 낡은 똥차여서 그냥 준대도 타고 싶지 않은 차였다. 그는 보닛에 손을 올리고 카니발 반대쪽으로 힘껏 밀었다. 통탕, 양철 두드리는 듯한 소리에 깜짝 놀라 보닛을 붙잡아 밀리던 차를 세웠다. 카니발을 밀 때의 기운이 남아서 너무 세게 힘을 준 모양이었다. 그는 르망 뒤쪽으로 가보았다. 화단 가에 박혀 있던 철제 쓰레기통이 낸 소리였다. 젠장, 소리가 절로 나왔다. 목덜미에 열이 오르기 시작했다. 그는 르망을 반대로 밀어서 쓰레기통과 떼어 놓았다. 앞유리에는 아파트 관리사무소에서 입주민에게 발부하는 주차 스티커도 붙어 있지 않왔다. 이마에 끈끈하게 땀이 배어나오기 시작했다. 방문 차량인지도 몰랐다. 차 안을 들여다봤지만 연락처도 없었다. 지은 지 오래된 5층짜리 주공 아파트라 동마다 경비실이 있는 것도 아니었다. 눈가로 땀이 흘렀다. 그는 메모지에 자신의 연락처를 적어 와이퍼에 끼웠다. 어렵게 마련한 자리에 주차를 하고 현관으로 들어서다가 문득, 어쩌면 범퍼는 진작 떨어져 있던 것인지도 모른다는 생각이 들었다. 몇 미터 떨어진 곳에 서 있던 가로등 불빛에도 문짝에 수없이 그어진 스크래치며 우그러진 펜더가 보일 정도로 허름한 차였다. 범퍼가 그렇게 됐어도 고치지 않고 그냥 다닐 만도 했다. 사실 소리만 요란했지 범퍼의 틈이 벌어질 정도로 심하게 부딪친 것도 아니었다. 쓰레기통에 닿는 소리를 듣자마자 차를 세웠다. 요란한 소리는 차가 낸 것이 아니라 쓰레기통이 낸 소리였다. 괜한 덤터기를 쓸 필요는 없었다. 뺨으로 귀 뒤로 목울대로 땀방울이 흘렀다. 그는 다시 르망으로 다가가 메모지를 빼냈다.

그때부터가 그에게는 사건의 진정한 시작이었다. 장시간 운전으로 녹초가 돼 침대 위에 널브러져 있으면서도 머릿속에서 그는 계속 주차장에 서 있었다. 일이 잘못돼 뺑소니로 몰리면 어쩌나, 나도 모르는 사이에 주차장에 CCTV가 설치돼 있는 건 아니겠지, 차라리 다시 내려가서 연락처를 남기고 올까, 아냐, 내가 싸지도 않은 똥을 치우는 꼴이 될 거야, 그런데 르망 범퍼를 갈려면 얼마나 들까, 부품이 있기나 할까, 아냐, 아냐, 분명히 그렇게 심하게 부딪친 건 아니었어, 혹시 1층 현관 입구에 뺑소니 목격자를 찾는다는 방이 나붙는 건 아니겠지, 대인사고가 있어야 뺑소니라고 들었던 것 같은데 뺑소니의 정의가 정확히 뭔지 찾아봐야겠어. 그러는 사이 날이 밝았다. 아내가 일어나 출근 준비를 하고 아이를 깨워 밥을 먹이며 달그락거리는 소리가 들렸다. 까무룩 잠이 들었다가도 자동차 시동 거는 소리에 번쩍 눈이 뜨이곤 했다. 그럴 때마다 그의 가슴이 끔찍거렸다. 출근하는 자동차 소리가 뜸해지면서 그도 간신히 깊은 잠에 빠졌다. 정오 무렵, 눈을 뜨자마자 베란다로 달려가 주차장을 내려다보았다. 바퀴 한 짝 들이밀 틈 없던 새벽과 달리 주차장은 휑뎅그렁했다. 르망은 그 자리에 있었다. 그의 차는 새벽에 소나타가 있던 자리까지 밀려가 있었다. 르망이 사라지고 없다면 더 좋았겠지만 자기 차가 르망에서 멀찍하게 떨어져 있는 것을 보니 그나마 안심이 되었다.

학원에 출근해서 수업 전까지 류는 줄곧 컴퓨터 앞에 앉아 네이버와 다음, 그리고 구글과 상의했다. 뺑소니의 요건, 뺑소니 처벌, 르망 중고 가격, 주차장 CCTV, 자동차 부품 보유 연한. 더 이상 검색할 단어가 생각나지 않을 때까지 그것은 계속됐다. 수업 시간에 잠깐 잊고 있다가 쉬는 시간에 다시 그것을 생각했다. 새벽의 상황을 머릿속으로 다시 그려볼 수 있는 시간이 오히려 안도감이

들 지경이었다. 그것을 생각하면 일이 어떤 방향으로 전개될까 불안했지만 그것을 생각하지 못하고 있으면 그러다 자기가 중요한 뭔가를 놓치게 될까 봐 또 불안했다. 아무 일 없을 거라고 방심하고 있다가 경찰서에서 무슨 출두서라도 날아오면 어쩌지, 르망 차주가 만약 경찰에 신고한다면 그런 무서운 공문이 날아오는 데까지 며칠이 걸릴까, 내가 결국 파렴치범이 된다면 아내와 아이의 얼굴은 또 어떻게 본단 말인가. 류의 머릿속에서 사건은 점점 확대일로로 가고 있었다. 일어나지도 않은 일에 대한 상상력만큼은 널 따라올 자가 없을 거다. 석현은 그렇게 말하곤 했다. 광활한 우주에서 행성과 행성이 충돌한 것도 아니고 고작 폐차 직전의 고물차와 요란한 소리나 낼 줄 아는 쓰레기통이 살짝, 진짜로 살짝 닿았다 떨어졌을 뿐인데, 류의 한숨은 우주를 뒤흔들 정도였다. 류는 부끄러웠다.

또 웬 땀을 그렇게 흘려요? 정 선생이었다. 그는 자초지종을 털어놓았다. 아내였다면 그러지 못했을 터였다. 따지고 보면 아내보다는 정 선생과 밥 먹는 횟수도 더 많고 얘기하는 시간도 더 길었다. 하여튼, 그놈의 고민 따라 삼천리, 걱정 찾아 삼만리를 누가 말리겠어요? 선배 차로 부딪친 것도 아니라며? 응. 그런데 무슨 뺑소니야, 교통사고도 아닌데. 그런가? 재물손괴 정도 되겠네. 재물손괴? 그럼 이제 그거 찾아 삼만리 해야 되는 거야? 쯧쯧, 그녀는 혀를 찼다. 르망 중고 가격이 얼마나 하는데요? 이삼백 정도. 이백이에요, 삼백이에요? 그거야 뭐 연식이랑 운행거리에 따라 달라지겠지, 그래도 그게 르망 초기 모델이라 비싼 편은 아닐 거야. 그럼, 이백으로 합시다. 뭘? 그깟 똥차, 범퍼가 아니라 차를 통째로 물어준다고 쳐도 이백이잖아요. 이제부터 선배 걱정은 이백만 원짜리야.

'이백만 원.' 갈래갈래 뻗어나가던 걱정과 오만 가지 고민이 이백만 원이라는 한 점으로 그렇게 간단히 수렴됐다. 이제 그의 심란함이 단단한 형체를 갖추자 불쑥 불안해질 때마다 그 한 점만 응시하면 되는 거였다. 그래, '이백만 원.' 굉장한 기술이었다. 그녀야말로 진정 생활의 달인이라 할 수 있었다. 그는 칭찬이랍시고 이렇게 말했다. 내가 정 선생 같은 마누라를 얻었어야 했는데. 그녀는 눈을 내리깔았다. 나는 선배 같은 남편 싫은데?

집에 돌아와 주차장을 둘러보니 르망이 보이지 않았다. 출근하던 때까지도 그 자리에 있었다. 그때 르망에는 조수석 쪽 앞유리에 새벽에는 없던 '외부차량 주차금지'라는 노란 경고장이 붙어 있었다. 르망을 보았다면 다시 가슴이 덜컥 내려앉았을 텐데 르망이 안 보이자 또다시 불안감이 밀려왔다. 그는 얼른 '이백만 원'을 꺼내들었다. 역시 신기에 가까운 기술이었다. 결국 르망으로부터는 아무 연락도 오지 않았다.

그때부터 류는 갖가지 불쾌한 감정들에 가격을 매겨보았다. 이유를 알 수 없는 불안감에 대해서는 어쩔 수 없지만 이유를 알 수 있는 걱정은 그 내용에 따라서 각각의 가격표가 붙었다. 학원에서 말썽부리는 아이를 야단치고 돌아서서는 저 아이가 다음 달에 학원을 그만두면 어쩌나 싶다가도 그래야 십오만 원, 인터넷 서점에서 신간도서를 구입하고 배송을 기다리면서 실물도 보지 못했는데 생각보다 책이 형편없으면 어쩌지 하다가도 반품 왕복 배송비 오천 원, 냉장고에 장봐온 음식물을 넣으면서 상하지 않게 다 챙겨 먹어야 할 텐데 하다가 그것들이 다 못쓰게 돼도 전부 합해서 얼마, 등등. 그러니 장보기가 수월해진 것은 말할 것도 없었다. 처음부터 이백만 원이라는 거액으로 전수받은 기술이라 그런지 적은 액수에 대한 자잘한 걱정은 쉽게 잠재울 수 있었다. 그런데 한편으로는 결국 그런 감정들에 대한 값을 지불하기 위해 이렇게 돈벌이에 나선 것인가 싶어 씁쓸했다.

그래서 평안하냐? 석현은 그렇게 물었다. 이번에도 부연 설명을 빠뜨리지 않았다. 예수가 부활해서 처음 사람들을 만났을 때 한 말이야. 평안하냐? 2천 년 전부터 기독교를 믿어온 수십억의 인류가 바라는 게 뭔지 알겠지? 그래서 이제 개종하시게? 류의 말에 무신론자가 풋, 웃었다.

장자의 후예는 아니었는지 석현이 아내의 장례식에서 웃지는 않았다. 삼우제를 치르고 사십구재를 지내고 한동안 회사와 집만 간신히 오가던 그가 언젠가부터 틈만 나면 산에 다녔다. 그날도 류가 전화를 하자 산에나 가자고 했다. 석현은 정상 부근 수풀 속에 누울 자리를 찾았다. 배낭에서 돌돌 만 돗자리를 꺼내 활짝 펼쳤다. 류도 그 옆에 누웠다. 석현은 가만히 눈을 감고 말했다. 눈을 감아봐. 류도 눈을 감았다. 바람에 팔랑거리는 나뭇잎 사이로 비춰 드는 햇빛이 눈꺼풀 밖에서 어른거렸다. 이름을 알 수 없는 새들이 사방에서 울어댔다. 석현이 물었다. 지구가 돌고 있는 게 느껴져? 맹렬한 속도로 돌고 있구나. 웃기시네. 그럼 산이 숨 쉬는 게 느껴져? 이거, 왈랑왈랑거리는 이거? 야, 너는 하산해도 되겠다. 두 사람은 눈을 감은 채 킥킥거렸다. 한참을 그렇게 누워 있다가 석현이 한 말은 뜬금없었다. 인터넷 쇼핑몰에서 물건을 사면 택배 상자 운송장에 품목이 적혀 있잖아. 콘돔은 뭐라고 적혀 있게? 인터넷에서 그런 것도 파냐? 안 파는 게 있겠냐. 글쎄……, 성인용품? 아니. 그럼, 오락용품? 석현이 정답을 가르쳐주었다. 사무용품! 허! 류가 탄성을 뱉었다. 박스를 열면 까만색 비닐 봉투에 또 이렇게 씌어 있어. 본인 이외에 포장 개봉 시 민형사상 책임을 물을 수 있습니다. 고객에 대한 배려가 아주 안팎으로 흘러넘치는구나. 사고 나기 전날 밤에 와이프가 뭐라고 했는지 알아? 류는 순간적으로 긴장했다. 뭐라고 했는데? 그때를 떠올리는 듯 석현이 말없이 눈만 껌벅였다. 그러더니 목소리를 깔고 말했다. 우리 오늘 밤 사무 좀 볼까? 이러더라. 그렇게 말하며 웃음을 터뜨렸다. 류도 따라 웃었다. 그래서 사무는 잘 봤고? 철야 근무했지, 철야 근무. 석현의 웃음은 길지 않았다. 석현이 말했다. 난 세상에 무서운 게 없었던 것 같아. 세상에 싫은 건 많았어도 무섭지는 않았어. 근데 이젠 세상 무서운 걸 알았냐? 석현이 고개를 저었다. 내가 제일 무서워. 류는 그를 빤히 쳐다보았다. 아무것도 못하고 있는 내가 무서워. 류는 뭐라고 대꾸해야 할지 몰랐다. 처음엔 운전하기가 겁났고, 간신히 다시 운전할 수 있게 되니까 이젠 어느 길로 가야 할지 결정할 수가 없어서 막막해. 올림픽대로를 타고 가다 고속도로를 타야 되는데, 반포대교에서 빠져나가야 할지 한남대교에서 빠져나가야 할지 고민이야. 그게 뭐 이상해? 그건 나도 매번 하는 고민인데. 어디가 덜 막힐까 운전하면서 계속 잔머리 굴리잖아. 그게 아니라……, 어느 코스에서 어떤 불운이 기다리고 있을지 알 수 없잖아. 어떤 선택이 어떤 결과를 낳을지 알 수 없는 거……. 그건 사고 때문이지. 좀 지나면 괜찮아질 거야. 그렇게 따지면 우리가 뭘 할 수 있겠냐, 순간순간이 다 선택의 기론데. 내 말이 그 말이야. 처음엔 올림픽대로에서만 그랬는데, 이젠 모든 일상사가 다 그래. 류도 고해성사에 동참했다. 나, 요즘 이상한 버릇이 생겼어. 걱정이나 불안을 돈으로 환산하는 버릇. 신기하게도 참 많은 게 돈으로 해결된다는 거야. 그게 뭐가 신기해? 남들은 벌써 다 알고 있는 건데. 그런가? 이 기술의 요점은 최악의 상황을 시뮬레이션 해보고 이게 과연 내가 감당할 만한 것인가 따져보는 거야. 석현이 물었다. 그래서 평안하냐?

하산 길에 두 사람 모두 말이 없었다. 내가 겪어보지 않은 일까지 통제하고 싶은 거야. 방심하고 있는 사이에 예상치 못한 일이 일어나는 걸 견디지 못하니까. 모든 것이 자신이 아는 질서 속에 있기를 바라기 때문이겠지. 류는 이런 생각을 입 밖에 내지 않았다. 언젠가 석현이 했던 말이 생각났다. 50년 후엔 우리가 이 세상에 있지도 않을 텐데. 이제 석현은 말을 바꿀지도 몰랐다. 어쩌면 그게 50년이 아니라 내일이 될지도 모른다고. 그러니 너무 그렇게 애쓰지 말라고.

평일이지만 휴가철이라 그런지 계산대가 몹시 붐볐다. 계산을 기다리는 대열 끝에 서 있던 류는 문득 아까 그 사내가 또 생각났다. 줄이 줄어드는 동안 자꾸 뒤를 흘끔거렸다. 검은 옷을 입은 사내가 매장 안 어딘가에 서 있다가 자기와 눈을 마주칠 것 같았다. 이유 없이 가슴이 두근거렸다. 계산원이 바코드를 찍는 동안 계산이 끝난 물건을 카트에 다시 실었다. 116,200원이 찍힌 영수증을 건네받자마자 류는 서둘러 주차장으로 향했다. 평소라면 계산대 근처를 떠나기 전에 영수증을 꼼꼼히 확인했을 것이다. 기계가 당신보다 더 똑똑하거든. 가끔 아내의 타박을 듣긴 하지만 서너 번인가는 계산 착오를 찾아내기도 했다. 수량이 두 개인데 세 개로 계산된 적도 있고 야채의 경우 계산대에 비치된 바코드 목록에서 다른 상품의 가격이 잘못 찍힌 적도 있다. 기계를 믿지 못하는 게 아니라 계산원의 실수 가능성을 지나치지 않는 것뿐이다. 그런데 오늘은 이상하게 마음이 바빴다. 차에 물건을 옮겨 싣고 카트 보관소에 다녀와서 차를 몰고 나오다가 다시 사내를 보았다. 매장동으로 가는 통로 유리문에 이마를 대고 이쪽을 보고 있었다. 천장의 환한 조명이 그의 얼굴 전체에 그늘을 짙게 드리웠다. 사내가 문 앞에 서 있는데도 이상하게 자동문이 열리지 않고 있었다. 류는 자기도 모르게 차를 멈췄다. 주위를 둘러보았다. 주차장에는 아무도 없었다. 열리지 않는 자동문 너머의 사내, 그리고 류와 아이뿐이었다. 정면으로 류를 쳐다보고 있는 사내의 눈빛이 날카로웠다. 사내 뒤로 길게 펼쳐진 통로는 이제 부조리극이 상연되는 무대가 된 듯했다. 류의 가슴이 쿵쾅거리기 시작했다. 아빠, 왜 그래? 아이가 운전석과 조수석 사이로 고개를 내밀었다. 류는 도망치듯 그곳을 빠져나왔다.

아빠, 나 봐봐. 아이는 이제 2회 연속 구르기를 시도한다. 소파가 여느 것보다 좀 긴데도 한쪽 끝에서 시작된 2회전이 다른 쪽을 넘어서 끝났다. 소파 팔걸이 너머로 다리가 삐져나왔다. 모르는 사이 아이의 몸이 부쩍 길어졌다는 것을 실감할 수 있었다. 사온 것들을 냉장고에 넣으랴 수납장에 넣으랴 정리하기 바빠서 건성으로 칭찬을 해주었다. 아이는 지치지도 않고 계속해서 돌고 또 돌았다. 키친타월을 베란다 창고에 넣어두려고 거실을 지나가다 잠깐 멈춰 서서 아빠가 잘 보고 있다는 뜻을 전했다.

창고 안은 뒤죽박죽이었다. 정리하려면 한나절이 걸릴 정도로 물건이 쌓여 있었다. 한 번씩 정리를 해두어도 아내가 뭔가를 찾는다고 쑤석거리면 금방 또 어질러졌다. 채반, 빨래 삶는 솥단지, 돗자리, 두루마리 휴지 꾸러미, 뭐가 들어 있는지 알 수 없는 박스들까지 만물상이 따로 없었다. 바닥부터 천장까지 아무렇게나 쌓여 있었다. 창고 문을 열었을 때 쏟아져 내리지 않은 것이 신기할 정도였다. 어떻게든 자리를 만들어 키친타월 박스를 넣어야 했다. 류는 이것저것을 들었다 놨다 하며 낑낑거렸다. 한 손으로 위태롭게 쌓여 있는 물건들을 붙잡고 다른 한 손으로 여행용 트렁크를 꺼내는데 아이가 소리쳤다.

"아빠! 아빠!"

류는 그대로 동작을 멈추고 대답했다.

"왜?"

"아빠! 도와주세요!"

겁에 질린 목소리였다. 가슴이 덜컥 내려앉았다. 존댓말을 쓴다는 건 비상사태라는 뜻이었다. 놀란 마음에 자기도 모르게 손에 잡고 있던 것을 놓고 돌아섰다. 등 뒤에서 뭔가가 와르르 무너지고 떨어지는 소리가 들렸다. 거실로 나왔을 때 아이가 소파에 팔을 짚고 엉거주춤 서 있는 게 보였다.

"무슨 일이야?"

아빠를 본 아이가 그제야 울음을 터뜨리며 말했다.

"연필이 나를 찔렀어요, 아빠."

탁자를 밀치고 보니 아이의 종아리에 분홍색 연필이 박혀 있었다. 그것을 본 순간 류의 가슴에도 뭔가가 팍 박혔다. 아이는 울면서도 종아리를 내려다보려고 고개를 비틀었다. 류의 눈이 커졌다. 몸 안의 모든 세포들이 열려 뭔가가 왈칵 쏟아져 나왔다.

"잘못했어요, 아빠."

아빠가 놀란 것을 알았는지 아이가 울먹였다.

"아냐, 아냐, 아빠가 잘못한 거야. 아빠가 연필꽂이를 치웠어야 했는데."

어디를 어떻게 만져야 할지, 연약한 아이의 몸이 금방이라도 부서질 것 같아 손을 대기가 겁났다. 무턱대고 연필을 뽑아서도 안 될 것 같았다. 우선 자동차 키를 챙긴 류는 최대한 연필을 건드리지 않도록 조심하면서 아이를 안아 올렸다. 아이가 그의 목에 매달렸다. 부드럽고 말랑말랑한 아이의 몸이 떨리고 있었다. 한 발 한 발 계단을 내려가는 류의 다리도 후들거렸다. 아이가 그렇게 무거운 줄은 몰랐다. 온 세상을 떠멘 것처럼 그의 몸이 자꾸 까라졌다. 몸 전체에서 일제히 열린 땀구멍이 땀을 쏟아내고 있었다. 땀이 흘러들어 눈이 따가웠다. 아이가 목에 매달려 있어 숨이 막혀왔다. 류는 정신을 차리려고 애썼다. 침착하자. 침착해야 돼. 그래, 이건 얼마짜리일까? 얼마짜리지? 그러나 아무리 생각해도 이번 일의 가격이 계산되지 않았다. 주차장에 내려와 자동차 문을 열려고 손을 내밀다가 창유리에 비친 것을 보고 류는 얼어붙고 말았다. 푸른색 선팅지가 붙은 창유리 속에는 검은 옷의 사내가 공포에 질린 얼굴로 아이를 안고 있었다.

당신 손목을
붙드는 그림자

자석은 영혼을 가지고 있대. 언젠가 어머니가 말했다. 영혼은 뭔가를 움직일 수 있는 힘인데, 자석은 철을 움직이니까. 지금은 기억나지도 않는 잘못을 저질러 어머니 앞에 무릎을 꿇고 있던 나는 잘못을 딱 잡아떼고 있던 참이었다. 접촉하지 않고도 떨어져 있는 거리에서 작용하는 힘에 대해, 이를 테면 자기력 같은 것에 대해 말한 후 어머니는 본론을 꺼냈다. 내가 널 때리려면 팔을 뻗어서 너에게 닿는 거리만큼 가까이 다가가야 하잖아? 그치만 나는 너를 때리지 않고도 네가 무엇을 잘못했는지 알게 할 수 있다. 네 마음을 움직이게 할 수 있어. 우리에겐 영혼이 있으니까. 그렇게 말한 후 어머니는 내 눈을 가만히 쳐다보기 시작했다. 침묵을 지키는 어머니의 눈동자는 몇 대의 매보다도 준엄한 데가 있었다. 나는 곧 울음을 터뜨렸다. 그렇게 본의 아니게 어머니의 자석-영혼론을 증명해드렸다. 내가 자초지종을 이실직고하자 어머니는 나를 끌어당겨 안아주었다. 자석은 이렇게 찰싹 붙기도 하지. 어머니식 유머는 언제나 그렇듯 사건의 종결을 알렸다.

나도 아이의 눈동자를 가만히 들여다보았다. 가려움에 괴로워하는 아이를 진정시키는 방법이었다. 꽤 오랫동안 잠잠해서 자연치유되는 부류에 속하는가 싶었는데, 초등학교 입학 후 스트레스 때문인지 아토피가 심하게 도졌다. 아이는 숨을 크게 들이쉬고 내쉬었다. 엄마, 나 간지럼 태우면 안 돼. 알았어, 너 다 나을 때까지 참았다가 그때 할게. 이부자리에 누워 서로 옆구리를 간질이고 새끼곰처럼 데굴데굴 구르며 킥킥거리다 잠드는 게 우리의 잠버릇이었는데 그걸 할 수 없어서 아쉬웠다. 대신 아이 몸에 스테로이드 연고를 바르고 손에 장갑을 끼우고 발에 양말을 신겨주었다.

아이는 생후 3개월부터 어머니와 나 사이를 오갔다. 내 일이 너무 바쁠 때는 한 달 넘게 어머니 집에 있었던 적도 있다. 어머니를 모시고 살던 큰오빠는 내가 제 앞가림도 못하고 어머니를 힘들게 한다며 종종 싫은 내색을 했다. 아이는 어머니 집에 있을 때는 나를 그리워했고 나와 있을 때는 어머니를 그리워했다. 언젠가 늑대가 할머니를 잡아먹고 할머니 행세를 하는 동화를 읽어주었을 때 아이가 울음을 터뜨렸다. 그러고는 할머니에게 전화를 해서 울면서 말했다. 할머니, 나 없을 때 죽지 마세요. 그랬는데 어머니는 아이가 유치원에서 점심밥을 먹고 있을 때 돌아가셨다. 눈에 안 보이면 슬프지도 않으리, 어머니가 종종 읊어댔던 아라비안나이트의 그 구절은 틀린 말이었다.

아이의 아토피가 심해지지 않았다면 출판사를 그만두지 않았을 것이다. 이혼 후 제법 착실하게 송금되던 남편의 양육비가 끊겨도 그를 닦달할 수 없었다. 다니던 회사가 외국계 회사에 팔리면서 전원 고용승계가 되지 않았다. 그는 탈락자에 속했다. 그가 또 얼마나 시집 식구들에게 시달릴지 빤했다. 다시는 생각하고 싶지도 않은 사람들이었다. 세상에 이렇게 염치가 없을 수도 있구나, 새삼 새로운 인간상을 보여준 사람들. 그들을 알기 전까지 내가 얼마나 이치에 닿는 세계에 살고 있었는지 깨닫게 해준 사람들이었다. 문제는 남편의 태도였고 나는 더 이상 소모적이고도 부당한 연대책임을 질 수 없었다. 그 집 식구들 중 유일하게 부끄러움이 뭔지 알았던 남편은 순순히 양육권을 포기해주었다. 6년간의 진흙탕 같은 결혼생활이 끝나고 보니 나 자신도 다른 사람이 되어 있었다. 이루고 싶은 꿈 같은 것은 남아 있지 않았다. 번역할 만한 책을 찾아 시간을 쪼개 영어책을 뒤적이던 밤도, 새로운 저자를 발굴하기 위해 문예지를 꼼꼼히 챙겨보던 날들도, 내가 만든 책을 받아든 어머니의 환한 얼굴도, 모두 희미한 과거일 뿐이었다. 오직 생계만이 내 앞에 놓인 현실이었다. 출판사를 그만둔 후 외주를 받아 집에서 교정교열을 보는 것으로는 생계가 빡빡했다. 이따금 들어오는 서재 장식일이 그나마 큰 보탬이 되었다. 아이가 잠들면 나는 교정지를 들여다보며 밤을 밝혔다. 어느 새벽, 거실까지 들어와 있는 달빛을 보니 이상하게 웃음이 나왔다. 유리문 앞에 앉아 두 발을 내놓고 오래 달빛을 쬐었다.

*

"그리고 이쪽 책장엔 니체 전집이 좋겠어요. 붉은 색 책등에 박힌 하얀 제목이 저 조명을 받으면 근사해 보일 거예요."

나는 천장에 달려 벽 쪽을 비추고 있는 할로겐 등을 가리켰다. 서재 중앙의 커다란 조명등과 달리 순전히 장식을 목적으로 각도가 조절된 등이었다.

"알아서 하시오. 일일이 얘기할 필요 없어요."

박무석은 서너 발자국의 거리를 두고 줄곧 내 뒤를 따라다녔다. 그의 큰 키와 덩치만큼 나는 등 뒤가 부담스러웠다. 하오체를 쓰는 그의 말투도 계속 귀에 거슬렸다.

"이번 주말에 일 차로 들어올 거구요, 진열 상태를 봐서 부족한 것은 다음 주까지 마무리 짓도록 하겠습니다."

그는 고개만 끄덕였다. 광대뼈와 꾹 다문 입 때문에 화난 사람 같아 보였다. 그러나 처음 대면하던 순간이나 거실에서 차를 권하던 때, 서재로 안내하던 때의 그의 몸짓에서 그가 나를 어려워한다는 것을 알 수 있었다. 직업상 여자를 상대할 일이 별로 없는 사람 특유의 수줍음과 조심성이 있었다.

"그런데 현판 같은 건……."

그는 말을 꺼내다 말았다. 자기 입으로 얘기하기 뭣하니 나머지는 내가 알아채고 대답했으면 하는 투였다. 나는 짐짓 모른 체하고 눈짓으로 뭐냐고 물었다.

"아, 왜, 그 있잖소, 서재 문 앞에 붙여 놓는 거 말이오."

"문밖에 거는 건, 대놓고 촌스러운데요. 여기, 문 옆이 좋겠어요."

문 쪽으로 걸어가 전등 스위치 위를 가리켰다.

"들어올 때는 보이지 않겠지만 서가를 휘 돌아보고 나갈 때 그것이 보이는 게 더 효과적이에요. 너무 크지 않게 소박해 보이는 걸로요."

"어떤 말이 좋겠소?"

"생각해두신 거라도 있으세요?"

"사자성어가 어떨까, 하는 정돈데……."

"혹시, 라틴어는 어떠세요?"

"라틴어요?"

"그게 더 품격이 있어 보여요, 알아보는 사람이 많지 않을 테니까요. 잘 모르는 것에는 왠지 뭔가 있을 것 같은 기분이 들잖아요? 무슨 뜻인지 물었을 때 아무렇지도 않은 듯 대답해주면 상대는 속으로 선생님에 대해 놀라게 될 거예요."

"라틴어라……, 어느 나라 말이오?"

그를 빤히 쳐다보았다. 그가 자신 없는 목소리로 눈치를 보며 더듬거렸다.

"라틴…… 아메리카……는 아니겠지요?"

"거기에선, 요즘 에스파냐어가 유행이라던데요."

그가 피식 웃었다.

"그쪽이 조금이라도 웃었다면 덜 무안했을 거요."

"……."

"그럼, 라틴어는 어디에서 유행하는 말이오?"

"죽어버린 말입니다."

"무섭게 들리는군."

"더는 아무도 쓰지 않아요."

"음, 그거 괜찮군. 그걸로 합시다."

나는 가방에서 노트를 꺼내 그 앞에 펼쳤다.

"골라보세요."

"영어랑 비슷하게 생겼군."

"오랫동안 유럽에서는 국제 공용어였지요. 지금의 영어처럼요.

지금은 그저 문헌 속에만 존재하는 사어가 됐지만요."

"라틴어는 어디서 배웠소?"

"배운 적 없습니다. 다 책에서 베낀 거죠."

"그러면서 그렇게 아는 척을 한다?"

"그게 제 일입니다."

그는 다시 노트로 시선을 돌렸다.

"골라줘봐요."

나는 'in angello cum libello(책과 더불어 은거지에서)'를 가리켰다.

"라틴어씩이나 아냐고 물을 텐데?"

"잘 모른다고 대답하세요. 어느 책에선가 본 게 마음에 들어서 베껴봤다고요. 이미 선생님에 대해 경탄하고 있는 상대는 그런 솔직함에도 매료될 겁니다."

그가 나를 신기한 듯 물끄러미 바라보았다.

"언제나 그렇게 대답이 준비되어 있소?"

"네."

"어떤 책에서 베꼈냐고 끈질기게 물으면 어쩌지?"

"잘 기억나지 않는다고 하세요. 아니면 『중세의 가을』이라는 책에 나온다고 하셔도 되고요. 나중에 적어드릴게요."

"책 내용을 물으면?"

"오래전에 읽어서 다 까먹었다고 하시면 되죠. 웃으면서요. 읽은 지 한 달이 지나면 책 내용의 절반도 기억에 남지 않습니다. 일 년이 지나면 책 제목만 남게 됩니다. 누구나 그래요."

그는 살짝 미소를 지으며 셔츠 주머니에서 내가 준 명함을 꺼내 들여다보았다.

"이름이, 진소영 씨라고 했소?"

나는 그와 눈도 맞추지 않고 고개만 까딱했다.

당구대와 운동기구가 있던 휴게실과 AV룸을 터서 만들었다는 지하의 서재에는 벌써 고급 원목 책장이 벽을 가득 채우고 있었다. 서재를 나오며 그가 전등 스위치를 내리자 책장 위 쪽창에서 흘러드는 빛이 그제야 보였다. 서재 문을 닫으며 그가 말했다.

"그런데 책이 새것이면 너무 안 읽은 티가 나지 않겠소?"

"새 책을 들여올 거라고 생각하셨나요?"

"이런, 전문가를 몰라봐서 미안하군. 어련히 알아서 잘 해주실까 봐."

조경이 잘돼 있어 세련되지만 그래서 나무들이 살아 있는 것 같지 않은 넓은 정원을 가로질렀다. 대문까지는 꽤 긴 자갈길이었다. 대문에 못 미쳐 차고가 딸린 부속 건물이 있었고 그 앞에 녹색 파라솔과 개집이 있었다. 파라솔 아래 앉아 있던 젊은 남자가 스마트폰에 코를 박고 있다가 개가 컹 짖자 고개를 들었다. 나를 보더니 엉거주춤 일어나 고개를 숙였다. 그를 따라 나도 모르게 고개가 숙여졌다. 서둘러 대문을 나서다가 한 여자애와 맞닥뜨렸다. 교복 차림의 여자애가 대뜸 물었다.

"누구세요?"

동그랗게 치켜뜬 눈 위로 하얀 이마가, 이마 위로 분홍색 실핀이 꽂힌 머리칼이 반질거렸다. 나는 여자애의 등에 매달린 가방을 툭 툭 쳐주고는 내 길을 갔다.

"저런, 싸가지."

그 말을 못 들은 척 몇 발자국 더 걸었다.

"누구냐니까?"

앙칼진 목소리였다. 돌아보니 여자애는 따지듯 허리춤에 양손을 올리고 있었다.

"인테리어 업자다. 됐냐?"

국도변의 버스 정류장까지는 10분 넘게 걸어야 했다. 야트막한 산을 배경으로 서 있는 박무석의 집은 시골 마을 안쪽에 있었다. 워낙 터를 넓게 잡고 앉아서 그런지 마을의 다른 집들과는 꽤 떨어져 있었다. 여성지 혹은 인테리어 잡지에나 나올 법한 사진을 보는 듯했다. 1층의 나무 데크와 2층의 테라스는 웬만한 전원주택과는 비교도 되지 않게 넓었고 여러 종류의 화초로 푸르게 장식되어 있었다. 마을에는 주황색 혹은 파란색으로 칠한 기와나 슬레이트 지붕을 얹은 옛날 가옥부터 웅장한 티를 내려는 듯 석조 난간을 무겁게 떠안고 있는 이층집, 별 특징 없이 옥상을 이고 창문을 낸 단독주택들, 그리고 서너 동짜리 연립주택까지 집들이 여기저기 아무렇게나 흩어져 있었다. 그래서 걷다 보면 아무 데서나 골목 입구가 나타났다. 아까는 박무석의 집을 찾느라 미처 살펴보지 못했는데 이제 하나하나 눈에 들어왔다. 크고 작은 비닐하우스 몇 동과 닭장을 지나, 잎이 무성한 고구마와 옹골진 꼬투리를 주렁주렁 달고 있는 콩, 빨갛게 익고 있는 고추, 파며 상추며 열무 같은 푸릇푸릇한 채소 등속이 가득한 밭을 지나, 다보록하게 누런 벼이삭이 달린 논을 지나 버스 정류장에 도착할 때까지 나는 한 가지 생각에 사로잡혀 있었다. 집으로 전화를 걸었다. 아들, 엄만데, 우리 시골에서 살까?

*

박무석을 소개해준 것은 책 창고의 윤이었다. 인테리어 업자들로부터 소개받는 건수가 점점 더 많아지고 있었지만 윤으로부터 들어오는 일이 완전히 끊긴 것은 아니었다. 윤은 내가 아직도 관리받고 있다는 것을 상기시키려는 듯 잊을 만하면 연락을 해왔다.

강령도 없고, 회합도 없고, 조직 관리 같은 것은 더더구나 없고, 심지어 신봉하는 텍스트마저 없는, 그런 조직을 꿈꾼다고 말한 것은 윤 자신이었다. 그는 일종의 비밀결사를 염두에 두고 있다고 은밀히 말하기도 했지만, 내가 하는 일은 조직도 비밀결사도 뭣도 아니다. 그것은 그의 과대한 망상일 뿐, 이 일을 하는 누구도 그렇게 생각하지 않는다. 윤의 망상도 우스꽝스럽지만, 책을 겨우 부자들 허영심이나 채워주는 데 쓰냐는 출판사 동료의 빈정거림도 딱하기는 마찬가지였다. 언젠가 나를 걱정하듯이, 한편으로는 한심하다는 듯이 말하는 동료에게 이렇게 말해주었다. 18세기 영국에서 가발 높이가 얼마나 됐는지 알아? 심한 경우엔 60센티, 70센티도 넘었다는 거야. 우뚝 솟은 가발을 깃털이나 꽃 같은 걸로 장식했는데, 때로는 꽃에다 물을 주기도 했대. 뜬금없이 무슨 소리냐는 듯한 표정의 그에게 가발에 꽂힌 꽃에다 물을 주는 이상한 사람이 된 것처럼 나는 웃어주었다.

윤은 마치 느슨한 점조직의 수장인 양, 경기도 이천의 책 창고에 들어앉아 이따금 오더를 주었다. 그는 그것을 모종의 지시라고 생각했겠지만 나와 같은 사람들에게는 주문을 받는 것에 불과했다. 그의 '동지'가 모두 몇인지 정확히 모르겠지만 송과 곽은 함께 술자리를 한 적이 있다. 나처럼 그들도 윤이 거쳐온 출판사 중 한 군데에서 윤을 만난 인연을 갖고 있었다. 업계에서 윤은 알 만한 사람은 다 아는, 그러나 알고 지내고 싶지는 않은 사람이었다. 누군가는 그를 라만차의 돈 키호테에 빗대 이천의 돈 성식이라 불렀다. 윤성식이라는 이름에서 따온 돈 성식은 그에 대한 평판의 절묘한 요약이랄 수 있었다. 그러니까, 머리가 살짝 돈.

윤은 이천 외곽의 한적한 시골 마을에 조립식 패널로 지은, 예전에 공장으로 쓰였던 건물에서 살고 있었다. 수만 권의 책과 함께. 그 책들에 햇볕을 쪼이고 바람을 쏘이고 세월의 때를 묻히면서. 특히 세월의 때가 중요한데, 고객들의 요구를 반영한 것이다. 윤은, 말하자면 스톤워싱 같은 것이라고 했다. 1960년대 미국에서 청바지가 유행할 때 새 바지를 입고 이제 겨우 막 유행의 대열에 합류했다는 사실을 감추고 오래 입어 닳아진 인상을 주기 위해 멀쩡한 새 바지를 조약돌로 세탁했다. 한때는 생산비의 25퍼센트를 닳게 만드는 데 썼다는 회사도 있었다고 한다. 윤은 새 책을 사들여 세월을 입히거나 중고책을 사 모았다. 발품을 팔 필요도 없었다. 웬만한 중고서적상들은 인터넷에 장터를 열어 놓았고, 대형 인터넷 서점이 운영하는 중고샵에서는 일반인들도 중고책을 팔고 있었다. 그는 그곳에 매일 드나들며 눈 밝은 독자를 기다리는 좋은 책들이나 구하기 어려운 절판본과 품절 도서를 사들였다. 그러다 예전에 자기가 만들었던 책을 만나면 한 번씩 눈물이 나더라나. 그의 편집자 시절이 눈물겹긴 했다. 누군가는 꼭 만들어야 할 책, 한

번 출간됐지만 별로 빛을 보지 못하고 절판된 책, 소위 저주받은 걸작에 대한 안목이 뛰어난 편집자였다. 그러나 책은 어쨌든 상품이어서 시장을 읽지 못한 숱한 편집자들이 걸어간 길이 그에게도 활짝 열려 있었다. 출판사 몇 곳을 전전하고, 창업하고, 그리고 빚잔치로 이어지는 그 길 끝에는 고속도로 휴게소나 지하도의 천 원짜리 염가판매 상인들에게 매절되거나 그마저도 안 되면 곧 파지가 될 책 꾸러미만 남게 된다. 윤의 인기 없는 야심작, 두꺼운 인문서들은 덤핑으로도 팔리지 않을 책들이었다. 언젠가 운이 트이는 때를 노려 표지 갈이라도 해서 개정판을 낼 속셈인지 윤은 그것들을 창고 한쪽에 쌓아 놓았다. 좋은 책도 몰라보는 '무식한 것들'에 대한 혐오와 시장만능주의의 장본인인 자본가 계급에 대한 증오, 무지몽매한 대중을 계몽시키겠다는 섣부른 야망이 그의 술자리 안주였다. 선거 때마다 왜 노동자 계급이 자신의 계급 이해와 반대되는 투표를 하는지 나는 정말 이해가 안 됐거든. 근데 내가 노동자가 돼보니까 알겠더라. 책 읽을 시간이 없는 거야. 먹고 살기도 바쁜데, 내가 속한 계급이 뭔지 계급의 이익을 위해 어떤 정치적 행동을 해야 하는지 생각할 겨를도 없고, 그런 정보를 얻을 시간 자체가 없는 거야. 잘 들어, 이게 이 일을 하는 이유야. 세계 7위라는 출판대국의 현실이 어떤지 잘 알지? 양서지만 안 팔리는 책들에 대한 꾸준한 수요를 만들자는 게 목적이 아니야. 물론 그것도 중요해. 하지만 궁극적으로는 부자들로부터 자본을 모아서 노동자 계급을 계몽시키는 밑천을 만드는 거지. 그의 말을 듣다 보니 언젠가 그에 관해 들었던 얘기가 생각났다. 그는 제대 후 복학했다가 한 학기 만에 사라졌다. 알고 보니 다단계 판매 조직에 들어간 거였다. 그의 친구를 대동하고 출동한 삼촌에게 잡혀온 그가 부모 앞에서 한 말이 걸작이었다. 제가 돈 때문에 이러는 줄 아세요? 저는 극단을 만들 생각이에요. 운동으로서의 연극을 염두에 두고 있습니다. 믿어주세요. 그는 다음 학기에 복학했다. 그가 연극에 투신했었는지는 알려진 바가 없었다. 하다못해 연극 동아리에 가입했던 사실도 없었다. 다만 그가 어느 겨울 문예회관 대극장에서 고리키의 〈밤주막〉이라는 연극을 보고 울면서 집까지 걸어갔다는 풍문만 떠돌았을 뿐이다. 그와의 술자리에 대한 기억 중에서 떠오르는 얘기가 또 있다. 있잖아, 내가 신입생 때 일이야. 과방에 모여서 총학에서 내려온 택을 받는데, 택 알아? 택틱이라고 전술 말이야, 그거 운동권 은어거든. 아무튼 택을 받는데, 과 학생회장이 종이에 1430이라고 쓰는 거야. 이게 뭐냐고 물었더니 한 선배가 내 입술에 손가락을 갖다 대는데 이상하게 떨리더라. 그게 오후 2시 30분을 가리킨다는 건 나중에 알았어. 과방이 도청되고 있을지 몰라서 그러는 거였지. 학생회장이 종이에 뭐라고 쓰면 모두들 조용히 고개를 끄덕이기만 하는 거야. 라이터를 켜서 그 종이를 태울 때는 정말 짜릿했어. 아, 무슨 일인가 일어나는구나. 그러니까 그런 때의 흥분, 아, 무슨 일인가 일어나는구나, 하는 그런 거창한 흥분이야말로 그의 인생이 그를 끌고 가는 힘인지도 몰랐다. 그런 그에게 자본을 모아 노동자 계급을 계몽시키기 위해 현실적으로 무슨 실천을 하고 있으며 구체적인 대안이 무엇이냐고 묻는다면 그것은 난센스였다.

윤은 박무석을 한 번 보았을 뿐이면서 그에 대해 잘 아는 것처럼 말했다. 건축업자로 수도권 일대에 다세대 주택을 지어 팔아 꽤 성공했으며, 신도시 인근에서 부지를 물색하는 과정에 사들인 토지를 되팔아 막대한 차익을 남겼다는 것이다. 용인 외곽에 그동안 팔기 위해 지었던 다세대 주택과는 아주 다른 근사한 이층집을 지은 것이 삼 년 전이었다. 윤이 얼마 전 분당에 사는 한 중소기업 대표의 서재를 꾸며준 적이 있는데 박무석은 그의 고향 후배였다. 이따금 술자리를 할 만큼 친분을 쌓은 그 김 사장이라는 사람이 박무석을 소개했다는 것이다. 드문 일이었다. 일의 특성상 고객은 다른 고객을 소개해주지 않는다. 내 서재는 사실 장식용이고 이런 걸 전문적으로 해주는 사람들이 있어. 이렇게 주변 사람들에게 말할 사람은 별로 없었다. 그러니 고객 관리가 필요 없는 일이었다. 고객과의 만남은 일회성이고 그것은 고객이 원하는 것이기도 했다. 좋은 관계를 유지해야 하는 것은 오히려 인테리어 업자들이었다. 평

수가 넓은 집에는 대개 남는 공간이 많기 마련이고, 책이 얼마나 훌륭한 데코레이션인지는 인테리어 업자들이 더 잘 알고 있었다. 실내장식이 집의 품격을 높여준다면 책이라는 장식품은 집주인의 품격을 높여준다. 서재 인테리어 비용에 윤에게서 받는 구전까지 챙길 수 있는 기회를 그들이 마다할 리 없었다. 이 일도 윤이 압구정동에서 인테리어 가게를 크게 하는 외삼촌을 구워삶아서 시작된 것이다. 외삼촌을 발판 삼아 인테리어 업자들과의 인맥을 넓혔고 그 바닥에서 윤은 은밀하고도 공공연하게 알려져 있었다.

*

세 차례나 박무석의 집에 갔다. 대부분 윤이 보내준 책들이었지만 인터넷 서점에 견적서를 보내 대량 주문한 책들도 적지 않았다. 책을 선정하는 데에는 단 한 가지 원칙만이 있었는데 베스트셀러는 제외한다는 것이다. 드물게 좋은 책들이 베스트셀러에 오르는 경우도 있지만 우리는 원칙에 예외를 두지 않았다. 베스트셀러는 충분히 팔리고 있는 것이라 윤이 이 일을 시작하게 된 동기에도 부합하지 않을뿐더러 무엇보다 데코레이션 효과에 좋지 않기 때문이다. 교양 있는 품격을 목적으로 이 일을 맡긴 고객들은 물론 그것을 알아보지 못하겠지만 그들의 손님 중에는 그것을 알아볼 안목을 가진 사람이 있게 마련이다. 게다가 안목 없는 손님이 베스트셀러를 보고 서재의 격을 낮추어 볼 수도 있었다.

융, 한나 아렌트, 케인스의 평전처럼 천 페이지를 육박하는, 내가 들면 손목이 시큰할 정도의 육중한 책들은 역시 서재의 중후함을 더해주었다. 졸부의 서재에 좌파의 역사를 다룬 『The left』와 마르크스·엥겔스 저작 선집 여섯 권을 꽂아둔 것은 좀 짓궂긴 했지만, 계급을 넘나드는 독서야말로 진정한 교양이라 할 수 있었다. 박무석은 전집은 아니지만 조금씩 다르면서도 일관된 표지 디자인을 가진 기획 시리즈 같은 것을 마음에 들어 했다. 다윈 평전이나 러셀 자서전처럼 책등에 인물의 얼굴이 박혀 있는 것에도 눈길을 오래 주었다. 특히 프루스트의 『잃어버린 시간을 찾아서』를 꽂아 놓은 것을 보고 매우 흡족해했다. 표지 디자인 아이디어가 좋았다. 열한 권을 모두 꽂아 놓으면 책등에 'Marcel Proust'라는 흘려 쓴 글씨체의 서명이 완성된다. 한 권이라도 빠진다면 그것은 'Marcel Proust'가 될 수 없다. 박무석은 그게 무슨 뜻이냐고 물었다. 저자의 서명을 옮겨 놓은 것이라고 가르쳐주었다. 책을 읽어보라고 권한다면 그의 흡족함이 현저히 감소할 터였다. 놓아두고 바라보는 것만으로도 흐뭇하다면 굳이 그걸 읽으면서 괴로워할 필요는 없었다.

작업을 하는 동안 박무석은 자기가 줄곧 지켜보고 있다는 것을 잊지 말라는 듯 틈틈이 서재를 들여다보았다. 그러거나 말거나 나는 별로 개의치 않았다. 그도 말없이 둘러보다 나가곤 했는데 한번은 의외의 말을 하기도 했다.

"이런 게 다, 좀 우습지 않소?"

이런, 당신 그런 인간이었어? 반성적 자아가 있는 인간? 박스에서 책을 꺼내다 말고 그를 올려다보았다. 지금까지 이런 말을 한 고객은 없었다. 그들이 속으로는 어떻게 생각했을지 모르지만. 나는 또 못 알아들은 체를 한다.

"제 일을 우습게 생각하는 사람은 아닌데요."

"아니, 아니, 그런 말이 아니오."

그는 급하게 손을 내저었다.

"나에 대해 말한 거요. 어쩐지 좀 부끄러운 생각이 들어서 말이오."

"어떤 종류의 허영심이든 저는 존중하는 편입니다."

"아, 이게 뭔가 했더니 허영심이었군."

괜한 말을 꺼냈다가 더 당혹스러운 꼴이 됐다는 표정이었다.

"자기 자신에게는 위안이 되고 다른 사람에게도 아무런 해 될 게 없는데 뭐가 문젠가요?"

그는 씁쓸한 웃음을 지어보였다.

"그렇게 말해주니 고맙소."

나는 다시 책으로 돌아왔다. 그는 아직 군데군데 빈 공간이 남아 있지만 빠르게 채워져 가고 있는 서가를 한 번 더 돌아보고는 나갔다. 몇 시간 후 그는 다시 와서 말했다.

"어려서부터 이상하게 책 읽는 사람들이 멋있어 보였소. 언젠가 아버지가 먼 친척 댁에 데려간 일이 있었지요. 집 안에 계단이 있는 것도 신기한데 이 층으로 올라가니 그 댁 큰아드님이라는 양반이 책을 읽고 있었소. 다 큰 어른이 책상에 앉아 있더란 말이오. 우리 아버지도 어머니도 그리고 옆집 아저씨도 아주머니도 다들 벌어먹고 사느라 잠잘 시간도 없이 허덕허덕 사는데 가만히 그림같이 앉아서 책을 읽는다니, 다른 세상 사람 같았소. 그 속에 대체 뭐가 있길래. 나도 이다음에 꼭 저렇게 살면 좋겠다 싶었소. 뭔지도 모르면서 하고 싶은 거, 그런 게, 허영심이겠지?"

그건, 진짜 허영심이라고 말해주고 싶었다. 교양 있는 것처럼 보이려고 서재를 꾸미는 게 가짜 허영이라면 아름다운 어떤 이미지에 사로잡히는 것은 진짜 허영이라고. 허영심이 존중되어야 한다는 내 말은 바로 그런 허영심을 말하는 거라고. 그러나 나는 그와 긴 얘기를 하고 싶지는 않아 이렇게 말했다.

"변명이 너무 긴데요?"

서재를 자꾸 들여다보는 것은 박무석뿐이 아니었다. 대문 앞에서 만났던 싸가지 없는 여자애는 제 아빠보다 더 자주 들락거렸고 나중에는 아예 테이블에 자리를 잡고 앉아 떠들어댔다.

"아줌마, 인테리어 업자라며? 이게 무슨 인테리어야? 나한테 뻥 쳤어?"

인테리어 데코레이터. 실내장식이 아니라 내면을 장식해주는 거란다.

"아빠도 미쳤지, 이게 무슨 돈 지랄이야, 책은 읽을 줄도 모르면서. 내가 스마트폰 좀 사달라고 할 때는 중학생이 그게 뭐 필요하냐고 하더니, 이게 아빠한테는 뭐 필요해? 그러면서 오빠한테는 오토바이도 사줬다는 거 아냐. 왜 아들딸 차별하는데? 하긴, 누가 내 마음을 알겠어? 아줌마도 오빠 있어?"

있지, 둘이나. 큰오빠는 아버지를 닮아 원칙만 따지고 앉은 샌님이었지만 작은오빠는 종종 늦잠 자는 엄마를 대신해 내 도시락도 싸주던 다정한 사람이었다.

"아줌마, 벙어리야? 사람 말이 말 같지 않아?"

그만 좀 하지?

"아줌마, 혹시나 해서 하는 말인데 우리 아빠한테 흑심 품지 말라구. 우리 아빠 좋아하는 아줌마 있거든. 이것도 다 그 아줌마한테 잘 보이려고 생쇼 하는 거라구. 변호사 여동생이라나 뭐라나, 하여튼 뭐가 문제가 있어도 있으니까 지금까지 시집을 못 갔겠지. 그런데 아줌마는 결혼했어? 하긴 아줌마도 그렇게 생겨가지고 결혼은 못 했겠다."

나는 더 이상 참을 수가 없어 웃음을 터뜨렸다. 여자애는 의자에서 발딱 일어나 나에게 눈을 흘겼다.

"재수 없어, 정말."

서재를 꽉 채운 책들을 보니 어머니의 책꽂이가 생각났다. 어머니 가슴에도 오지 않는 높이에, 책을 가득 꽂아봐야 기껏 50권이나 될까 싶은 크기였다. 처음엔 어머니가 시집올 때 가져오신 뒤주 옆에 서 있었고 금성 냉장고를 산 후로는 냉장고 옆으로 자리를 옮겼다. 신기한 것은 늘 새로운 책이 꽂혀 있었다는 사실이다. 빌려 읽은 책이 되돌아가기도 하고 사서 읽은 책이 어딘가로 사라지기도 했다. 같은 책이 일 년 이상 머물러 있던 적은 없었다. 책들은 어머니에게 흘러왔다 흘러갔다. 모으거나 쌓아두는 것은 어머니의 체질이 아니었다. 곁에 두는 것이 사오십 권의 책이면 족하다는 듯 어머니는 책꽂이를 더 늘리지 않았다.

아버지는 어머니가 책 읽는 걸 좋아하지 않았다. 어머니는 밤새워 책을 읽다 늦잠자기 일쑤였고, 책에 정신이 팔려 삶은 빨래를 태워먹고 찌개 냄비를 숯덩이로 만들었다. 아버지나, 까다로운 깔끔쟁이인 큰오빠가 뽀얗게 쌓인 먼지를 손가락으로 가리킬 때까지 청소하는 것을 잊었다. 하루는 내가 말했다. 엄마, 나는 그동안 다른 집도 다 우리 집 같은 줄 알았거든. 그런데 친구네 집에 가보니까 먼지가 하나도 없는 거야. 그래? 누군가 매일 그걸 닦아내나 보구나. 매일 닦으면 먼지가 안 보일 텐데 다음 날 왜 또 닦는 걸까? 엄마는 정말 신기하다는 듯 말했다. 세무공무원이던 아버지는 1원 단위까지 딱 맞아떨어져야 직성이 풀리는 사람이라 허술하기 짝이 없는 어머니의 살림살이에 종종 분통을 터뜨렸다. 이상한 것은 어머니가 아무런 실수를 하지 않아도 어머니를 못마땅히 여겼다는 것이다. 어쩌면 실수는 표면적인 이유에 불과한지도 몰랐다. 아버지는 어머니가 책을 붙들고 있는 것을 보면 눈살을 찌푸렸고, 그러니 늘 화난 사람 같았다. 나도 아버지가 집에 있을 때는 책을 들지 않았다. 어린 나도 분위기를 파악하고 조심하는데 어머니는 아랑곳하지 않았다. 9시가 되면 텔레비전에서는 착한 어린이가 잠들 시간이라는 소리가 들려왔고 어머니는 우리 세 남매를 이부자리로 몰아댔다. 어머니가 우릴 빨리 재워 놓고 뭔가를 하기 위해 그러는 것 같아 나는 일부러 잠들지 않으려 애썼다. 무거운 눈꺼풀이 감겨와도 필사적으로 다시 눈을 뜨곤 했다. 나는 어머니의 관심을 독차지하는 책을 미워하면서도 어머니가 그렇게 좋아하는 것이라면 책에 뭔가 굉장한 것이 있나 보다 생각했고, 아버지의 반응으로 보아 책에 뭔가 불온한 것이 있는 게 틀림없다고도 생각했다. 어머니의 밤에는 흥미진진하면서도 금지된 무언가, 은밀하고도 격정적인 어떤 것이 도사리고 있을 것 같았다.

아버지의 화가 극으로 치달으면 결국 어머니의 작은 책꽂이가 바닥에 엎어져버리는 것으로 끝났다. 아버지를 더욱 견딜 수 없게 만든 것은 어머니의 태도였는데, 어머니 발치로 책꽂이가 쓰러지며 책이 바닥으로 쏟아지면 어머니는 이크, 소리를 내며 슬쩍 뒤로 물러날 뿐이었다. 아버지가 아무리 난리를 쳐도 어머니는 미안하다는 한마디 말뿐, 더 이상 대거리를 하지 않았다. 그러니 맞불이 붙지 않아 두 사람의 싸움은 부부싸움이라기보다는 일방적으로 아버지가 생떼를 부리는 것으로밖에 보이지 않았다. 아버지가 아무리 작정하고 어머니에게 돌진해도 번번이 튕겨져 나와 나동그라지니, 어머니의 심사가 탄력이 좋았다고밖에 할 수 없었다. 하루는 아버지의 처사가 하도 어이가 없어 어머니에게 따져 물었다. 엄마가 잘못한 것도 없는데 왜 미안하다고 하느냐, 아버지에게 뭐라고 변명이라도 해봐라, 아니면 아버지가 잘못됐다고 말해야 하는 거 아니냐. 어머니는 대수롭지 않다는 듯 대답했다. 미안한 거 맞는데? 외할머니는 말하곤 했다. 사내로 태어났으면 대장부가 됐을 텐데. 그러나 몰락한 양반 가문의 한학자였던 어머니의 조부는 조막만 한 계집아이의 품성을 알아보면서도 공부를 시키지는 않았다. 계집이 언문만 깨치면 됐지 뜻을 펼치지도 못할 바에야 글을 읽어서는 불행하기만 하다는 것이었다. 오라비들은 학교에 보내면서도 계집아이는 학교에 보내지도 않았다. 동무들이 모두 학교에 가고 난 뒤 계집아이는 어른들의 눈을 피해 오라비들의 책을 훔쳐내 읽었다. 오라비들은 눈감아주었고 모친은 숨겨주었고 부친은 모른 체했다. 그렇게 시작된 책읽기가 결혼 후 전혀 새롭지 않은 국면을 맞이했으니, 이번엔 남편이었다.

일이 끝나고 오가야 할 돈이 오가고 윤과의 정산도 마무리됐을 때, 언제나처럼 윤이 물었다. 그 사람, 책 좀 읽겠다고 할 것 같지는 않아? 나는 언제나처럼 아닌 것 같다고 말했다. 윤의 독서모임의 실체를 알게 되면서부터 적어도 나의 고객들만큼은 그에 연루되게 하고 싶지 않았다. 아주 드물게 어떤 책부터 읽으면 좋냐고 물어오는 고객이 있다. 아무거나요. 그들은 내 대답이 성의 없다고 여겨 이제 돈 다 받았다 이거지, 같은 뜻이 담긴 서운한 표정을 지었다. 그 말이 성의 없는 것은 맞지만 틀린 말은 아니었다. 책은 아무거나 읽어도 되고 사실, 읽지 않아도 된다는 게 내 생각이다.

윤의 생각은 나와 비슷한 데가 있지만 또 다르기도 했다. 윤은 권장도서 목록 같은 것을 혐오했다. 그것은 목록을 만드는 사람들이 목록의 수신자들과의 사이에 심대한 거리를 설정하는 것이라는 거였다. 그것도 모르고 목록의 수신자들은 그 리스트를 따라가다 지쳐 나가떨어지거나, 아니면 꾸역꾸역 그 리스트를 완주해도 다음 리스트가 기다리는 지점에 도착할 뿐이다. 그러니 책과의 행복한 순간을 맞이하기가 어려운 것이다. 재미있는 것은 윤이 바로 그 점을 이용해 고객들을 골탕 먹인다는 점이다. 돈도 많은데 책까지 읽겠다고? 그런 행복을 허락할 수 없다는 거였다. 그는 그런 행복을 자기가 통째로 소유하고 있는 듯 말했다. 그는 과대한 망상을 할 뿐만 아니라 고약하기까지 했다. 그는 애초 목적이 장식에 불과했던 책을 읽겠다고 나서는 고객들을 보면 쳇, 거실에 모셔 둔 도자기를 요강으로 쓸 일이지, 라고 빈정댔다. 그러곤 그들을 모아 독서모임을 만든 후 누가 봐도 과한 목록을 제시한다. 처음엔 그 정도가 과할수록 그들이 마음에 들어 한다. 그 목록만 해치우면 자기들이 품위를 갖춘 뭔가가 될 수 있다고 생각하는 것이다. 그러나 회를 거듭할수록 모임에 나오는 사람이 줄어들고 목록의 절반도 읽지 못하고 모임이 해체된다. 그는 그런 모임을 몇 개 운영했었다. 그러나 사람들을 조종하고 싶어 하는 그의 의지가 언제나 관철되는 것은 아니었다. 최근 손을 뗀 한 모임은 저절로 해체되기는커녕 시간이 갈수록 사교 모임으로 변하면서 그의 통제를 벗어났다. 그것을 견딜 수 없었던 그는 어느 날 그들 모두 앞에서 한 가지 고백을 했다. 그들 각자는 그 모임이 원래 고급한 교양을 갖춘 사람들의 모임인데 윤이 자기만 슬쩍 그곳에 끼워준 것으로 알고 있었던 것이다. 그 모임은 그렇게 깨졌다.

박무석이 다시 연락해온 것은 2주 후였다. 그는 아이가 둘 있으며 내가 그 아이들에게 책 읽는 것을 가르쳐주었으면 좋겠다고 했다. 서재를 만든 더 큰 이유는 아이들을 위한 거였다는 말도 했다. 어려운 일은 아니지만 거리가 멀어서 정기적으로 다닐 수는 없을 것 같다고 에둘러 사양했다. 그는 큰 액수의 보수를 제시했다. 그런 것을 전문적으로 하는 선생을 찾아보시라, 정 못 구하시면 내가 알아봐드릴 수도 있다, 다시 한 번 정중하게 사양했다. 정기적인 수입에 대한 미련이 남긴 했지만 해본 적도 없는 일을 선뜻 맡겠다고 할 수는 없었다. 그가 간곡히 말했다.

"나는 다른 사람 말고, 진소영 씨가 해줬으면 좋겠소. 내 부탁을 들어주리라 믿어요."

"저의 뭘 보고요?"

그는 잠깐 머뭇거렸다.

"잘 안 웃잖소."

"그런 말을 칭찬으로 듣기는 처음인데요."

"잘 웃는 사람들은 나한테 딱 두 가지 부류요. 속여먹으려 들거나, 빼먹으려 들거나. 그 두 가지만 아니면 돼요."

"제가, 속여서 빼먹으려고 들면 어쩌시려구요. 웃지도 않으면서요."

"사업은 사람 장사가 반이오. 내가 사람 볼 줄은 알거든. 그리고 그런 말은 좀 웃으면서 하시오. 그래야 농담인 줄 알지."

그리고 그는 덧붙였다.

"애들 읽을 책까지 따로 마련해준 건 고맙소. 부탁한 것도 아닌데. 사실, 그걸 보고 전화할 생각을 했소."

생각해보고 연락하겠다는 말로 전화를 끊을 때쯤 나는 내가 이미 마음을 결정했다는 것을 알았다. 그가 제시한 보수는 외면하기 어려웠다. 게다가 아이를 생각하면 아귀가 딱 맞는 일이기도 했다. 전학 가고 싶지 않다던 아이는 시골에 살면 아토피가 잘 나을 거라는 말에 조금씩 마음을 바꾸었다.

*

석 달 후 다시 찾은 박무석의 집은 전과는 완전히 딴판이었다. 마당의 잔디는 누렇게 변했고 앙상한 가지만 남은 나무들은 스산해 보였다. 현관에 들어서자 향을 피운 냄새가 집 안 가득 배어 있어 마치 절간에 들어선 듯했다. 적막함도 꼭 절간의 그것이었다. 검정색 카디건을 입고 나타난 박무석은 그사이 급격히 말라 다른 사람이 된 것 같았다. 두 아이 각각의 수업 시간표와 책 목록을 내놓자 그는 잔뜩 잠긴 목소리로 수업은 딸애만 하면 되겠다고 했다. 그래도 수업료는 처음에 얘기한 대로 주겠다는 거였다. 나는 수업료는 수업한 만큼만 받겠다고 했다. 그는 몇 마디 대화도 힘든 듯 바로 안방으로 들어갔다.

사흘 전이 아들의 사십구재였다는 것은 차고를 지키고 있던 젊은 남자, 형구 씨에게 들었다. 오토바이 사고로 아이는 현장에서 즉사했고 사십구재가 있기까지 박무석은 거실에 아들의 영정을 세워두고 매일 향을 피웠다는 것이다. 우리 사장님, 미치는 줄 알았어요. 형구 씨는 울상을 지었다. 몇 번 보지도 않은 나에게 그런 말을 하는 형구 씨가 이상한 사람처럼 보였다. 내가 살던 집을 내놓고 이사할 집을 구하는 동안의 일이었다. 집을 구하러 이 동네에 몇 번 왔었지만 그런 일이 있는 줄은 몰랐다.

"그럼 이제 뭐라고 불러? 아줌마를 선생님이라고 해야 되는 거야?"

"뭐라 부르든 상관없지만 반말은 안 돼."

아이는 내 말에 입을 삐죽거렸다. 이름은 연희였다. 책을 읽히기는커녕 책상에 앉히기도 힘들 것 같았다.

"다른 건 용서해도 수업 빼먹는 건 안 돼."

"그럼, 반말은 해도 되겠네?"

"차차 알겠지만, 반말 안 하는 게 더 편하다는 걸 알게 될 거다."

의자에 앉아 있는 자세는 여전히 삐딱했지만 무거운 집안 분위기 탓인지 처음 보았을 때의 그 팔랑거림은 보이지 않았다. 다행히 수업 시간은 지켰다. 연희는 뭔가에 떠밀리듯 흐늘쩍거리며 서재로 들어서곤 했다. 물론 책을 다 읽은 때는 거의 없었다. 그런 건 기대도 하지 않았다. 하물며 독후감 따위야. 대신 나는 퀴즈를 이용해 읽은 걸 확인하는 수준에서 만족했다. 연희는 자꾸 샛길로 새서 딴 얘기를 주절거렸다. 사고 소식을 알리러 경찰이 집으로 전화했을 때 하필 자기가 받았다는 얘기부터 이렇게 논두렁 소녀로 전락할 줄 몰랐다며 서초동에 살 때 어땠는지를 얘기했고, 오빠는 자기보다 더 여기 생활에 적응을 못해 가출하고 돌아오기를 반복했으며 더 이상 가출하지 않는 조건으로 오토바이를 사주었는데 결국 그렇게 되고 말았다는 얘기도 했다. 가끔은 엄마 얘기도 했다. 정말 예뻤고 요리를 잘했고 종종 친구들하고 모여 고스톱 치면서 술 마시기를 좋아했는데 이상하게도 간암이 아니라 위암으로 죽었다고, 정말 이상하지 않아요? 라며 연희는 고개를 갸웃거렸다. 처음엔 날마다 울었는데 이젠 엄마가 원래부터 없던 사람 같은 생각이 들어요. 오빠도 그렇게 되겠죠? 시간이 많이 지나면?

일주일에 한 번씩 박무석의 집에 가는 일 말고는 주로 집에만 있었다. 인테리어 업자의 주문을 한 번 받기는 했는데 윤의 휴대전화는 전원이 꺼져 있었다. 이천으로 찾아가봐야 하나 싶은 차에 사흘만에 윤이 전화를 걸어왔다. 나 완전히 망했어. 정말 완전히 망한 사람처럼 목소리에 기운이 하나도 없었다. 분당의 김 사장과 밤새 술 마시고 다음 날 돌아와 보니 창고에 화재가 났더라는 것이다. 마을의 누가 신고를 했는지 소방대가 출동하긴 했지만 그가 건진 것은 하나도 없었다. 반은 불에 타고 반은 물에 젖은 책뿐이었다. 윤은 얼마 전 해체된 모임을 지목했다. 그날의 그 솔직하면서도 교활한 고백이 공식적으로는 그 모임을 깨뜨렸지만 비공식적으로는 윤만 쫓아내고 모임이 계속되고 있었으며 결국 윤을 궁지에 빠뜨렸다. 윤의 말을 요약하면 그랬다. 그들 중에서도 특히 수도권 남부 일대의 골프장 근처에 모텔 대여섯 채를 가진 한 사내가 의심스럽다는 것이다. 그러나 그것은 윤의 심증일 뿐 물증이 없었다. 오히려 윤의 부주의가 의심받고 있었다. 윤은 창고 한쪽에 살림살이들을 갖추어 놓고 기거하고 있었는데 가스레인지가 발화지점이었다. 그가 자신은 가스레인지의 중간 차단 밸브까지 잠그고 외출했으며 누군가 침입해서 사고를 가장해 엘피지 가스통까지 폭발하게 만든 거라고 주장했지만, 경찰은 침입 흔적도 방화 흔적도 찾을 수 없다며 수사를 종결했다는 것이다. 그는 당장은 새 책으로 견적을 뽑든지 일정을 지연시켜보라고 했다. 급한 것 같지는 않던데요. 이사하거나 새로 입주하는 집은 아니어서. 그렇게 말하면서도 윤이 재기하기는 어려울 거란 생각을 하고 있었다. 윤은 뒤늦게 내 안부를 묻고는 내가 이곳에 살고 있다는 말에 무척 놀라는 눈치였다. 소영 씨, 그럴 줄은 몰랐는데? 애 딸린 이혼녀가 돼보시면 알 거라고 대꾸했다. 새 책만으로는 모양새가 나오지 않을 게 뻔했고, 당장 아무 헌책방이나 뒤지고 다니기도 심란한 일이었고, 윤이 그렇게 된 마당에 혼자 날름 일을 해치우기도 야박한 것 같아 좀 지켜보자는 심정으로 일단 일은 보류시켰다. 그래도 앞으로 큰 수입원이 사라질 것 같아 마음이 무거웠다.

지은 지 오래되고 제대로 관리 받은 적 없는 낡은 연립주택은 곳곳에서 찬바람이 새 들어왔다. 태어나서 줄곧 도시에서만 살아온 나로서는 시골의 혹독한 겨울을 배우는 중이었다. 타인과의 교류라야 이따금 외주를 준 출판사 담당자와의 전화 통화나 박무석의 집안일을 돌보아주는 미영 엄마와 나누는 담소가 전부였다. 연희와의 수업 때 꼭 다과를 준비해주는 미영 엄마는 3학년, 5학년 아이를 둔 학부형이라 아이 학교 문제로 할 얘기가 많았다. 박무석이 이 동네에 집을 지었을 때부터 줄곧 그 집 일을 해왔으면 집안 사정을 속속들이 알 텐데도 일언반구도 옮기지 않았다. 미더운 구석이 있는 여자였다. 자그마한 체구로 그 큰 집안 살림을 해내는 것도 여간 야물지가 않았다. 퇴근길에 종종 들러 불고기 재운 거며 잡채, 어떤 날엔 시래깃국 같은 것들이 들어 있는 락앤락 통을 내밀기도 했다.

아이의 아토피는 쉬 낫지 않았지만 차츰 진정 기미를 보이고 있었다. 더 나빠지지 않는 것만 해도 감사할 일이었다. 아이는 아직 친구가 없어 몹시 심심해했다. 시내에 있는 서점에 다녀오는 길에 우연히 형구 씨를 만났을 때까지 그랬다. 버스 정류장 부근 건널목을 건너는데 신호에 걸려 서 있던 차가 경적을 울렸다. 형구 씨가 창문 밖으로 고개를 내밀고 손을 흔들었다. 추위에 떨며 버스를 기다릴 형편이었던 우리보다 그가 더 반가워했다. 우리를 집 앞에 내려줄 때까지 그는 아이에게 놀러오라는 말을 여러 번 했다. 다음 날엔 아예 집으로 찾아와 박무석의 말을 전했다. 그 집 아이들이 어릴 때 보던 책이 있으니 와서 보라는 거였다. 우리가 서점에 갔었다는 말을 전한 모양이었다. 다른 거 같으면 그냥 주고도 남았을 텐데, 사장님이 원래 쩨쩨하신 분이 아니거든요. 근데 혁이가 보던 거라 없애고 싶지는 않은가 봐요. 형구 씨는 자기가 괜히 면구스런 표정을 지었다. 참, 선생님도 서재에 있는 책 마음대로 보시라고 하던데요. 아이는 나보다 더 자주 그 집에 드나들었다. 형구 씨는 나이 차이가 많은 형처럼 혹은 나이 차이가 적은 삼촌처럼 아이와 놀아주었다. 연을 만들어 짚가리만 남은 황량한 논에 나가 연을 날리는가 하면, 눈이 오면 눈사람을 만들고 날이 추우면 방에서 밤을 구워먹었다. 춥고 건조한 날씨에 며칠 아토피가 심해진 적이 있었는데, 자기가 아이를 밖에 데리고 나가 놀아서 그런가 보다며 죄송하다고 안절부절못했다. 스물두 살 청년인 그는 박무석의 먼 친척

되는 이의 아들이었다. 고향에서는 꽤 성공한 축에 드는 박무석에게 아들을 맡긴 것이다. 그는 상냥한 데다 순진한 면이 있었다. 우리 사장님 미치는 줄 알았어요, 라고 하던 때의 얼굴이 다 이해되었다. 두문불출하는 박무석 때문에 운전기사인 그도 무료한 나날을 보내고 있던 참에 귀여운 장난감 하나가 생긴 듯, 아이가 하루라도 가지 않으면 다음 날 슬그머니 연립주택 계단을 밟고 문을 두드리며 지석아! 소리쳤다. 그러곤 아이 방에서 둘이 함께 조곤조곤 수다를 떠는 모양이 소년티가 남은 게 아니라 소녀티가 남았다고 해도 좋을 듯싶었다.

박무석의 칩거가 길어지고 있었다. 부자는 뭐가 달라도 달랐다. 자식 잃은 고통이 어떨지 생각만으로도 끔찍한 일이긴 했다. 그래도 대부분의 사람들은 찢어진 가슴이 너덜거리는 채로 출근해 서류를 작성하고 물건을 팔고 부품을 조립하고 고객과 상담한다. 웃는 게 직업인 사람은 웃는다. 박무석은 그냥 집에 틀어박혀 있었다. 형구 씨가 전한 바로는 회사 사람들이 집에 드나들며 일을 처리하는 모양이었다. 이따금 주방에서 나오는 그와 마주치거나 눈 쌓인 잔디 위를 서성이는 그를 보기도 했다. 3월 어느 밤, 형구 씨에게 아이를 맡겨 놓고 학원에서 늦게 돌아온 연희와 수업을 하고 나오는 길이었다. 현관을 나오니 달빛이 하도 환해서 그것을 올려다보는데 큼큼 기침 소리가 들렸다. 그가 벤치에 앉아 있었다. 벙긋 입 벌린 꽃을 달고 있는 목련 나무 아래였다. 나를 향해 그가 손짓을 했다.

"달빛이랑 목련이 환해서 정원 조명은 다 꺼도 되겠어요."

다가가며 말했다.

"어머니가 목련을 좋아하셔서 여기에 벤치를 놨어요. 앉아보지도 못하고 돌아가셨지만."

그는 이 동네가 원래 어머니 고향이며 어머니가 늘 양친 무덤이 있는 이곳에 와서 살고 싶어 하셨다고, 그래서 이곳에 터를 잡았다고 말했다. 그는 연희가 잘하고 있는지, 이사 와서 사는 데 불편함은 없는지 물었다. 다 잘되고 있다고 선 채로 대답했다. 이만 가보겠다고 인사하고 자갈길 쪽으로 걸어가다 나는 걸음을 멈추고 뒤돌아섰다.

"어디선가 읽었는데요, 나무에 꽃이 피는 건, 누군가 그 아래 와서 울고 갔기 때문이래요."

그가 나를 물끄러미 쳐다보았다. 나는 씩 웃어주었다.

아이 손을 잡고 집으로 돌아오는데, 오래전 어느 달 밝은 밤이 생각났다. 고등학교 때 기말고사를 준비하느라 밤새 책상에 코를 박고 문제집을 들여다보다 고개를 들어보니 창밖이 환했다. 누가 꼭 창문 앞에 등을 걸어 놓은 듯했다. 초겨울, 새벽 5시 무렵이었다. 창문을 활짝 열었다. 달이었다. 둥그렇고 환한 달. 한참 쳐다보면 달빛에 얼굴이 하얗게 물들 것 같은 하얀 달이었다. 거실에 나가보니 어머니가 베란다 창문 앞에 앉아 있었다. 어머니는 비스듬히 다리를 세워 발을 내밀고 있었다. 어머니가 뭘 하고 있는지 알 것 같았다. 어떤 식물은 광합성을 하려고 해를 향하는가 하면 어떤 식물은 달빛이 필요한지도 몰랐다. 어머니의 밤은 어둡지 않았구나, 어머니는 달빛이 필요한 식물이었구나, 그런 생각.

*

책들이 없어진 것을 안 것은 전날 읽다 꽂아둔 스티븐 핑커의 『마음은 어떻게 작동하는가』가 보이지 않아서였다. 교정하고 있는 것이 국내 저자가 쓴 진화심리학 관련 원고여서 서지사항 몇 가지를 확인할 게 있었다. 좀 더 찾아보려고 했지만 책이 없었다. 분명히 핑커의 다른 저서들과 나란히 꽂아두었었다. 혹시 내가 착각하고 다른 데 꽂아두었나 싶어 서재를 두 번이나 훑어보았다. 그 과정에서 새롭게 발견한 사실은 없어진 책이 한두 권이 아니라는 거였다. 책 배열에도 나름의 규칙이 있어서 뭔가 빠졌다는 것을 금방 알아챌 수 있었다. 이를테면 엘리아데 칸에서 세 권짜리 『세계종교사상사』가 통째로 없어진 것이 눈에 띄지 않으면 오히려 이상했다. 나는 집에 가서 서재 도서 목록을 가져와 일일이 대조해보았다. 사라진 것은 모두 열일곱 권으로 주로 두껍고 값비싼 인문서들이었다. 누군가 그것을 탐독하려고 가져간 게 아닌 것은 틀림없었다. 박무석이나 형구 씨, 미영 엄마를 차례로 떠올려보았다. 아무런 혐의점도 없었다. 연희는, 충분히 그럴듯했다. 동기도 있었다. 늘 용돈 타령을 했으니까. 물증을 잡아야 했다. 학교와 학원을 오갈 때 꼭 형구 씨가 있으니 헌책방에 팔 수는 없을 거였다. 그렇다면 인터넷 서점 중고샵을 이용할 터, 그쪽이라면 내가 연희보다 한 수 위였다. 나는 일단 서재를 둘러보며 한눈에 보아도 값이 나갈 만한 두꺼운 하드커버 책들을 리스트로 만들었다. 그리고 인터넷 서점을 뒤지기 시작했다. 어쨌든 팔기 위해서는 중고 상품 등록을 해 놓았을 거였다. 내가 만든 리스트에 있는 책 몇 권을 검색해보며 중고가 등록돼 있는지 살폈고, 그 중 몇몇 중고샵에 들어가서 나의 리스트와 판매자가 차려 놓은 리스트를 비교해 보았다. 얼추 비슷한 판매자가 셋이었다. 판매자 아이디로는 알 수 없었다. 나는 친구에게 아이디를 빌려 친구 집을 배송주소지로 적고 주문을 냈다. 책이 도착했다는 친구의 전화를 받기도 전에 나는 회심의 미소를 짓고 있었다. 주문한 책 중 한 권이 서재에서 사라진 것이다.

봉투를 뜯어보지도 않고 연희 앞에 내놓았다.

"포장이 이렇게 부실해서 어떡하냐? 적어도 비닐 뽁뽁이를 넣어주는 성의는 보여야지."

연희는 나와 봉투를 번갈아 쳐다보았다. 연희는 더듬거렸다.

"사실은……."

"변명은 필요 없고."

"아빠한테 이를 거야?"

"네가 하는 거 봐서."

"뭘 해야 되는데?"

"딱 한 가지야."

"알았어, 알았어. 앞으로 반말 안 할게, 요."

나는 연희를 빤히 쳐다보았다.

"책 다 읽어올게요."

나는 계속 쳐다보았다.

"독후감도 쓰고요."

그래도 내가 계속 쳐다보자 연희가 소리를 질렀다.

"아, 씨, 또 뭐?"

나는 눈살을 찌푸렸다.

"요!"

연희는 아까보다 더 큰 소리로 외쳤다.

"다 필요 없고 한 가지만 하면 돼."

"그러니까 그게 뭐냐구요."

"아빠가 책을 읽으시게 만들거라."

흥, 연희가 웃었다.

"차라리 내가 책을 읽는 게 낫지, 아빠가 어떻게 책을 읽어요? 5분도 안 돼서 잠들걸?"

나는 잠자코 있다가 말문을 열었다.

"엄마가 돌아가셨을 때 너는 날마다 울었다고 했지? 나는 아무것도 할 수 없었어. 장례식 때 하도 울어서 그런지 눈물도 안 나더라. 밥도 먹기 싫고 전화도 받기 싫고 일도 하기 싫고 잠도 자기 싫었어. 그러다 아라비안나이트를 읽었지. 어머니가 좋아하셨던 책이거든. 열 권짜리였는데 다 읽는 데 한 달쯤 걸렸어."

"그동안 계속 굶고요?"

"얘는, 애가 있는데 어떻게 그러냐? 애 먹이면서 나도 먹었지. 그리고 출근도 해야 되고. 하여튼 그러고 나니까 다음 날부터 좀 정신이 들더라. 왜 그랬는지는 나도 몰라."

"끝이에요?"

"응."

"그래서 어쩌라고요?"

"아까 말한 대로야."

"못해요."

"방법을 가르쳐 주마. 아빠한테 가서 이렇게 말하기만 하면 돼."

"뭐라고요?"

"아빠 책 좀 읽으세요."

"내가 못 살아. 그게 무슨 방법이에요?"

"내 말 아직 안 끝났다. 아빠가 안 읽으면 나도 못 읽어요. 이렇게 말하면 돼."

연희는 미심쩍다는 듯 눈을 가늘게 떴다.

효과는 머지않아 나타났다. 며칠 뒤 서재에서 박무석과 마주쳤다. 그의 손에 책이 들려 있었다. 박완서 단편 소설 전집 중 한 권인 『그의 외롭고 쓸쓸한 밤』이었다.

"죄송합니다. 연희가 책을 읽게 할 방법이 그것밖에 없었어요."

그가 빙긋 웃었다.

"소영 씨가 시킨 건 줄 알고 있었소."

그는 여전히 야윈 채였지만 더 이상 초췌해 보이지는 않았다.

"괜한 짓을 했다고 생각했소, 이거, 서재 말이오. 다 애들을 위한 거였는데. 나는 돈만 물려줄 생각이 아니었소. 인맥도 물려주고 교양도 물려주고 싶었소. 교양이야 내가 가진 게 없으니 잘 가르치는 게 그 방법 아니겠소? 여기 있는 이 책들, 내 자식들이 읽는 것도 중요하지만 남들한테 보이는 것도 중요했소. 그래야 괜찮은 인맥을 만들 게 아니오. 참 그렇더군. 죽어라 돈은 벌었는데, 막상 부자가 되고 보니 가방끈이 짧아서 어딜 가도 누굴 만나도 나를 자기들 클래스에 끼워주지 않더이다. 이게 돈만 가지고는 되는 게 아니더라고. 내가 그래서 K대학원 최고위과정에도 가봤다는 거 아니오. 다 그렇지는 않겠지만 거기 가보면 나 같은 사람도 꽤 있는 것 같더군. 딱 보면 알 수 있거든."

"……."

"다 부질없는 짓이었지."

그렇게 말하는 박무석의 얼굴이 슬퍼 보이지는 않았다. 찌꺼기가 가라앉아 말개진 물 같았다.

"그런데 지금 보니까 하길 잘한 것 같아요, 이렇게 소영 씨를 알게 됐으니 말이오."

"그런 말씀 들으니 부끄러운데요."

"고맙소. 그리고 연희 좀 부탁해요. 이제 나한테 누가 또 있겠소."

박무석의 기대와 달리 연희와의 책읽기는 오리무중이었다. 말 그대로 오리에 걸쳐 펼쳐져 있는 안개를 어떻게 돌파해야 할지 막막했다. 약점을 잡힌 이후로 책을 아예 안 읽고 오는 때는 없었다. 적어도 읽는 시늉은 냈다. 그런데 제대로 읽어왔을 때도 얘기를 하다 보면 종종 내 말문을 막히게 했다. 한번은 톨스토이의 단편 「사람에게는 땅이 얼마나 필요한가」를 읽었다. 해 뜰 때 출발해서 해 질 때까지 한 바퀴 돌아오면 그 거리만큼 땅을 주겠다고 주인이 말했다. 멀리 갈수록 넓은 땅을 받을 수 있지만 해가 지는 시점에는 출발점에 돌아와 있어야 했다. 그러니 욕심이 지나쳐 무한정 멀리 간 사람은 아무것도 받을 수 없다는 얘기였다. 사람에게 얼만큼의 땅이 필요하다고 생각하니? 욕심이 지나치면 안 된다는 정도의 순진한 정답을 기대했던 나에게 연희는 이렇게 말했다. 50평. 왜? 친구네 집에 가봤는데 집들이 다 너무 좁더라고요. 아파트가 한 50평은 돼야지. 그럼 너 돈 많이 벌어야겠다. 왜요? 아빠한테 사달래지. 이런 식이었다. 도대체 책이 무슨 쓸모가 있어요? 같은 질문은 차라리 쉬웠다. 어머니가 해준 이야기를 연희에게 해주면 되었다. 밥을 안 먹으면 못 살잖아? 책은 안 읽어도 죽지 않지. 바로 그 점이 책의 매력인 것 같아. 사실 사람들이 사랑하는 것은 바로 이 쓸모없는 것들이라고. 사는 데 꼭 필요한 것들을 사랑하는 사람 봤어? 그런 건 그냥 꼭 필요하니까 갖고 싶은 것뿐이야. 가슴을 설레게 하지는 못하지. 물론 가슴이 설레지 않고도 살 수 있지만, 가끔은 설레도 좋잖아. 그러면 우리 인생이 달라지니까. 어머니는 그것을 쓸모없음의 유용성이라고 불렀다.

서재에서 책을 몇 권 뽑아 집으로 돌아오는 길에 윤과 마주쳤다. 여기저기 밭에 뿌린 거름 때문에 온 동네에 며칠째 각종 축산 분뇨를 농축한 냄새가 출렁이던 봄날 오후였다. 그를 보자마자 나는 괜히 코를 감싸 쥐었다. 그는 샌드백처럼 생긴 더플백을 메고 있었는데, 로프 모양의 가방끈이 어깨를 짓눌러 검정색 패딩 점퍼가 곧 벗겨질 것처럼 목 부분이 벌어져 있었다. 수염이 까칠한 얼굴이며 추레한 행색까지 남은 거라곤 가방 속에 혹시 들었을 모래뿐일 것 같은 분위기였다. 아는 사람들 집을 전전하다 분당 김 사장에게 찾아갔더니 박무석에게 다리를 놔주었고, 박무석도 흔쾌히 와서 지내라고 했다는 거였다. 김 사장이 하필 자기와 술 마신 날 그런 일이 생겨서 괜스레 미안해하더라는 말은 수긍이 갔지만 박무석에 관한 얘기는 분명 윤이 먼저 의도한 것일 터였다.

윤은 박무석이 이 층의 손님방을 쓰라고 했는데도 차고에 딸린 형구 씨의 방에서 기거했다. 형구 씨는 윤을 형님이라 불렀다. 윤은 짐을 푼 지 사흘 만에 방 안에만 틀어박혀 있는 박무석에게 돌진해 밤마다 술을 마셨다. 술을 못 마시는 형구 씨는 윤이 기어드는 새벽이면 방 안에 낭자한 술 냄새 때문에 속이 울렁거려 방에 있을 수가 없었다. 그래서 정원을 서성이다 본채로 들어가 거실 소파에서 졸았다. 그 얘기를 하면서 형구 씨는 다시 울상을 지었다. 일주일 만에 윤은 나가떨어졌고 꼬박 닷새간 병치레를 했다. 대신 박무석은 그 닷새 동안 매일 윤을 들여다보며 서서히 원기를 회복했다. 며칠에 한 번은 회사에도 나갔다. 어쩌다 만나면 표정도 많이 밝아져 있었다. 하루는 서재에서 나오다 거실 소파에 앉아 있는 박무석과 마주쳤다. 그는 흰색 천으로 목이 기름한 도자기를 닦고 있었다. 가볍게 고개를 숙여 인사를 하고 지나치는데 그가 말했다.

"청자예요, 귀한 겁니다."

"아, 네."

"소영 씨, 청자에 대해 좀 알아요?"

나는 소파 등받이에 기대어 섰다.

"청자라면……, 쓰고, 맵고, 좀 거친 맛이지요."

그가 눈을 동그랗게 만들고 나를 쳐다보았다.

"대학에 입학해 처음 강원도로 농활을 갔는데요, 선배들이 마을 어른들보다 비싼 담배를 피우면 안 된다면서 청자 한 갑씩을 나눠주더라고요. 다들 팔팔 피울 때였는데요, 그때 그게 800원인가 900원인가 할 때였거든요. 청자는 200원이라고."

그가 껄껄 웃었다.

"소영 씨, 참 재밌는 사람이오. 이게 그것보다 비싸긴 하지."

집에 들어가고 나올 때마다 형구 씨와 한마디씩 나누었는데 몇 달 동안의 짤막한 대화를 다 모으니 이제는 눈만 보아도 웃음이 나는 사이가 되었다. 형구 씨와 웃으며 오늘의 한마디를 나누다 박무석에게 들키면, 나하고 얘기할 때도 좀 그렇게 웃으시오, 라는 말을 들어야 했다. 사장님은, 선생님하고 얘기할 때는 말투가 달라져요. 형구 씨가 박무석을 놀렸다.

술병에서 헤어난 윤은 정원 벤치에 앉아 해바라기를 하며 조는 게 일이었다. 나도 가끔 그 옆에 앉아 사방에서 연둣빛으로 볼쏙볼쏙 올라와 하루가 다르게 자라고 있는 봄을 바라보았다. 어쩌다 박무석이 동참하기도 했다. 하루는 윤이 벤치 앞에 서 있는 소나무 둥치를 발로 툭툭 찼다.

"이것들 베버리고 여기에 텃밭이나 만들죠. 푸성귀 심어 먹으면 딱 좋겠네."

박무석이 기겁을 했다.

"베다니요, 이게 얼마짜린데."

"강아지도 아니고 푸들처럼 이렇게 뭉글뭉글 깎아 놓으니 나무 같지 않잖아요. 차라리 베서 장작으로나 씁시다. 그게 더 실용적이겠어요."

박무석이 기가 차다는 표정으로 말했다.

"진짜 실용적인 게 뭔지 모르니까 하시는 말씀이오. 이걸 팔면 그 돈으로 장작을 얼마나 살 수 있게요. 실용으로 따지면 그게 더 낫지."

소나무 실용론은 다음 날 아침 종지부를 찍었다. 아침 일찍 일어난 윤이 톱으로 썰어버린 것이다. 형구 씨는 안절부절못하다가 박무석을 깨웠지만 두 사람이 밖으로 나왔을 때는 이미 나무가 쓰러진 뒤였다. 박무석은 될 대로 되라는 듯이 윤이 몇 그루의 나무를 더 베는 것을 손 놓고 지켜보기만 했다고 한다. 오후에는 본채 왼쪽, 산으로 통하는 출입문까지 꽤 넓은 면적의 잔디가 뽑혔다. 이틀 후 박무석의 부탁으로 미영 아빠가 마을에서 트랙터를 빌려 몰고 와 땅을 갈아주었다. 윤은 미영 아빠에게 돌진해 또 술을 마셨다. 농협 직원인 미영 아빠가 밤에는 술을 마시고 아침에 출근한 반면, 윤은 낮 동안에는 방에 뻗어 있었으면서도 결국 나흘 만에 백기를 들었다. 마지막 날엔 박무석의 집에서 술자리가 열렸다. 박무석이 나에게까지 전화해 술자리에 초대했지만 가지 않았다. 윤과의 술자리는 지금까지만으로도 족했다.

그게 당신이 사람과 친해지는 방식이냐는 내 물음에 윤은 오랜만에 주서방한테 연타를 맞았더니 아주 죽겠어, 라며 푸석한 얼굴로 웃었다. 주서방은 또 누구냐고 형구 씨가 순진한 얼굴로 물어 한바탕 또 웃었다. 힘없이 웃고 있는 윤의 몰골은 몹시 처참했다. 부스스한 머리털에 삐죽삐죽 삐져나온 수염, 충혈된 눈과 누렇게 부은 얼굴을 보니 언젠가 어머니가 해준 자석산 이야기가 떠올랐다. 자석산 옆을 지나던 목선木船, 그것은 아라비안나이트에 나오는 이야기였다. 배가 자석산 옆을 지날 때면 목선을 지탱하고 있는 모든 못들이 빠져 자석산 쪽으로 날아가 붙었단다. 자석산에는 신밖에는 모를 만큼의 쇠붙이가 쌓여 있는데 그것은 모두 그 근처를 지나던 배에서 날아온 못들이었대. 어린 나는 배가 산산이 부서지는 광경이 떠올라 무서웠다. 마찬가지로, 인간이 뭔가에 마음을 뺏기면, 자기의 부속품 하나하나가, 이를테면 그것을 바라보는 눈도 그것을 말하는 입술도 그리고 그것을 향해 내미는 손도, 모두 그것으로 빨려 들어가서 결국엔 끔찍한 몰골로 무너져 내릴 것 같아. 무서운 일이지. 자석산 근처엔 가지 않는 게 상책이란 말이야. 자력이 미치는 범위에 들어서면 일단 얘기는 끝난 거라고 봐. 어머니는 무서움 같은 것은 전혀 모르는 얼굴로 담담히 말했다. 어머니가 왜 그런 이야기에 매료됐었는지 이해할 수 있게 된 것은 아주 나중의 일이었다. 아버지가 돌아가시고 얼마 되지 않았을 때였다. 아버지는 허리 디스크 수술을 받으러 수술실로 들어갔다가 깨어나지 못했다. 집도의는 끝까지 발뺌했지만 누가 봐도 명백한 의료과실이었다. 간단한 수술이라고 해서 나도 큰오빠도 수술 전날 저녁에 잠깐 들렀을 뿐 그날도 평소처럼 출근했다. 어머니는 수술실 앞 복도가 답답해 건물 밖으로 나와서 산책로 벤치에 앉아 책을 읽었다. 사고가 터지고 환자 보호자를 찾았지만 어머니는 휴대전화가 없었다. 어머니는 수술이 끝나기로 예정되어 있던 시간을 훌쩍 넘겨 책 속에서 빠져나왔다. 어머니에게는 평소와 크게 다름없는 일이었다. 큰오빠는 어머니를 원망했고 캐나다에 살고 있던 작은 오빠는 서둘러 귀국해 자초지종을 듣고는 입을 굳게 다물었다. 어머니는 눈이 빨개지고 눈에 가득 눈물이 고였지만 목소리만 떨릴 뿐이었다. 끝내 그 눈물이 흘러넘치지는 않았다. 어머니는 자신에 관한 이야기는 별로 하지 않는 사람이었다. 하소연 같은 것을 하는 타입이 아니었다. 그러나 그때, 아버지의 삼우제를 치른 후 꼭 한 번 나에게 속 얘기를 했다. 어릴 때 엄마를 도와 집안일을 해야 했는데 엄마도 나도 손이 마를 날이 없었어. 그런데 책은 마른 손으로 만져야 하잖아. 그게 좋았던 것 같아. 그 보송보송한 감촉과 바삭거리는 소리가. 책을 읽기 위해 숨을 곳을 찾는 것도 재밌고, 아무도 찾지 못할 곳에 들어앉아 있다가 나오면 나도 모르는 사이에 시간이 이만큼이나 훌쩍 지나버린 것도 좋고. 무엇보다 세상의 별별 이야기 속에 쏙 빠져드는 것이 굉장했지. 그런데 말야, 내가 좋아하는 것을 하고 있는데 다른 사람들이 그걸 싫어한다는 것은 참, 견디기 어려운 일이야. 대체 내가 뭘 잘못한 걸까, 그러면서도 계속 그들에게 미안한 마음이 든다는 것도. 있잖아, 우리가 인생의 어느 순간, 빛나는 것을 보게 되면 나머지 인생 동안엔 그 그림자에 붙들려 살아야 하는 것 같아. 일단 어떤 아름다움을 알게 되면 우리는 평생 그 아름다움의 자장磁場에서 벗어나지 못한다고……. 그것은 어머니가 내게 해준 이야기 중 가장 쓸쓸한 이야기였다. 그동안 어머니가 해주었던 책 속의 어떤 이야기가 아니라 어머니 자신의 이야기, 나처럼 하고 싶은 것도 이루고 싶은 꿈도

다 잊어버린 사람은 도달할 수 없는 어떤 경지에 관한 이야기. 어쩌면 다 망하고 부서져 난바다까지 떠밀린 윤은 바로 그 때문에 충분히 아름다운 경지에 다다랐다고 할 수도 있겠다. 윤의 말투를 따라 하자면, 빌어먹을 아름다움의 자장인지 뭔지 말이다. 그러니 구체적인 대안이나 현실적인 실천 같은 것은 아무래도 좋을 것이다.

이른 더위가 시작된 초여름 어느 날 박무석이 인부들을 불러 공사를 시작했다. 새로 생긴 텃밭에서 뒷산으로 올라가는 넓은 터에 새로 앉는 건물은 바닥 넓이로 보아 꽤 규모가 큰 모양이었다. 윤의 책 창고만큼 크지는 않았지만 본채의 두 배 정도는 됐다. 혹시? 대체 박무석에게 무슨 짓을 한 거냐고 물어도 윤은 씩 웃기만 했다. 터 닦기와 거푸집 공사, 철골 공사며 샌드위치 패널 공사까지 윤은 하루 종일 현장을 떠나지 않고 지켜보았다. 박무석의 집은 이제 산기슭의 고급 전원주택의 모습을 완전히 잃었다. 도대체 그림이 되지 않았다. 세련된 조경은 망가진 지 오래고 난데없는 싸구려 조립식 건물이 모던한 스타일의 스틸하우스를 압도하며 사람들의 시선을 장악했다. 텃밭에 축협 퇴비를 뿌린 날이면 구린 냄새가 흩날렸다. 덩달아 활달해진 것은 형구 씨였다. 출타가 잦아진 박무석의 기사 노릇하랴, 틈틈이 텃밭을 돌보랴 분주했다. 고향에서 아버지를 도와 농사일을 해봤던 그는 텃밭을 제법 잘 가꿨다.

지석은 형구 씨의 꽁무니를 쫓아다니며 상추 이파리에 붙은 민달팽이를 떼어내고 흙 속에서 쥐며느리를 골라내더니 따로 키우겠다고 짚단을 구한다, 플라스틱 통을 내놔라 설쳐댔다. 조립식 건물이 완공되자 예상대로 책이 들어오기 시작했다.

완공 기념 파티는 윤의 만행에서 가까스로 살아남은 정원의 나머지 반쪽에서 열렸다. 미영이네까지 모두 열 명이 모인 조촐한 파티였다. 박무석이 출장 뷔페를 부른다는 걸 윤이 나서서 말렸다. 윤은 바비큐 그릴에 삼겹살을 구웠다. 모처럼 미영 엄마의 손이 쉬었다. 저녁이 되자 선선한 바람이 불었지만 좀체 해가 지지 않았다. 지글지글 탁탁 삼겹살 기름 냄새가 진동하는 가운데 사람들의 그림자가 자꾸 길어지고 있었다. 아이들은 연신 고기를 집어 먹었고 익기 무섭게 사라지는 고기를 보다가 윤이 아저씨도 좀 먹자, 소리를 질렀다. 배부르게 먹은 아이들이 게임을 한다며 우르르 집 안으로 들어가고 어른들은 벤치나 파라솔 아래 앉아 술도 마시고 담배도 피우고 석양을 보며 바람도 맞았다.

집 안으로 들어가 메모지를 갖고 나오면서 윤에게 손짓했다. 윤이 내 옆에 와서 앉자 나는 메모지에 쓰기 시작했다. 목동, H아파트 103-1801, 수요일, 1530. 이게 뭔가 싶은 얼굴로 들여다보던 윤이 뭔가 생각나는 듯 풋, 웃었다. 윤에게 라이터를 달라고 해서 종이에 불을 붙였다. 불붙은 종이가 타면서 너울너울 날아오르다

나부시 떨어졌다. 불이 꺼지자 검은 재가 바람에 다시 떠올라 사방으로 흩어졌다.

작품 해설

삶의 결핍과 영혼의 끌림

강유정(문학평론가)

작품 해설

1. 영혼과 책

> "자석은 영혼을 가지고 있대. 영혼은 뭔가를 움직일 수 있는 힘인데, 자석은 철을 움직이니까."(291쪽)

「당신 손목을 붙드는 그림자」에는 재미있는 일화가 하나 실려 있다. 어머니는 잘못을 저지른 아이를 타이르던 중, 뜬금없이 자석엔 영혼이 있다고 말한다. '접촉하지 않고도 떨어져 있는 거리에서 작용하는 힘', 그것이 곧 영혼이라고 말이다. "나는 너를 때리지 않고도 네가 무엇을 잘못했는지 알게 할 수 있다. 네 마음을 움직이게 할 수 있어. 우리에겐 영혼이 있으니까." 아이는 어머니를 마주 보다 울음을 터뜨리고 만다.

노재희의 소설집 『너의 고독 속으로 달아나라』를 읽는 독서의 수고는 이 에피소드 하나만으로도 충족된다. 영혼이란 무엇일까라는 형이상학적 질문이 아이와 엄마의 대화, 자석이라는 일상사 속 에피소드로 구체화된다. 사실, 영혼이란 그렇게 거창한 것도 그렇다고 무시무시한 개념도 아닐 테다. 엄마와 아이가 마주 보는 눈에서 감지되는 기류, 마침내 그로 인해 움직이게 되는, 그 또한 보이지 않는 무엇, 그것이 영혼 아닐까?

소설의 화자 '소영'은 나중에서야 자석 이야기가 『아라비안나이트』에서 비롯되었음을 알게 된다. 목선이 자석산 옆을 지나자 목선을 지탱하던 모든 못들이 빠져 나가 자석산에 달라붙는다. 자석산에 못을 빼앗긴 목선은 처참히 부서져 바다에 가라앉는다. 소영은 어머니가 세상을 떠난 후에야 『아라비안나이트』를 읽는다. 그녀의 어머니가 평생 아껴 읽었던 책이 바로 『아라비안나이트』였기에, 그녀는 세상을 떠난 어머니를 이해하기 위해 『아라비안나이트』를 읽는다. 말하자면, 소영에게 『아라비안나이트』는 어머니의 일기이자 어머니의 유서와도 같다. 딸 소영은 『아라비안나이트』를 어머니의 눈으로 읽어내고자 한다. 그리고 그때서야 어머니가 해주었던 자석 이야기가 어떤 의미였는지 알게 된다.

평생토록 책 읽기를 좋아했던 어머니는 당신이 왜 이 이야기를 좋아했는지 설명하지 못한다. 다만 어머니는 "인생의 어느 순간, 빛나는 것을 보게 되면 나머지 인생 동안엔 그 그림자에 붙들려 살아야 하는 것 같아."라고 말할 뿐이다. 사실 자석산이란 어머니의 삶에 강력한 힘을 미친 어떤 매혹을 상징한다. "일단 아름다움을 알게 되면 우리는 평생 그 아름다움의 자장에서 벗어나지 못한다."고 말할 때, 적어도 어머니는 그 아름다운 자장을 가져본 적이 있었던 셈이다. 평생을 통해 바라보게 되는, 결코 벗어날 수 없는 강렬한 힘, 어머니에게 그 힘은 바로 이야기 곧 소설, 책이었다.

그런데 한 번쯤 그렇게 매혹당한 후엔 인생이라는 망망대해를 항해하는 일상이라는 배는 못을 잃은 배처럼 가라앉을 수도 있다. 먼 곳의 매혹을 보는 삶은 아름답지만 어딘가 허전하다. 하지만 자석산을 하나쯤 가져보지 못한 인생은 일상을 위협받은 삶보다도 더 가난하다. 홀려보지 못했다는 것은 영혼이 빈곤하다는 의미이기도 하다. 이 유비 관계를 풀이하자면 소설, 책은 자석처럼 영혼을 움직인다. 게다가 그 문자의 세계는 그 어떤 감각적 세계보다 아름답기에 쉽사리 영혼을 놓아주지 않는다.

아니, 어느 순간 문학을 발견하게 되면 그 삶은 결코 이전의 것과 같을 수 없다. 한용운의 시 「님의 침묵」에 등장하는 "운명의 지침"을 돌려놓은 날카로운 첫 키스처럼 그렇게 문학은 영혼에 지울 수 없는 발자국을 남긴다. 적어도, 어떤 영혼에게 책은 강력한 주술이자 운명이다. 어머니에게 『아라비안나이트』는 상징적 의미의 자석산이었고 그 자석산은 딸의 영혼까지 움직인다.

그런 점에서 책 읽기를 마땅치 않게 여긴 아버지의 거부감은 이해할 만하다. 우리의 일상을 운용하는 상징계적 질서 언어는 영혼이나 실재와 같은 개념을 부정한다. 우리가 말하고 행하는 질서 이면에 정돈되지 않은 무한한 공간이 있다는 것, 영혼이라는 거대한 대륙이 우리의 일상 밑에 마그마처럼 조용히 끓고 있다는 것이 질서와 법의 세계에서는 결코 달가울 리 없기 때문이다. 문학의 아름다움에 사로잡힌 인생은 어딘가 셈을 흐리게 하고 일상의 규칙적 흐름을 방해한다. 문학은 똑같이 흘러가는 일상의 흐름에 정지를 선언하고 그 흐름의 방향을 바꾸고 싶어 한다. 일상의 관점에서 보자면 문학은 고장이고 일탈이다. 그래서 세무공무원인 아버지는 자꾸만 책에 정신을 빼앗기는 엄마를 단속하고 나무란다. 책이, 그것도 소설이 일상적 삶에 도움을 줄 수 있는 점은 아버지 말처럼 하나도 없을 수도 있다.

책에 매혹당한 어머니의 이야기는 어떤 점에서 작가 노재희 스스로의 것일지도 모른다. 사람들은 여러 가지 자석산에 영혼을 빼앗기며 산다. 누군가에게 그것은 80년대 운동권 문화일 수도 있고, 누군가에게는 재산일 수도 있다. 구체적 삶의 지표야 다를 수 있지만 적어도 노재희라는 작가는 문학이라는 아름다운 자석산에 영혼을 빼앗긴 것만큼은 분명해 보인다. 그래서인지 노재희의 소설에는 문학이라는 자석산에 영혼을 빼앗긴 자의 아름다운 고백들이 가득하다. 문학이라는 자석산은 철학이나 시와 같은 일상과 생계, 셈법에 무관한 이념적 끌림으로 변주되기도 한다.

강렬한 자석에 이끌린 삶은 고독한 삶과 동의어가 된다. 고독이란 토마스 만이 말하는 시민의 세계로부터 이탈된 시인의 자발적 소외감과도 같다. 노재희에게 있어 고독은 발견되는 것이 아니라 발명된 것이어야만 한다. 이는 고독이 소명이 아니라 선택이라는 의미이기도 하다. 그 고독 속에서 삶의 이론이나 세속적 질서로부터 벗어난 작가의 언어들은 탄생한다.

작가 노재희는 강렬한 문학의 자석에 이끌린 자의 삶과 그 아이러니에 대해 그려낸다. 아예 삶을 버리고 문학에 투항한 자들보다 삶 속에서 문학이라는 강렬한 인력을 앓는 이들이 노재희 소설 속 주인공들이다. 일상 속에서 문학을 앓는 자들, 결국 작가 노재희의 고민은 일상적 삶 속에서 세속적 자아와 끊임없이 겨뤄야 하는, 일상다반사의 소음 속에서 고독을 길어내야 하는 문학적 자아와의 갈등으로 변주된다. 일상과 고독 사이, 노재희가 말하는 서사적 자아는 바로 그 아이러니에서 탄생한다.

2. 이념과 일상 사이

노재희의 소설 속에서 가장 눈에 띄는 인물들은 성과 속의 경계에서 고민하는 자들이다. 그들은 시인과 샐러리맨, 철학자와 학원강사, 계몽가와 출판업자 사이에 서 있다. 시인이 되려했던 인물은 하루하루의 삶 속에서 시 한 줄 건져내지 못해 노심초사하고 철학자가 되고 싶은 남자는 밥벌이가 되지 못하는 철학에 사로잡혀 일상을 신경쇠약 속에서 보낸다. 한국의 대중들이 꼭 읽었으면 하는 고급 양서들을 번역해냈지만 번번이 인쇄비도 남기지 못한 출판업자도 마찬가지이다. 그들은 뭔가 이 세상에서 뜻한 바대로, 이념적 삶을 살아가고 싶지만 생계라고 불리는 현실은 그들의 이념을 지속불가능하게 한다. 노재희의 소설 속 인물 중 많은 이들은 어쩔 수 없이 생계를 위한 일상에 구속된 이가 많다.

「고독의 발명」의 '엄복태'는 시인이 되고 싶지만 어쩔 수 없이 임금노동자로 살아야만 하는 인물이다. 그는 심지어 자신의 인생이 '벌처럼 느껴'진다고 고백한다. 버지니아 울프가 예술가에게 '자기만의 방'의 필요하다고 말하듯 엄복태 역시도 시인이기 위해서는 자기만의 방이 필요하다고 말한다.

아이 장난감과 그 밖의 잡동사니로 가득한 작은방에 책상이 있

> 을 때는 시가 잘 안 써지는 게 괴로웠지 혼자가 될 수 없는 게 고민은 아니었다. 거기에서는 고독하게 졸 수도 있었다. 그런데 어느 날 아내는 곧 아기도 태어날 테니 그 방을 두 아이의 방으로 만들어주어야겠다며 야무진 포부를 천명했다. 말이 떨어지기 무섭게 작은방은 알록달록한 만화 캐릭터 벽지로 도배됐다. 그의 책상과 책장은 곰돌이 푸우와 그 일당들, 아이가 가르쳐준 바에 따르면 당나귀 이요르, 꼬마 돼지 피글렛, 호랑이 티거 같은 것들에게 방을 내 줄 수밖에 없었다.(28~29쪽)

엄복태는 시인이 되고 싶다. 그리고 시인이 되기 위해서 고독한 시간을 보유하고자 한다. 하지만 현실적으로 고독한 시간은 보장되지 않는다. 아이도, 아내도, 심지어 출퇴근길의 피로와 회사의 칸막이 책상도 고독과는 거리가 멀다. 그러고 보면 엄복태는 시를 빼앗기기 전에 먼저 시간을 빼앗기고 그리고 마침내 고독을 빼앗긴 것이다. 고독이란 무엇인가? 그것은 자신에게 모든 사유의 힘을 모아 그 안에서 질문을 찾아내는 체험이다. 모두가 자기 계발과 생계를 위해 열심히 시간을 조율해야하는 피로사회에서 고독은 가장 먼저 사라지는 사치품이 된다. 시인이 되고 싶은 엄복태가 시보다 먼저 고독을 발명해내야 하는 까닭도 여기에 있다.

그런 점에서 "너의 고독 속으로 달아나라"는 일종의 자기 최면이자 각오라고 할 수 있다. 일상의 틈바구니 안에서 시인이 되기 위해선 '고독'을 향해 달아날 수밖에 없다. 그렇지 않으면 일상은 어느 새인가 고독 주위를 감싸고 궤멸시킬 테니 말이다. 그 일상은 「생활의 기술」이라는 다른 이름을 가지고 있기도 하다. 철학과 석사과정까지 마친 '류'는 생계를 위해 철학을 포기한다. 그런데 일상의 영역도 만만치 않다. 모든 것들을 이념적 판단과 이성적 조율에 의존하는 철학적 뇌는 일상의 산수를 만나 자꾸만 고장을 일으킨다. 가령 그는 '진짜 구매자가 되어 홀로 매장에 서니 진땀'을 흘리며 '세상에서 가장 좋은 감자는 이 세상에 없는 감자야.'와 같은 이념적 가설과 감자 선택 사이에서 갈등한다.

말하자면 '류'는 새로 출고된 자동차의 기능을 매뉴얼대로 시행해본 후 에어백을 시험해볼 수 없는 걸 아쉬워하는 부류이다. 그러므로 그에겐 수많은 정보와 다양한 가격이 오히려 혼란에 불과하다. 그가 겨우 획득한 생계의 노하우는 바로 모든 것을 다 가격으로 환산하는 것이다. 갖가지 불쾌한 감정들에 가격을 매김으로써 그것들을 교환가치로 전환해버리는 데 마침내 생각이 이른 것이다.

하지만 막상 딸이 다치자 그는 그 불행에 어떤 값도 매기지 못한다. 결국 철학적 사고를 통해 일상적 난제의 헤쳐나가는 데에는 결함이 있음을 발견하는 것이다. 이는 한편 모든 세속적 문제가 가격 책정으로 정리정돈되리라고 믿었던 순진한 사고와의 결별을 의미하기도 한다. 그는 다만 철학적 사고와 일상적 계산 사이에서 공포에 떨고 있는 자기 자신을 목격할 따름이다.

작가 노재희는 결국 일상의 틈바구니와 압력은 일상에서의 탈출로 기획될 수밖에 없다고 말한다. 「아버지가방에들어가신다」에서 아버지가 들고 나간 샘소나이트 가방은 결국 이 양가적 가치 사이의 공포에 놓여 있던 스스로를 챙겨 나간 작은 탈출구라고 할 수 있다. 아버지에게 샘소나이트는 여행 가방의 대명사이다. 단순한 가방이 아니라 일상을 벗어나 다른 곳으로 출구를 열어주는 마법적 시공간의 주문이자 출구였던 셈이다. 바퀴가 달린 가방은 아버지에게 삶을 다른 곳으로 옮겨주는 주술이 되어준다. 언제나 붙박이일 수밖에 없는 피로한 일상 가운데서 아버지는 '바퀴'가 달린 삶을 추구해왔다.

엄복태에겐 '시'가, 류에겐 '철학'이, 아버지에겐 '가방'이 삶의 도약을 가능케 하는 일종의 바퀴였을 테다. 이 세상이 시간과 공간으로 이루어졌다면 우리가 그 제약에서 벗어날 첫 번째 방법이 바로 공간적 이탈이니 말이다. 이는 일상적 삶의 테두리로부터 개인을 견인해내는 어떤 지향점과도 같다. 삶은 궤도 위에 있을 때 안정적이지만 자동 주행과도 같은 삶에서 영혼의 거처까지 마련하기는 쉽지 않다. 안정과 이탈의 경계, 그것을 갈망하는 그리움 속에서 삶은 지탱된다. 시, 철학, 가방을 가진 삶이란 아마도 그럴 것이다.

3. 고독, 결국 내 삶의 지표

삶과 이념, 생계와 존재의 세계로 나눠진 이원적 공간에서의 선택, 작가 노재희는 삶이 가지고 있는 숙명적 결함을 이 선택에서 찾는 듯싶다. 노재희의 소설 중 여러 편이 우리가 살고 있는 물리적 시간과 공간으로부터의 이탈을 보여주고 있는 게 우연이 아니라는 의미이기도 하다. 「시간의 속」, 「그날 저녁, 그는 어디로 갔을까」와 같은 작품에서 우리가 살고 있는 일상적 공간은 시간과 공간의 좌표축 위에 새겨진 점과 같은 것으로 묘사된다.

「시간의 속」에서 인간의 삶은 공간적 지표가 아니라 '시간의 좌표' 위에 던져지는 것으로 설명된다. 삶이란 '어떤 공간 속이 아니라 바로 시간 속에 던져지는 것'이다. 주인공은 시간을 더 늘려준다는 노인의 말을 듣고 거처를 옮기게 된다. 사실, 주인공이 간절히 매달리고픈 시간은 자신을 떠난 해진과 행복했던 과거이다. 자신의 의지대로 되돌릴 수 없는 이별이라는 사태 앞에서 그는 오히려 시간을 되돌리고 싶다는 초월적 바람을 기원한다. 그리고 그 기원을 이루기라도 한 듯 신비한 노인의 집에 거처하며 시간이 조금씩 느리게 흘러가는 것을 경험하기도 한다.

스스로를 을이라고 여기는 사람들의 최종적 희망은 갑이 되는 것이라는 말 속에는 결국 시간을 자기 마음대로 조율할 수 있는 권리가 곧 현대 사회에서의 권력이라는 의미가 포함되어 있다. 정시 출퇴근과 시간제 급여에 익숙해진 이들에게 시간은 곧 금이다. 하지만 시간을 금으로 환산해야만 하는 삶이야말로 저당잡힌 삶이라고 말할 수 있다. 점점 더 많은 돈을 쓰지만 되돌려주는 금전은 그것과 교환가치적 동질함을 갖기엔 터무니없다. '정말 선물하고 싶은 것은 시간'이라며 '시계'를 선물해주는 해진의 뜻도 여기에 있을 테다. '시간 많이 줍니다'라는 노래방의 글귀는 그러므로 일종의 반어적 구원이기도 하다. 노재희는 어쩌면 우리는 시간을 팔아 시간을 사고 있는 것은 아닌가 되묻는다.

생존과 생계의 문제 끝엔 결국 삶과 죽음의 문제가 놓여 있다. 「시간의 속」은 얼핏 보면 여자친구와의 이별이 준 고통을 극복하는 이야기처럼 보이지만, 사실 아버지의 죽음을 자신의 삶의 좌표 안에 받아들이는 이야기가 숨어 있다. 그는 두 노인과의 일을 경험함으로써 시간의 좌표에서 사라진 아버지를 긍정하고 언젠가 치러야 할 어머니의 부재를 예비하게 된다.

시간적 좌표와 존재의 문제는 「그날 저녁, 그는 어디로 갔을까」에서도 변주된다. 버스 운전기사인 한 남자는 급한 용변을 해결하기 위해 어느 건물의 화장실을 사용한다. 그런데 그 화장실에는 이상한 구절의 벽보가 붙어 있다. '물을 내리지 마시오. 물은 모든 것을 다 쓸어가버립니다. 마치 세월처럼.' 영환은 피식 웃고 물을 내리지만 물은 정말로 그가 살았던 시간의 좌표를 한꺼번에 쓸고 가버린다. 그가 있는 곳은 여전히 같은 공간이지만 시간의 좌표가 달라지자 그는 '그'가 아니게 된다. 시간의 좌표를 벗어나자 그는 자신의 일터와 집 모두를 잃어버린다. 시간의 지표를 잃게 되자 그곳은 더 이상 '그곳'이 아니기 때문이다.

김영환이라는 인물을 증명해주는 것은 자기 자신이 아니라 아내였으며 직장 동료였음을 알게 된다. 관계의 좌표를 놓치자 그는 실재하지만 존재하지 않는 자가 되어 삶에서 튕겨 나오고 만다. 이는 결국, 고독의 문제에 대한 질문을 촉구한다. 외재적 상관관계에서 규정되는 '나'가 결코 자신의 실존을 증명할 수 없다면 결국 '나'는 무엇으로부터 비롯되어야 하는 것일까? 그것은 고독, 즉 나 자신이다. 그것이야말로 시간과 공간이라는 고약한 상대성의 좌표 안에서 '나'를 지켜줄 수 있는 절대적 지표이기 때문이다.

> 이 우주의 대부분의 에너지는 자기를 막아서는 어떤 것을 만났을 때 그 속으로 흡수되거나 혹은 그대로 소멸되는 대신 방향을 바꾼다는 거야. 그럼 어느 쪽으로 방향을 바꾸느냐, 자신의 안

쪽으로 바꾸는 거지. 나선형을 그리면서 자신의 안쪽으로 점점 말고 들어가는 거야. 그렇게 하다 보면 나선의 중심이 탄생하는 거다. 그렇게 생긴 나선의 중심이 어떤지 아니? 아주 고요하단다, 아주. (134~135쪽)

결국 글을 읽고 소설을 쓴다는 것은 생계와 일상이라는 외재적 힘 앞에서 방향을 바꾼 에너지들이 만들어내는 중심에 대한 옹호일 테다. 그렇게 고독의 중심을 향해 들어갈 때 우리의 삶은 영혼으로 충만해진다. 고독은 시간과 공간의 좌표로 규정되는 상대적 자아가 아닌 어떤 순간에도 단단한 절대적 자아를 만들어낸다. 노재희가 말하는 문학도 무릇 그러한 것이리라. 가만히 들여다보지만 결국 영혼을 이끌어내는 어떤 매혹, 보이지 않지만 결국 드러나는 어떤 움직임, 그게 바로 문학이다.

작가의 말

어느 날 퇴근길 건널목에서 보았다. 열일곱 개의 고독이 푸른 신호를 기다리고 있었다. 생면부지의 그들 모두가 각자 자기만의 열망과 울분과 기억과 시간을 가득 안고 있는 것을 본 순간, 나는 이상하게 코끝이 찡했다. 아무에게도 말할 수 없고 아무도 몰라주는 어떤 것을 가지고 있는 것은 무겁기도 하지만 즐거운 것이기도 하다. 「아버지가방에들어가신다」에 나오는 아버지처럼, 그들이 저항하고 싶은 어떤 것에 굴복하지 않고 자기만의 고요한 눈을 탄생시키기를 희망해본다.

뜨거웠다던 2004년의 여름을 기억하지 못한다. 정신을 차리고 병원을 나선 것은 이슬비가 내리던 초가을 어느 날이었다. 어떤 갈림길에서 운 좋게도 죽음은 나를 데려가는 대신 나에게 삶을 가르치는 쪽을 택했다. 나를 지켜내느라 지옥을 경험했던 가족들에게 이 책이 소소한 보람이 되었으면 싶다.

세상을 올바르게 보는 법을 가르쳐주신 어머니께, 세상을 삐딱하게 볼 줄 아는 눈을 물려주신 아버지께 감사의 인사를 드린다. 둘 중 한 가지만 없었어도 글을 쓰지 못했을 것이다.

한집에 사는 식구를 존경하기란 쉽지 않은데, 그런 흔치 않은 행운을 준 남편 여름 씨에게 마음 깊이 존경의 인사를 보낸다. 당신 덕분에 나는 훌륭한 심미안을 지닌 첫 번째 독자를 갖는 행운까지 누린다.

나의 소설(들에게 따뜻한)집을 만들어주신 〈작가정신〉에도 감사드린다.

여러 겹의 행운이 이 책을 썼다.

혹시 이 책을 읽어주실 생면부지의 독자분들께, 자기만의 열망과 울분과 기억과 시간을 가득 안고 계신 그분들께 이 행운을 나누어드리고 싶다.

2013 늦봄, 고요한 눈 속에서

노재희

수록 작품 발표 지면

누구 무릎에 꽃이 피나 _『리토피아』 2010년 여름호

시간의 속 _「눈사람의 입김」을 개작한 작품, 『현대문학』 2002년 5월호

그날 저녁, 그는 어디로 갔을까 _2001년 동아일보 신춘문예 당선작